KNAUR

Im Knaur Taschenbuch Verlag ist bereits folgendes Buch der Autorin erschienen:
Friesensturm

Über die Autorin:
Birgit Böckli, geboren 1972, ist gelernte Wirtschaftskorrespondentin und lebt mit ihrer Familie in einer Kleinstadt in Baden-Württemberg. Nach ihrem Romandebüt »Friesensturm« folgt nun mit »Flammenküste« der zweite Fall für Thomas Berg und Freda Althuis. Darüber hinaus veröffentlichte sie bereits einige Kurzgeschichten. Zuletzt erschien ihr Kurz-Thriller »Leise lauert der Tod« im Knaur eBook.
Mehr Informationen zu Birgit Böckli finden Sie unter http://www.birgit-boeckli.de/

Birgit Böckli

FLAMMEN KÜSTE

EIN FRIESLAND-KRIMI

KNAUR

Besuchen Sie uns im Internet:
www.knaur.de

FSC
www.fsc.org
MIX
Papier aus verantwortungsvollen Quellen
FSC® C083411

Originalausgabe Mai 2015
Knaur Taschenbuch

Ein Unternehmen der Droemerschen Verlagsanstalt
Th. Knaur Nachf. GmbH & Co. KG, München.

Covergestaltung: ZERO Werbeagentur, München
Coverabbildung: Manuel Gutjahr / Gettyimages;
FinePic®, München
Satz: Adobe InDesign im Verlag
Druck und Bindung: CPI books GmbH, Leck
ISBN 978-3-426-51407-8

2 4 5 3 1

Prolog

Silvester, war sein erster Gedanke. Sollte nicht bald Silvester sein? Oder war das auch schon wieder vorbei? Nur mühsam gelang es ihm, die verklebten Augen zu öffnen. Einen Moment lang glaubte er, noch zu träumen; er war wieder jung und wirbelte mit Anna auf der Wiese im Schlosspark herum. Wild waren sie gewesen, wild und lebendig. Bevor sich das wunderschöne Mädchen, in das er sich verliebt hatte, in eine graue Maus verwandelt hatte. War es vielleicht seine Schuld, dass alles so den Bach runterging?

Noch einmal startete er einen Versuch, hob ein steifes Bein in die Höhe. Quälend langsam rutschte die Bettdecke nach unten.

Da war es wieder, dieses Geräusch, es klang jetzt viel näher. Konnten diese Idioten nicht einmal nachts Ruhe geben?

»Prost Neujahr!«, brüllte er in das Prasseln hinein. »Auf ein weiteres beschissenes Jahr, ihr Säcke!«

Der Husten schüttelte ihn. Irgendwo musste die Bierflasche stehen. Nur einen Schluck, dann würde es besser werden. Aber wo war nur die verdammte Flasche? Wieder ein Hustenanfall. Vielleicht war es gar nicht der Alkohol, vielleicht wurde er ernsthaft krank. Wäre ja auch kein Wunder bei diesem lausigen Fraß, den sie ihm jeden Tag auftischte. Nur die Gören zählten, nur die. Wen interessierte schon, was aus ihm wurde? In Gedanken sah er Anna vor sich, das, was von ihr übrig war nach all den Jahren. Er konnte sie hinter seinem Rücken tuscheln hören. »Wenn er nicht so viel saufen würde, hätte er längst eine Arbeit finden können.« Er spürte, wie sich seine Hände zu Fäusten ballten. Was konnte er dafür, dass ihm keiner eine Chance geben wollte? Überall saßen sie in ihren feinen Anzügen auf dämlichen Bürostühlen und grinsten ihn traurig an, als hätten sie jemals vorgehabt, ihn überhaupt anzuhören. Alle waren gegen ihn, und seine Frau war am schlimmsten. Er konnte ihre Verachtung riechen, selbst wenn sie mit niedergeschlagenen Augen vor ihm stand. Er war viel zu nachsichtig mit ihr gewesen, das wurde ihm jetzt klar. In Zukunft würde er andere Saiten aufziehen.

Seine Augen begannen zu brennen, zu tränen, ganz sicher war er krank. Keinen klaren Gedanken konnte er fassen. Und dieser verdammte Krach da draußen!

Aber es kam gar nicht von draußen, plötzlich war er sich sicher, dass es direkt aus dem Wohnzimmer kam. Hatte sie heimlich einen fremden Kerl in die Wohnung geschleppt, dieses Flittchen? Zuzutrauen wäre es ihr. Immerhin, das Mädchen sah ihm überhaupt nicht ähnlich. Sollte einem Mann so etwas vielleicht nicht zu denken geben? Keuchend kam er auf die Füße, schleppte sich wankend am Bettrand entlang. Was war da los? Und wo zum Teufel steckte seine Frau, diese Schlampe? Wenn er die zu fassen bekam …

Erst jetzt bemerkte er den Rauch, der kaum sichtbar unter dem Türschlitz zu ihm hereinkroch. Wie feine Nebelschwaden sah es aus.

»Feuer! Hier brennt's!« Seine Stimme versagte, ein neuer Hustenanfall schüttelte ihn. Er musste hier raus! Mit halb geschlossenen Augen sah er das Flackern unter der Tür. Die Klinke war unerträglich heiß. Mit zittrigen Fingern zog er seine Schlafanzugjacke über die Hand, das glühende Metall schmerzte dennoch unerträglich. Immer wieder zog er die Finger zurück, rieb sich die pochende Handfläche. Das war alles nur ihre Schuld, anscheinend hatte er sie in letzter Zeit zu sanft angefasst. Aber das würde sich ändern. Wenn er hier rauskam, dann würde er …

Ihm blieb keine Zeit, länger darüber nachzudenken. Ein letztes Mal umschloss er die heiße Klinke, drückte trotz der anschwellenden Schmerzen das Metall herunter und riss die Tür auf.

Vor ihm öffnete die Hölle ihre Pforten.

Samstag, 13. Oktober

Die Bank war hart und ungemütlich, die kleine Kapelle in ein schummriges Nachmittagslicht getaucht. Berg überlegte zum wiederholten Male, warum er sich von Erik Johanssen hatte breitschlagen lassen, überhaupt mitzukommen. Er kannte diese Leute doch gar nicht. Seine Kollegin Freda Althuis saß mit versteinerter Miene neben ihm und blätterte hin und wieder in dem kleinen Gesangbuch. Außer Johanssen, der mit ehrfurchtsvollem Schweigen links von ihm saß, einem älteren Ehepaar und der jungen Frau mit dem kleinen Mädchen war nur noch der Pastor anwesend. Und der Tote natürlich.

Mit einem Kloß im Hals betrachtete Thomas Berg den blumengeschmückten Sarg. Nachdem der Trauermarsch vom Band verklungen war und der Pastor ein letztes Mal die Stimme zum Gebet erhoben hatte, erschienen am Seiteneingang die beiden Angestellten des kleinen Friedhofs, um den Sarg vorsichtig hinauszubefördern. Schweigend und in gebührendem Abstand folgten sie ihnen ins Freie.

»Sieht schwer nach Regen aus«, bemerkte Althuis im Flüsterton, während sie den Weg an den Gräbern entlanggingen. Sie machte seltsame kleine Trippelschritte, was vermutlich an ihren neuen Schuhen lag.

Berg nickte. Es war ihm egal, wie der Himmel aussah, er wollte nur so schnell wie möglich wieder von hier verschwinden.

Beerdigungen waren noch nie sein Ding gewesen, ebenso wenig wie Krankenbesuche, sie machten ihm Angst. Aber welcher erwachsene Mann würde so etwas gerne zugeben?
Vom Rest der Feier bekam er kaum etwas mit. Johanssen versperrte ihm mit seiner riesigen Gestalt die Sicht, doch an diesem Tag war Berg ihm regelrecht dankbar dafür. Er wollte nicht sehen, wie der Sarg in die Erde gelassen wurde. Seit dem Tod seiner Schwester war er allen Begräbnissen aus dem Weg gegangen.
Althuis holte ihn zurück in die Gegenwart. »Mach schon«, drängte sie ihn in Richtung Johanssen, der bereits am Fußende des offenen Grabes stand und die Schaufel noch in der Hand hielt. Widerwillig schritt Berg vorwärts und tat schließlich, wozu er aufgefordert worden war. Er war froh, als er das Werkzeug an Althuis weitergeben konnte.
Die älteren Leute unterhielten sich inzwischen am Rande der Wiese leise mit den beiden Friedhofsangestellten. Und die Frau mit dem kleinen Mädchen war ein Stück zurückgetreten; sie sah aus, als würde sie überhaupt nicht dazugehören. Berg betrachtete die schmale Silhouette, die sich nur schwach unter dem dicken, schwarzen Mantel abzeichnete. Das rotblonde Haar der Frau war zu einem lockeren Knoten aufgesteckt. Die Kleine trug ein dunkelblaues Kleidchen, das eigentlich zu dünn für diese Jahreszeit war, schien aber dennoch nicht zu frieren. Sie klammerte sich an das Bein ihrer Mutter, als wollte sie sie nie mehr loslassen.
Berg rieb sich die Stirn und sah sich nach Wieland um, der nun offenbar zu einem letzten Gebet anhob. Die geflüsterten Gespräche verstummten, die Menschen sahen stumm zu Boden.
Endlich löste sich die kleine Gemeinschaft vom Rand der Grube. Der Pastor trat auf die junge Frau mit dem Kind zu,

offenbar die einzigen Verwandten des alten Onno, die zum Begräbnis gekommen waren.

»Werden Sie zurechtkommen?« Wieland beugte sich ein Stück nach vorne, um dem kleinen Mädchen über die Haare zu streichen. »Wenn Sie etwas brauchen, Sie können mich jederzeit im Gemeindehaus erreichen.«

Eigentlich lag es nicht einmal an Kerstins Tod, überlegte Berg. Bereits vor der Beerdigung seiner Schwester hatte er Friedhöfe gemieden. Sie verursachten ein seltsames Unbehagen, das ihm durch Mark und Bein ging. Allein der Gedanke, älter und eines Tages gebrechlich zu werden, machte ihn unruhig, deshalb verscheuchte er ihn sofort wieder.

»Das ist aber nicht der gewöhnliche Pastor«, flüsterte er seiner Kollegin zu.

Althuis betrachtete ihn mit diesem typischen Blick, der ihm sagte, dass er mal wieder etwas nicht mitbekommen hatte. »Das ist der neue Pastor der Freien Christengemeinde. Wurde doch im *Inselboten* vor einiger Zeit ausführlich vorgestellt. Sollte vielleicht auch mal reinschauen in die Zeitung, der Herr Hauptkommissar.«

»Ja, richtig.« Berg erinnerte sich dunkel, etwas darüber gelesen zu haben. Verlegen zuckte er die Schultern. Er hatte öfter das Gefühl, dass ihm seine Kollegin ständig einen Schritt voraus war, andererseits konnte er ihr daraus keinen Vorwurf machen. Er war gerne hier auf der Insel, er mochte die Menschen, ihre ruhige, pragmatische Art. Aber an Politik und Wirtschaft hatte er kein Interesse. Zeitungen überflog er meist nur oberflächlich. Das war schon immer so gewesen.

Althuis warf ihm einen tadelnden Blick zu. Scheinbar gab es noch mehr, das er nicht wusste. »Onno ist erst vor ein paar

Monaten konvertiert. Die haben überhaupt regen Zulauf im Moment.« Sie kicherte vor sich hin. »Was immer das auf einer Insel mit achthundert Seelen auch heißen mag. Aber predigen kann der. Solltest du dir auch mal anhören.«

Berg blickte zu dem offenen Grab hinüber, in dem der alte Gastwirt vom Anker nun seine letzte Ruhe gefunden hatte. Nachdenklich sah er zu, wie die Friedhofsangestellten damit begannen, das Grab zuzuschaufeln. Der alte Onno war ein Eigenbrötler gewesen, nicht unsympathisch, aber auch keiner, mit dem man sich näher anfreunden würde.

Die rotblonde Frau wandte sich zu Johanssen um. »Wenn Sie vielleicht noch mitkommen möchten, ich habe einen Apfelkuchen gebacken und …«

Den Rest verstand Berg nicht mehr, weil Althuis ihn unsanft am Ärmel zupfte.

»Wie bitte?«

»Wer ist das überhaupt?«, wiederholte die Hauptkommissarin leise ihre Frage und nickte zu der Hinterbliebenen mit dem Mädchen hinüber. »Ich meine, Apfelkuchen klingt gut, aber ich kenne die Frau überhaupt nicht.«

Berg zuckte die Schultern, er hatte keine Ahnung. Hatte Onno Kinder gehabt? Familie? Auf den Gedanken war er nie gekommen.

Ein paar Tropfen lösten sich aus der dichten Wolkendecke und fielen schwer zur Erde.

Berg spürte, wie sich jemand von hinten über seine Schulter beugte. Es war Johanssen, sein treuer Freund, der vom ersten Tag an auf dem kleinen Polizeirevier für Ordnung gesorgt hatte. Ihm zuliebe waren sie überhaupt zu dieser Beerdigung gegangen.

»Das ist die Anna«, erklärte er leise. »Onnos Tochter. Sie ist schon vor vielen Jahren aufs Festland gezogen, ich glaube, ins Ruhrgebiet. Wäre schon nett, wenn wir sie ein bisschen unterstützen könnten, sie war so lange nicht auf der Insel.« Er grinste und pustete Berg seinen heißen Atem ins Genick. »Apfelkuchen?«
Berg machte einen hektischen Schritt zur Seite und rieb sich den Nacken. War für solche Anlässe nicht der Pastor zuständig? »Muss das sein?«, fragte er.
Johanssens Gesichtsausdruck sprach Bände. »Es muss natürlich nicht, aber …« Den Rest sparte er sich geflissentlich.
Berg seufzte. Er sah Althuis an, die im Gegensatz zu ihm kein bisschen genervt wirkte. »Und wenn inzwischen jemand auf dem Revier anruft?«, fragte er hoffnungsvoll.
Die Hauptkommissarin hob die Handflächen zum Himmel. Anschließend pochte sie mit dem Zeigefinger auf ihre Handtasche, in der sich ihr grellrosa Handy befand, dessen grauenhafter Klingelton bei allen Umstehenden für Zahnschmerzen sorgte. »Dann landet er genau hier«, behauptete Althuis nicht ohne Stolz in der Stimme.
Berg warf ihr einen skeptischen Blick zu. »Hast du das mit der Rufumleitung tatsächlich hingekriegt?« Er dachte an die letzten Tage zurück, als seine Kollegin mehrmals versucht hatte, die Einstellung vorzunehmen. Geklingelt hatte es zuerst überhaupt nicht mehr, dann auf allen Geräten gleichzeitig, und Althuis war zunehmend unleidiger geworden. Aber fremde Hilfe hatte sie nicht annehmen wollen.
»Na, das hoffe ich doch.« Sie verzog das Gesicht zu einem zufriedenen Lächeln. »Und jetzt sollten wir uns beeilen. Ich traue dem Wetter nicht.«

Samstag, 13. Oktober, nachmittags

Zumindest mit ihrer Ahnung, was das Wetter betraf, hatte Althuis recht gehabt. Sie schafften den kurzen Weg gerade noch rechtzeitig, bevor Petrus endgültig seine Schleusen öffnete.

Der Anker lag im östlichen Teil des Inseldörfchens. Nur wenige Wohnhäuser standen in der abgelegenen Straße nebeneinander, zwei davon mit Fremdenzimmern, wie die Schilder an den Gartentoren verkündeten. Die alte Gaststätte besaß keinen Vorgarten wie die übrigen Häuser, nur ein schmaler Rasenstreifen trennte die Hausmauer von der Straße. Ein wenig verwittert und trostlos erhob sich das zweistöckige Haus hinter einer fast kahlen Hecke, die hölzerne Eingangstür wurde von einem kleinen Vordach beschattet, das keinen besonders stabilen Eindruck erweckte.

Auf dem Weg dorthin versuchte Berg, Ähnlichkeiten zwischen Anna und ihrem Vater auszumachen, aber Onno war weder besonders schmal noch rothaarig gewesen. Im Grunde hatte er überhaupt keine Haare mehr gehabt. Berg blickte auf die Tafel vor dem Haus, auf der noch in der ungelenken Handschrift des Verstorbenen auf ein paar ortsübliche Gerichte hingewiesen wurde. Der Alte hatte seine Gaststube bis zuletzt weitergeführt, sein Tod war überraschend gekommen. Ein Herzanfall, hatte Johanssen gesagt.

Er dachte an den Poststapel, der im Büro auf ihn wartete. Eigentlich hätte er nichts lieber getan, als sich hinter seinem Schreibtisch zu verschanzen, doch dann bemerkte er Johanssens dankbaren Blick und bekam sofort ein schlechtes Gewissen. Die kleine Familie Starnitzke hatte eine schwierige Zeit hinter sich und konnte sicherlich jede Unterstützung gut gebrauchen. Tatsächlich war außer ihnen niemand mitgekommen, nicht einmal Wieland, doch das war kein großer Verlust.

»Hat er aber ganz schön gemacht, die Beerdigung, findest du nicht?«, fragte Althuis, als könnte sie seine Gedanken lesen, während sie auf den Eingangsstufen stehen blieb.

Berg brummte irgendetwas und hielt seiner Kollegin die Tür auf. Er hatte den Pastor heute zum ersten Mal bewusst wahrgenommen, aber sympathisch war ihm der Mann nicht, mochte er noch so hübsche Trauerreden halten. Wieland hatte etwas Herrisches an sich; ohne viele Worte machte er seinem Gegenüber innerhalb von Minuten klar, wer das Sagen hatte. Obwohl Berg sich schon oft vorgenommen hatte, Menschen nicht aufgrund ihrer äußeren Erscheinung zu beurteilen, bereitete ihm Wielands stechender Blick ein gewisses Unbehagen.

»Schon möglich«, sagte er und folgte den anderen in den Gastraum. Hier war offensichtlich eine Rundumerneuerung in ihren letzten Zügen. Drei Wände waren bereits frisch gestrichen, nur auf der rechten Seite des Raumes verrieten noch einzelne weiße Flecken, wo einmal Onnos Bilder und Trophäen gehangen hatten.

Ein kurzes Stück vor dem Tresen hielten sie an einer Sitzecke, und Anna, die die letzten Meter ihre Tochter auf dem Arm getragen hatte, setzte das Kind ab und machte eine einladende Geste. »Es ist noch nicht alles ganz so, wie es sein soll«, erklärte sie, und Berg glaubte trotz des Halbdunkels einen rötlichen Schimmer auf ihren Wangen zu erkennen. »Mein Vater ist anscheinend nicht mehr so gut zurechtgekommen in letzter Zeit.« Sie verstummte, blickte einen Moment zu Boden, als hätte sie plötzlich vergessen, dass außer ihr noch jemand da war, dann warf sie den Kopf zurück und lächelte ihre kleine Gesellschaft an. »Macht es euch bequem. Ich bin gleich zurück. Ich setze schon mal Teewasser auf. Oder möchte lieber jemand Kaffee?«

Widerwillig ließ sich Berg von Althuis in den hintersten Winkel der Eckbank drängen. Seine Kollegin trumpfte wie immer mit ihrer schwachen Blase auf und sicherte sich so den bequemeren Platz. Seufzend sah er aus dem Fenster in den Regen hinaus und überlegte, ob Anna ihm vielleicht einen Schirm leihen würde. Doch beim Blick auf die zierliche Linde dort, die vom Wind arg gerüttelt wurde, schüttelte er nur sachte den Kopf. Bei diesem Wetter würde ihm auch ein Regenschirm nicht viel nützen.

Mit einem Tablett kehrte Anna an den Tisch zurück und begann, Tee und Kaffee auszuschenken und den Kuchen zu verteilen. Berg musterte schweigend das riesige Stück, das ihn unverhohlen von seinem Teller aus anzulachen schien. In den zwei Jahren, seit er von Berlin hierher nach Spiekeroog gekommen war, hatte er über sechs Kilo an Gewicht zugelegt. Und auch wenn Althuis ihn noch immer als halbes Handtuch bezeichnete, die Größenvergleiche der Hauptkommissarin entsprachen einfach nicht seinem Maßstab.

Anna hatte neben Johanssen Platz genommen und stocherte wie ein Spatz an einem halben Stück Apfelkuchen herum, nippte schweigend an ihrer Tasse. Berg betrachtete die junge Frau verstohlen von der Seite, die etwas hagere Erscheinung, das leuchtende, leicht verstrubbelte Haar. In ihrem Gesicht mit den jugendlich glänzenden Augen entdeckte er einen herben Zug, der eigentlich eher zu einem älteren Menschen gepasst hätte. Das Mädchen, das auf den Namen Ria hörte, hatte sich in den hintersten Winkel des Gastraums zurückgezogen und wiegte in langsamen, regelmäßigen Bewegungen den Oberkörper vor und zurück.

Die Mutter schien seinen Blick verfolgt zu haben. Liebevoll betrachtete sie ihr Töchterchen und wandte sich dann ihren Gästen zu. »Sie war schon immer so. Die Ärzte meinen, es ist keine Krankheit, sie lebt einfach nur in ihrem eigenen Rhythmus.«

»Was denn?« Althuis schob ihre Tasse klirrend ein Stück zur Seite und sah die Kleine besorgt an. »Ist was nicht in Ordnung mit dem Kind?«

»Nein, nein.« Beinahe ängstlich hob die Frau die Arme, wie um ihre Tochter zu beschützen. »Ria ist einfach nur ein bisschen langsamer. Aber sie ist nicht dumm, sie kommt nächstes Jahr schon in die erste Klasse.«

Berg stutzte einen Moment. Er hatte das Alter des Mädchens auf drei oder vier Jahre geschätzt. Es wirkte so winzig und unglaublich zerbrechlich, wie eine kleine Blume, die leicht umknickte. Aber wie Freda Althuis ihm nur allzu gerne vorhielt: Was verstand er schon von Kindern?

Anna Starnitzke schien sich mit einem Mal unwohl zu fühlen. Sie erhob sich von ihrem Platz und begann, die ohnehin glänzende Spüle mit einem Lappen zu bearbeiten. »Ich habe wunderbare Kinder«, erklärte sie so leise, dass Berg nicht sicher war, ob sie nicht einfach mit sich selbst sprach.

»Kinder?«, hakte Althuis nach. »Haben Sie mehrere?«

»Ja, ich habe noch einen Sohn. Josua, er ist im Februar dreizehn geworden. Im Moment geht es ihm aber nicht so gut. Er hatte heute Morgen noch etwas Fieber, deshalb ist er auch nicht mit auf die Beerdigung gekommen.«
»Na, dann gute Besserung.« Die Hauptkommissarin verzog mitfühlend das Gesicht. »Werden Sie den Gasthof verkaufen?«
Johanssen, der bisher schweigend über seiner Tasse gebrütet hatte, schüttelte den Kopf. »Anna bleibt hier auf Spiekeroog, um den Anker zu übernehmen. Das wirst du doch, nicht wahr?« Er warf ihr einen fragenden Blick zu und blinzelte nervös.
Anna nickte ihm mit einem traurigen Lächeln zu. »Wir werden es jedenfalls versuchen.«
Althuis nickte interessiert. »Sie haben Ihren Vater wohl in letzter Zeit nicht mehr oft besucht, nicht wahr?«
Berg sah, wie Anna Starnitzke verlegen den Kopf zur Seite neigte, und musste sich zusammenreißen, um seiner Kollegin nicht unter dem Tisch einen Tritt zu verpassen.
Sogar Johanssen schien es ungemütlich zu werden. Er klapperte ungewöhnlich laut mit dem Besteck und hätte vor lauter Eifer beinahe den Tee verschüttet. Den Kopf hielt er stoisch gesenkt.
»Wir haben uns nicht sehr gut verstanden«, antwortete die junge Frau schließlich, und Tränen schimmerten in ihren Augen.
»Das tut mir leid«, sagte Berg leise. Es musste schlimm sein, zu spät zu kommen. Prompt fiel ihm der Brief seines Vaters ein, den er vor über zwei Wochen erhalten hatte, und er versuchte, rasch an etwas anderes zu denken.

»Und Ihr Mann?«
Berg holte tief Luft. An Althuis' neugierige Fragen würde er sich wohl nie gewöhnen.
Doch Frau Starnitzke schien ihr das nicht übelzunehmen. »Ich bin verwitwet.«
»Oh, das tut mir leid«, erwiderte die Hauptkommissarin und betrachtete den kläglichen Rest ihres Apfelkuchens. »Ob ich wohl noch ein Stückchen haben könnte?«
»Immer die richtige Frage zur richtigen Zeit«, murmelte Berg vor sich hin. Dann hob er entschieden den Kopf. »Wenn ihr mich entschuldigen würdet, ich hab noch etwas im Büro zu erledigen.«
Althuis brummte irgendetwas, aber er gab sich keine Mühe, sie zu verstehen. Ja, seine Kollegin war eine Seele von Mensch, und er arbeitete gern mit ihr zusammen, aber es gab auch Tage, an denen er sie liebend gern auf den Mond geschossen hätte. Tage wie diesen zum Beispiel.
Berg quälte sich mühsam hinter Althuis aus der Eckbank heraus und machte einen Diener, der ihm im nächsten Moment schon wieder peinlich war. »Ich wünsche Ihnen alles Gute, Frau Starnitzke. Und wenn Sie mal Hilfe brauchen ...«
Er bemerkte, wie sie ihn freundlich anlächelte, ein bisschen traurig vielleicht. Verloren zwischen all den leeren Tischen und Stühlen. Aber was erwartete er auch? Er wusste nichts über diese Frau, nur, dass sie gerade ihren Vater zu Grabe getragen hatte. Berg warf ihr einen letzten Blick zu, der aufmunternd wirken sollte.
Dann verschwand er im Regen.

Samstag, 13. Oktober, später Nachmittag

Althuis erschien eine Dreiviertelstunde nach ihm auf dem Revier. Fluchend warf sie den eher nutzlosen Schirm zum Trocknen in die Ecke und setzte sich an ihren Schreibtisch.

»Noch was zu tun heute?«, erkundigte sich Berg, der gerade den letzten Stapel Blätter abgeheftet hatte.

Althuis starrte in den Regen hinaus. »Das sieht aus, als ob einer mit der Gießkanne auf dem Dach steht«, bemerkte sie, ohne auf seine Frage einzugehen.

Berg fragte sich, ob sie ihm überhaupt zugehört hatte. Manchmal waren sie nicht auf derselben Wellenlänge, doch das war kein Beinbruch. Er nahm seine Kollegin, wie sie war, und hoffte einfach, dass es ihr mit ihm genauso ging. Nachdem der alte Revierleiter die Insel verlassen hatte, hatten er und Althuis die Polizeiarbeit auf der Insel gemeinsam übernommen. Es mochte nicht üblich sein, zwei Hauptkommissare Seite an Seite auf einem so kleinen Revier anzutreffen, doch so war es vom Polizeipräsidenten persönlich gewünscht worden, nachdem vor zwei Jahren ein Mörder auf Spiekeroog sein Unwesen getrieben hatte. Heute hatte Berg ohnehin keine Kraft mehr, sich über Althuis aufzuregen. Er war müde, und das trübe Wetter der letzten Tage schlug ihm aufs Gemüt. Mit Grausen erinnerte er sich an seinen ersten Sommer auf der Insel, als der Regen über Wochen kein Ende genommen und ihre Ermittlungen immer wieder behindert hatte. Immerhin hatten sie dieses Jahr einen vernünftigen Sommer gehabt.

Während er sich in Erinnerungen erging, war Althuis aufgestanden. Mit gerupften Haaren stand sie vor dem Fenster und blickte nachdenklich auf den Wüppspoor hinaus.
Berg fuhr zusammen, als plötzlich der General vor seinen Füßen landete. Der kräftige, rotgetigerte Kater schien stets aus heiterem Himmel von irgendwo angeflogen zu kommen, meist von seinem Lieblingsplatz auf dem Aktenschrank. Maunzend begann er, um Bergs Beine herumzustreichen. Der wusste schon, was gleich kommen würde.
»Du armer Kerl«, säuselte Althuis und warf ihrem Kollegen einen anklagenden Blick zu. »Hat der böse Thomas dir noch nichts zu fressen gegeben?«
»Der ist fett genug, da kann er auch mal ein paar Minuten warten«, behauptete Berg, doch Althuis wollte davon nichts hören. Mit ausdrucksloser Miene machte sie sich daran, der Polizeikatze das Abendessen hinzustellen.
»Sag mal«, fragte sie anschließend und fummelte abwesend an der Gardine herum. »Was hältst du eigentlich von diesem Uhlen?«
Berg schaltete das Licht ein und legte den Kopf schief. Mit Musik hatte er weiß Gott nicht viel am Hut. »Der Schlagersänger? Scheint ja einen ganz schönen Wirbel zu veranstalten. Vor zwei Wochen hat er sich wieder mit einem Journalisten angelegt. Hast du das Foto gesehen, auf dem der Mann diesen riesigen Kopfverband trägt?« Er musste unwillkürlich lachen, obwohl der Fall ganz sicher nicht lustig war. Zumindest nicht für den Journalisten.
Althuis reagierte auch diesmal nicht auf seine Antwort. »Ich meinte, dass er herkommen will.«
»Was will er?«

»Mann!« Die Hauptkommissarin verdrehte die Augen. »Du bist mir ein schöner Inselpolizist. Das ganze Dorf redet von nichts anderem. Nächste Woche reist er an, der werte Herr. Samt Gemahlin und Anhang.«
»Wow.« Berg gab sich redlich Mühe, beeindruckt zu klingen. »Dieser Krawallheini? Für die Malediven hat das Geld wohl nicht mehr gereicht. Aber wenn ich ehrlich sein soll«, gab er etwas leiser zu, »ich kenne kein einziges Lied von dem.«
»Das wundert mich überhaupt nicht.« Mehr sagte sie nicht, aber es genügte, um Bergs Laune noch ein wenig zu verschlechtern. Sie schien heute mal wieder richtig in Fahrt zu sein.
Bevor er jedoch etwas erwidern konnte, fügte Althuis hinzu: »Das mit der Kirche war übrigens ernst gemeint.«
Berg unterdrückte einen Hustenanfall. Ihm gelang gerade noch ein besorgtes Stirnrunzeln. »Läufst du diesem Wieland jetzt auch hinterher, oder bist du unter die Heiligen gegangen? Wirklich, Freda, ich hab eine seiner Predigten im Internet gefunden. So wie der loswettert, ist das ein Fanatiker erster Güte. Und so was hier auf der Insel, das passt doch überhaupt nicht. Die Leute wollen hier Urlaub machen und sich nicht sagen lassen, dass sie später alle in der Hölle landen.«
»Trotzdem gibt es anscheinend genügend Leute, die ein bisschen Hölle zwischen Strand und Restaurant ganz gut verkraften können. Seit der hier seine Predigten schwingt, stehen die Leute sonntags vor dem Gemeindehaus Schlange. Ich wäre ja auch nie auf die Idee gekommen, dahin zu gehen, aber als Ordnungshüter muss man sich schließlich einen

Überblick verschaffen.« Sie reckte ihm entschieden das Kinn entgegen und versuchte, streng auszusehen.
Berg musste lachen. Er legte den Ordner zur Seite und streckte die Beine aus, doch Althuis war schon wieder ernst geworden.
»Sag, was du willst«, fuhr sie mit gerunzelter Stirn fort, während sie begann, die Topfpflanze zu gießen, deren Namen keiner von ihnen behalten konnte. »Aber der Mann hat was. Der reißt die Leute mit. Die wollen so was hören.«
Als Johanssen das kleine Blätterbündel vor einem halben Jahr angeschleppt hatte, hatten sogar noch ein paar Knospen zwischen dem dunkelgrünen Laub hervorgelugt, inzwischen sah die ganze Pflanze recht kränklich aus.
»Wo hast du eigentlich Erik gelassen?«, erkundigte sich Berg nach dem Insulaner.
»Der hatte noch etwas zu erledigen.« Althuis schüttelte langsam den Kopf hin und her und sah ratlos zu ihm hinüber.
Sie schien dasselbe zu denken wie er. Natürlich war ihr Freund kein Polizist. Es war überhaupt nicht seine Aufgabe, hier auf dem Revier für Ordnung zu sorgen oder die Böden zu wischen. Niemand hatte ihn dazu aufgefordert, seit der alte Revierleiter Herrlich die Insel verlassen hatte, und niemand hatte das Recht dazu. Trotzdem war es für Berg und Althuis während all der Monate zu einem Teil ihres Arbeitslebens geworden, den gutmütigen Rentner beinahe täglich um sich zu haben. Es war weniger seine Hilfe als seine reine Anwesenheit, die dem kleinen Revier stets etwas Helles, Warmes verlieh, das sie nicht gerne missen wollten. Doch in letzter Zeit ließ Johanssen sich nur noch selten blicken, eine

Tatsache, die Berg ein wenig wehmütig und auch hilflos zurückließ. Er hatte nie gewagt, Johanssen nach dem Grund zu fragen, denn das stand ihm nicht zu.
Schweigend spielte er mit einem Kugelschreiber und beobachtete Althuis, die ein paar welke Blätter vom Boden auflas. Dann erhob er sich vom Stuhl und machte sich auf die Suche nach seinem Schirm. Seit Johanssen hier nicht mehr so häufig nach dem Rechten sah, ließ auch die Ordnung hin und wieder zu wünschen übrig. Der Mythos von der Frau im Haus stieß bei Althuis auf taube Ohren. Tatsächlich fiel es ihr schwerer, ihre Unterlagen in Ordnung zu halten als Berg selbst. Nachdem er den Schirm endlich entdeckt hatte, verabschiedete er sich von seiner Kollegin.
Schon an der Eingangstür schlug ihm der Regen mit unerwarteter Kraft ins Gesicht. Am liebsten hätte er sofort wieder kehrtgemacht. Das kleine Mansardenzimmer bei den Petrells, das er anfangs als so bedrückend empfunden hatte, war für ihn mittlerweile zu einem Zuhause geworden. Doch an Tagen wie diesem beneidete er Althuis, die die Wohnung des ehemaligen Revierleiters Herrlich bezogen hatte. Für sie endete der Arbeitstag ganze vierzehn Stufen höher, ohne jeden Anfahrtsweg.
Mit zusammengekniffenen Augen ging er zu seinem Fahrrad. Fast drei Wochen hatte er warten müssen, bis das Gefährt es endlich bis auf die Insel geschafft hatte, und jetzt benutzte er es kaum noch. Die meisten seiner täglichen Wege waren einfach zu kurz. Mit dem Finger fuhr er über den vom Regen schmutzverkrusteten Rahmen. Irgendwann würde er sich einen ganzen Nachmittag Zeit nehmen, um das gute Stück ausgiebig zu putzen. Irgendwann, dachte er

mit einem Anflug von Bitterkeit. Es wurden immer mehr Dinge, die er auf seiner geistigen Liste ganz nach hinten geschoben hatte, wie auch den Brief an seinen Vater. Disziplin hatte nie zu seinen Stärken gehört, und manchmal hatte er das Gefühl, dass es damit in den letzten Jahren nicht eben besser geworden war. Berg seufzte leise, legte kurz eine Hand auf den nassen Sattel, dann entschied er sich, zu Fuß zu gehen.

Montag, 15. Oktober

»So sind sie heutzutage! Nichts als Unsinn im Kopf, und unsereiner hat darunter zu leiden.«

Berg erwiderte erst mal gar nichts. Als er Frau Garst zum letzten Mal gesehen hatte, war sie noch geschwächt von ihrer Hüftoperation gewesen, ein zartes Persönchen, das von Schmerzen gebeugt mit einem Rollator vorwärtsgeschlichen war. Pastor Wieland wäre sicherlich begeistert gewesen. Ein Bild der Demut. Ein jeder nehme sein Kreuz auf sich und folge mir nach.

Doch von dieser Demut war heute nicht mehr viel zu spüren. In den blassgrauen Augen der alten Frau loderte die Entrüstung, und die Krücke, die ihr als letzte Erinnerung an die Zeiten des Leidens noch geblieben war, schwang sie so heftig durch die Luft, dass Althuis ausweichen musste, um nicht getroffen zu werden.

»Immer langsam mit den jungen Pferden«, sagte die Hauptkommissarin und versuchte ein Lächeln, das ihr sofort wieder verging, als die Alte erneut begann, wild in der Gegend herumzufuchteln. »Von wem reden Sie denn überhaupt?«

»Na von denen, die das hier fabriziert haben.« Frau Garst schüttelte den Kopf in Unverständnis. »Sehen Sie sich das doch mal an. Und mein Johann hat im Juli gerade erst die Hauswand frisch verputzen lassen. Was glauben Sie, was das gekostet hat?«

Berg betrachtete die Schrift an der Hauswand. In überdimensionalen roten Buchstaben hatte jemand zwei Wörter an die Seitenwand des schmalen Eckhauses geschrieben. Geschmiert traf es wohl besser. *VERDAMMTE WICHSER.* Die Schrift war im Regen der vergangenen Nacht an einigen Stellen weit nach unten verlaufen. Einen frisch verputzten Eindruck machte die Hauswand nicht gerade auf ihn, aber das war natürlich Nebensache. Seine Aufgabe war es im Moment, die alte Dame zu beruhigen und, falls notwendig, eine Anzeige aufzunehmen.

Althuis rümpfte die Nase, sie wirkte mehr als nur ein bisschen genervt. »Hören Sie mal, am Telefon haben Sie was von einem Notfall gesagt, und jetzt geht es nur um diese Schmiererei hier?« Sie wischte mit dem Finger über die noch feuchte Farbe. »Wenn Sie Glück haben, lässt sich das sogar mit einem Lappen entfernen.«

Berg schaute zweifelnd auf die riesigen Buchstaben. »Und Sie wissen also, wer das getan hat?«, erkundigte er sich vorsichtig, um sie nicht wieder in Rage zu versetzen.

»Natürlich weiß ich das. Die Urlauber waren das, die Jungen, die nachts so einen Krach machen mit ihrer lauten Musik. Humtata, humtata!« Erneut flog die Krücke durch die Luft.

Berg zog den Kopf ein. Ganz so einfach würde das Gespräch anscheinend nicht werden.

In diesem Moment öffnete sich die Haustür, und eine jüngere Frau trat zu ihnen auf die Straße. Sie kam ihm vage bekannt vor, aber er konnte sie nicht wirklich einordnen. Althuis jedoch begrüßte sie wie eine alte Bekannte.

»Moin, Raphaela, haben Sie vielleicht gesehen, wer das war?« Die Hauptkommissarin tippte mit dem Zeigefinger auf die Schmiererei.

Die blonde Frau knöpfte mit klammen Fingern ihre Strickjacke zu und schüttelte den Kopf. »Nein, von uns hat die keiner gesehen. Aber gestern Abend hab ich noch den Müll rausgebracht, so gegen acht. Da war das noch nicht.« Sie wandte sich der Älteren zu und versuchte behutsam, sie zur Tür zu manövrieren. »Komm, Mutti, was rennst du denn wieder ohne Jacke draußen herum? Geh doch ins Haus, ich rede schon mit der Polizei.«

In Sekundenschnelle ging eine Veränderung mit der alten Dame vor, alle Angriffslust wich aus ihrem Blick, und Berg musste schlucken, als er die Leere sah, die zurückblieb. »Aber dein Vater hat doch gerade erst alles so schön gemacht«, begann sie mit weinerlicher Stimme.

»Er wird sicher noch einmal drüber streichen. So schlimm ist das nicht.«

»Ja«, Frau Garst lächelte wie ein kleines Mädchen, »dein Vater ist ein guter Mann. Ein guter Mann.« Dann verschwand sie im Haus.

»Hören Sie«, wandte sich Raphaela nun an die beiden Kommissare. »Tut mir leid, wenn wir Ihnen Umstände gemacht haben. Ich hätte wegen so etwas nicht gleich die Polizei gerufen.« Sie rieb sich über die Wangen, und Berg konnte sehen, dass ihr die Situation peinlich war.

»Nun ja, Ihre Mutter hat am Telefon etwas übertrieben, aber im Prinzip hat sie recht«, konterte Althuis. »Dafür sind wir schließlich da, und ich hoffe, wir finden den oder die Verantwortlichen, bevor das halbe Inseldorf seiner Kreativität zum Opfer fällt. Solche Typen geben sich selten mit einer einzelnen Hauswand zufrieden. Und schließlich geht es dabei nicht nur um ein paar Schmierereien an der Wand, es geht

um den Frieden im Dorf. Sie sollten wirklich Anzeige erstatten.« Sie nickte Raphaela aufmunternd zu.
»Gut. Dann komme ich später bei euch vorbei, auch wenn es mir ein bisschen unangenehm ist. Das bisschen Farbe …«
Berg schoss noch ein paar Fotos, dann verabschiedeten sie sich. »Alles Gute für Ihre Mutter und für Ihren Vater natürlich auch«, sagte Berg und wandte sich zum Gehen.
»Mein Vater?« Raphaela zog die Stirn in Falten, dann klärte sich ihr Blick, und sie nickte Berg traurig zu. »Oh, natürlich. Meine Mutter lebt leider seit ein paar Jahren immer mehr in der Vergangenheit. Mein Vater ist schon vor fünf Jahren gestorben.«

Auf dem Rückweg blickte Berg argwöhnisch zum Himmel auf. Die Sonne lugte als blinkende Scheibe blass durch die dünne Wolkendecke, aber der Wind hatte sich gelegt.
Althuis zog nachdenklich die Stirn kraus. »Denkst du, das war derselbe wie bei den anderen?«
»Keine Ahnung.« Berg zuckte die Schultern. Bei dem Gedanken an die Vorfälle der letzten Woche überfiel ihn jedes Mal ein leichtes Unbehagen. Angefangen hatte alles mit einer Anzeige wegen zwei zerschnittenen Fahrradreifen. Berg hatte an einen dummen Streich geglaubt, und vielleicht war es das auch gewesen. Tatsache war jedoch, dass es nicht bei dieser einen Sachbeschädigung geblieben war. Sicher, die Fahrradreifen waren leicht zu ersetzen, und auch Olesson, dem man seine Blumenrabatte zertreten hatte, würde über den Verlust hinwegkommen, aber wie Althuis gerade zu der alten Frau Garst gesagt hatte, betrafen diese Dinge nicht nur einzelne Personen. Berg wusste aus Erfahrung, dass von ih-

rer Arbeit der Friede auf der ganzen Insel abhängen konnte, und bisher hatten sie keinerlei Hinweise auf den oder die Täter erhalten.

»Sollen wir was essen gehen? Der Anker hat, soweit ich weiß, wieder offiziell geöffnet«, fragte Althuis.

»Schon?« Berg staunte. Eigentlich war er noch satt vom Frühstück, aber die Aussicht auf ein Wiedersehen mit Anna Starnitzke kam ihm nicht ungelegen. Die junge Frau war ihm sympathisch. Nicht mehr und nicht weniger, aber das musste er sich eingestehen. Und sie sah wirklich gut aus, ein bisschen verhärmt vielleicht, doch wer konnte ihr das verdenken? Ohne Mann und mit zwei Kindern einen kompletten Neuanfang zu wagen, dazu gehörte schon einiges. Er dachte an die kleine Ria und wie sie sich an das Bein ihrer Mutter geklammert hatte. Nur den Sohn hatte er bisher nicht kennengelernt, den Jungen mit dem biblischen Namen.

»Elia?«, fragte er deswegen auch hoffnungsvoll, als ihm ein schlanker Teenager die Speisekarte brachte.

»Fast. Ich heiße Josua.« Der Junge grinste leicht, als würde er sich nicht wirklich trauen, eine Regung zu zeigen. Schüchtern wirkte er, stellte Berg fest, die Schultern leicht gebeugt, aber vielleicht lag das auch am schnellen Wachstum. Von Josuas Mutter war im Moment nichts zu sehen, doch er konnte sie in der Küche mit Geschirr klappern hören. Das Mädchen vermutete er bei ihr.

»Wirklich schön habt ihr es euch gemacht.« Freda Althuis ließ die frischgewaschene Gardine mit einem anerkennenden Nicken durch ihre Finger gleiten und sah sich ausgiebig im Gastraum um.

Mittlerweile hatten alle Wände einen hellen Anstrich bekommen, auf den Tischen standen frische Nelken, und in der Ecke entdeckte Berg eine Jukebox.
Josua rieb sich unsicher die Hände, eine Geste, die Berg auch schon bei der Mutter des Jungen beobachtet hatte. »War auch viel Arbeit. Jetzt müssen nur noch die Kunden kommen.«
Althuis war zuversichtlich. »Oh, die kommen, ganz sicher. Vielleicht sogar öfter, wenn ihr sie beim ersten Mal nicht verhungern lasst.« Sie zwinkerte dem verlegenen Josua über den Rand ihrer neuen Brille vielsagend zu. »Ich hätte gerne die Fischsuppe.«
Das Essen kam erstaunlich schnell, und es duftete vorzüglich. Berg staunte darüber, wie geschickt der Junge das Essen servierte. Er selbst wäre in diesem Alter vermutlich über die eigenen Füße gestolpert. Während er nach einer Serviette angelte, erschien Anna hinter der Theke, ein weißes Kopftuch auf den rotblonden Haaren. Hinter ihr stand Ria und klammerte sich erneut wie ein Kleinkind an ihrer Hose fest. Berg konnte nur den Haarschopf des Mädchens erkennen, der Rest verschwand hinter der schweren Holztäfelung.
»Hast du Angst vor uns?«, fragte Althuis und pikste amüsiert mit der Gabel in die Luft. »Keine Sorge, wir jagen nur Verbrecher, zu Kindern sind wir eigentlich immer ganz nett.«
Josua blieb mitten im Raum stehen, den Brotkorb noch in der Hand. »Sind Sie von der Polizei?«
»Na, und wie. Sieht man das nicht?« Althuis lachte laut auf und zeigte auf ihre Uniformjacke, die über dem Stuhl hing. »Wir sind die Sheriffs hier. Wenn du mal Ärger mit irgendwelchen Idioten hast, komm einfach zu uns.« Sie tippte

Berg, der sich gerade eine Gabel voll Nudeln in den Mund schieben wollte, demonstrativ an die Brust. »Mein Kollege hier ist der Schreck aller Zehntklässler.«
Berg verschluckte sich und rutschte hustend ein Stück von Althuis weg, damit sie ihm nicht auch noch auf den Rücken klopfen konnte. Mit Tränen in den Augen registrierte er, wie ein schwaches Lächeln über Josuas Gesicht huschte. Anna Starnitzke kam hinter der Theke hervor und schickte ihren Sohn in die Küche, um nach den Vorräten zu sehen. Die Kleine hing noch immer stumm an ihrem Bein und stolperte nicht ein einziges Mal beim Laufen. Sie schien diese Art der Fortbewegung über Jahre einstudiert zu haben. »Herzlich willkommen.« Um Annas Augen bildeten sich winzige Lachfältchen. »Ich wollte Ihnen eigentlich einen Aperitif anbieten zur Feier des Tages, aber im Supermarkt gab es keinen Sekt mehr. Stattdessen gibt es ein Dessert auf Kosten des Hauses.«
Berg, der schon mit seinem Mittagessen zu kämpfen hatte, schob unbemerkt zwei Finger in den spannenden Hosenbund und richtete sich wieder auf. »Das ist nett von Ihnen. Was gibt es denn zu feiern?«
Althuis war wohl schneller von Begriff. »Natürlich, Sie haben erst heute wiedereröffnet, nicht wahr?«
»Nein, offiziell schon gestern. Es sollte eigentlich im *Inselboten* erscheinen, aber offenbar haben wir einen schlechten Termin erwischt. Nichtsdestotrotz sind Sie meine ersten Gäste. Abgesehen von …« Mit einer zärtlichen Geste löste sie die Hand ihrer Tochter von ihrem Hosenbein und beugte sich zu ihr hinunter. »Ria, Schätzchen, was hältst du davon, wenn du in die Küche gehst und deinem Bruder hilfst? Später melden wir dich im Kindergarten an.«

Zum ersten Mal konnte Berg die Kleine richtig sehen. Unter einer Flut dunkler Locken erschien das Gesichtchen winzig und zart wie bei einer Puppe. Große, fast schwarze Augen blickten ihn unsicher an, dann drehte sich Ria blitzartig um und rannte zurück zur Küchentür.

»Die ersten Gäste?«, fragte Althuis verständnislos. »Das kann ich gar nicht glauben. Na, das wird sich sicher bald ändern. Das Essen ist übrigens toll. Hatten Sie früher schon einmal in der Gastronomie zu tun?«

Anna schüttelte den Kopf und schaute ihrer Tochter nach, die längst durch die Tür verschwunden war. »Meine Mutter war Köchin, sie hat mir einiges beigebracht.«

Berg nahm sich eine Scheibe von Althuis' Brot und begann, damit die restliche Soße aufzutunken.

»Meinen Sohn haben Sie ja bereits kennengelernt«, setzte Anna Starnitzke das Gespräch halbherzig fort. »Ein wunderbarer Junge. Ich wüsste nicht, was ich ohne ihn machen würde.«

Berg nahm nur am Rande wahr, worüber sich Althuis und die Wirtin in den nächsten Minuten unterhielten. Ihn beschäftigte etwas anderes, ein Satz, den Anna nicht einmal zu Ende gesprochen hatte. Obwohl er in den letzten beiden Jahren gut mit seiner Kollegin ausgekommen war, kam es ihm falsch vor, seine Bedenken offen vorzubringen, und so wartete er ab, bis Freda Althuis irgendwann die Toilette aufsuchte. »Frau Starnitzke?«

Anna stand noch immer in der Nähe der Theke und zupfte an den Vorhängen herum, er konnte sehen, dass es ihr unangenehm war, nichts zu tun zu haben.

»Sie haben da vorhin etwas erwähnt.«

»Ja, bitte?« Ihr Tonfall war plötzlich unsicher, geschäftlich, mit gefalteten Händen stand sie vor ihm, als hätte er sich nur nach der Getränkekarte erkundigt.
Berg blickte einen Moment lang nachdenklich zur Küchentür, von nebenan konnte er Josua hören, der seiner Schwester offenbar aus einem Buch vorlas. Er legte die Gabel zur Seite. »Sie sagten, wir wären nicht die ersten Gäste. Nicht ganz jedenfalls.«
»Ach das.« Ein mädchenhaftes Kichern, und sofort war die Welt wieder in Ordnung. Nur in ihren Augen konnte er weiterhin etwas lesen, das ihm Sorgen bereitete. »Nun, es waren schon ein paar Einheimische da, um uns willkommen zu heißen. Nichts weiter. Ich meinte das Essen. Sie waren die Ersten, die etwas Warmes bestellt haben.« Ein wenig zu hastig drehte sie sich um und griff nach dem Block, auf dem Josua die Bestellung aufgenommen hatte.
Unzufrieden rührte Berg den Rest seiner Nudeln durcheinander. Hatte sie ihn gerade angelogen? Oder ging lediglich seine Fantasie mal wieder mit ihm durch. Er kratzte sich am Kopf und wartete, dass Althuis endlich zurückkommen würde. Wenn Anna Starnitzke ein Problem hatte, würde sie es ihn wissen lassen, beruhigte er sich. Schließlich waren sie nicht aus der Welt, und mit der Begeisterung, mit der sich seine Kollegin über das Essen hergemacht hatte, würde es sicher nicht allzu lange dauern, bis sie dem Anker einen erneuten Besuch abstatten würden.

Montag, 15. Oktober, abends

Mit hochgezogenen Schultern machte sich Berg gegen halb sieben auf den Weg nach Hause. Der Wind hatte aufgefrischt und wehte ihm die Haare ins Gesicht. Es war alles in Ordnung, sagte er sich mit jedem Schritt, und dennoch fühlte sich dieser Gedanke irgendwie falsch an. Er konnte sich nicht erklären, was ihn so unruhig machte. Abgesehen von den aufgeschlitzten Fahrradreifen, der Schmiererei im Gartenweg und Olessons zertrampeltem Blumenbeet war in den letzten Tagen nichts Denkwürdiges geschehen. Ein kleiner Junge, der seiner Großmutter während des Hausputzes ausgebüxt war, hatte sich gesund und munter ein paar Straßen weiter wieder aufgefunden, und der Taschendiebstahl, den ein älterer Feriengast am Nachmittag aufgeregt zur Anzeige gebracht hatte, hatte sich als Irrtum herausgestellt. Das Portemonnaie war in der Tasche einer anderen Hose wieder aufgetaucht. Berg seufzte und suchte nach dem Hausschlüssel. So war es auf Spiekeroog, und so sollte es auch sein. Hier kam selten etwas vor, weshalb er sich hätte den Kopf zerbrechen können. Er ließ den Blick über Frau Petrells Gemüsebeete schweifen, die jetzt seit Wochen brach lagen. Ein paar welke Pflanzen wiegten sich im Wind, der Anblick war nicht eben geeignet, seine Stimmung zu heben. Abermals wanderten seine Gedanken zu der Schmiererei zurück, die die alte Frau Garst am Vormittag gemeldet hatte. Niemand hatte etwas gesehen oder gehört. Es gab, wie bei solchen Fällen üblich, drei Möglichkeiten. Entweder die Sache verlief einfach im Sande, was er inständig hoffte, oder sie bekamen den oder die Täter zu fassen. Das wiederum erschien ihm mehr als zweifelhaft, so ganz ohne Zeugen und Spuren, die ihm irgendeine Richtung hätten weisen können. An die dritte Möglichkeit wollte er gar nicht denken. Aber natürlich war ihm klar, dass, sollte sich jemand einen Spaß daraus machen, noch weitere Häuser vollzukritzeln, die Leute früher oder später wirklich ungehalten werden würden.

»Guten Abend«, begrüßte er seine Vermieterin, als er am Wohnzimmer vorbei in Richtung Treppe ging. Frau Petrell, die mit einem Kreuzworträtsel in ihrem Lieblingssessel saß, würdigte ihn keines Blickes. Berg nahm ein paar Stufen, dann beugte er sich über das Treppengeländer und wiederholte seinen Gruß. Erst jetzt sah er, dass das Rätselheft ganz schief auf ihrem Schoß hing, die Brille war ihr von der Nase gerutscht. Frau Petrell war mal wieder vor dem Fernseher eingeschlafen. Leise schlich Berg den Rest der Treppe hinauf. Seit im Januar der Mann seiner Vermieterin an einem Hirnschlag gestorben war, war sie nicht mehr dieselbe. Sie schien schneller zu altern, wirkte gleichgültiger, hinfällig. Diese Veränderungen machten ihm Sorgen, und er ertappte sich dabei, wie er der alten Dame seit Wochen aus dem Weg ging. Frau Petrell hätte ihm leidtun sollen, und auf eine bestimmte Art tat sie das auch. Was er jedoch in der Hauptsache empfand, war ein stilles Unbehagen, vielleicht die Angst vor der eigenen Vergänglichkeit. »Eine Midlife-Crisis, ich?« Das war lächerlich, er war gerade mal dreiunddreißig geworden, und, abgesehen von einem Bauchansatz und der kleinen Stelle am Hinterkopf, auf der sich jährlich ein paar Haare weniger zeigten, wäre er glatt für Ende zwanzig durchgegangen. Lächerlich also. Er wiederholte das Wort mit Inbrunst. Genauso lächerlich, wie sich täglich mit eingezogenem Bauch im Schaufenster der Apotheke zu betrachten. Berg wischte den Gedanken beiseite und schaltete den Fernseher ein.

Mittwoch, 17. Oktober

»Moin, Thomas.« Als Berg das kleine Revier betrat, kam gerade Johanssen aus der Küche, ein mit Butter verschmiertes Messer in der Hand. »Ich würde dir ja ein Frühstück anbieten, aber ich glaube, Freda will zuerst mit dir reden.« Bedeutungsvoll riss er die Augen auf.

Berg ging über den Flur ins Büro hinüber und fand seine Kollegin an ihrem Schreibtisch. Althuis sah nicht so aus, als sei sie besonders gut gelaunt. Mit säuerlich verzogenem Mund schlürfte sie einen Schluck Tee und ließ Berg dabei keine Sekunde aus den Augen. »Ich fürchte, du kannst gleich wieder los.«

Er wartete darauf, dass sie weitersprechen würde.

Althuis schob zwei Ordner zusammen und fischte einen kleinen Notizzettel hervor. »Familie Assel«, las sie langsam vor. »Im Slurpad drüben.«

Berg nickte. »Ich kenne den Vater. Der Alte ist im Sommer böse mit dem Fahrrad gestürzt, weißt du noch?«

»Ach ja.« Althuis wirkte nicht so, als würde sie sich tatsächlich erinnern.

»Und was ist mit denen?«, fragte Berg ungeduldig. Manchmal glaubte er, es nur mit Menschen zu tun zu haben, die sich nicht richtig ausdrücken konnten.

Althuis warf ihm einen seltsamen Blick zu, halb giftig, halb ironisch, dann klopfte sie mit den Fingern auf die Schreibtischplatte. »Ich dachte, das hättest du schon erraten.«

»Jetzt sag bloß nicht …«

Sie nickte. »Unser Freund war wieder aktiv.«
»Die Hauswand?«
»Sieht so aus.«
Berg mochte es nicht, wenn er seiner Kollegin jedes Wort aus der Nase ziehen musste. »Wie wär's, wenn du diesmal hingehst?«, fragte er und schenkte Althuis sein schönstes Lächeln.
Die Hauptkommissarin lächelte zurück. »Das würde ich ja gerne, aber …« Theatralisch begann sie, ihre Schulter zu massieren. »Du weißt ja gar nicht, wie das ist, wenn man langsam in die Jahre kommt.« Sie klimperte ihn mit Unschuldsmiene an, dann wurde sie wieder ernst. »Ich fühle mich wirklich nicht besonders. Irgendwie angeschlagen.«
Berg seufzte. Er hätte wütend sein sollen, aber es gelang ihm nicht so richtig. »Sauwetter«, murmelte er und bemerkte aus dem Augenwinkel, wie Johanssen neben ihm die Augen niederschlug. Berg wusste, wie empfindlich der Insulaner reagieren konnte, wenn jemand die geringste Kritik an seiner Insel übte, aber für das Wetter war er nun mal garantiert nicht zuständig.
»Ich gehe dafür heute Nachmittag auf Streife«, gelobte Althuis mit drei erhobenen Fingern. »Auch bei Sturm und Hagelschauern.«
Berg warf ihr einen schrägen Blick zu, griff nach der Tasse, die Johanssen eben auf seinem Schreibtisch abgestellt hatte, und trank einen Schluck heißen Tee. Er würde ihn brauchen.

Das kleine Häuschen wirkte so verlassen, dass Berg zunächst befürchtete, Althuis habe die Hausnummer falsch verstanden. Bevor er auf die Klingel drückte, schritt er den gesamten flachen Bau ab, soweit das möglich war, und suchte nach den Spuren des nächtlichen Vandalismus. Erst als er die hintere Wand erreichte, die den Dünen zugewandt war und an der lediglich ein schmaler Trampelpfad entlangführte, wurde er fündig. Auch hier hatte der Schmutzfink große rote und leicht verlaufene Buchstaben hinterlassen. *LECKT MICH*, las Berg mit einiger Mühe. Er runzelte die Stirn. Das war nicht unbedingt der Stil, den er von Berliner Mauern gewöhnt war. Hinter dieser Botschaft schien weniger Provokation als vielmehr ein gewisser Trotz zu stecken. Er schüttelte den Kopf und wischte mit dem Finger über die rote Farbe. Die Wand fühlte sich trocken an, immerhin hatte es seit gestern Abend nicht mehr geregnet. Frierend kehrte er zur Eingangstür zurück und betätigte die Klingel. Plötzlich wurden Stimmen laut, im Flur ging das Licht an, und ein Baby begann zu schreien. Eine junge Frau, die Berg vom Sehen her kannte, öffnete die Tür. Berg überlegte gerade, ob er sich ausweisen sollte, als das Geschrei lauter wurde. Ohne ein Wort drehte sich Frau Assel um und lief zurück in eines der Zimmer. Die Hände tief in den Taschen, blieb Berg an der Tür stehen, bis die Dame erneut an die Tür kam.

»Entschuldigen Sie«, sagte sie ein wenig verlegen und bat ihn endlich ins Warme. »Aber die Kleinen haben die Masern, da sind sie natürlich ziemlich quengelig.« Sie räusperte sich. »Haben Sie … ich meine, hatten Sie schon Masern?«

Berg spürte, wie ihm ein Schauer über den Rücken lief. »Ich hoffe«, sagte er heiser.

Das schlauchförmige Wohnzimmer war in warmen Orange- und Beigetönen gehalten. Neben einem leeren Laufstall und einer geblümten Steppdecke lagen eine ganze Menge Stofftiere und Bausteine auf dem dicken Teppich herum. Berg musste aufpassen, dass er nicht darüber stolperte.

»Ich bin noch nicht zum Aufräumen gekommen«, entschuldigte sich Frau Assel. Sie öffnete die Glastür am Ende des Raumes, die offensichtlich zum Garten führte, und ließ den Wind herein. Wehmütig entfernte sich Berg von dem blubbernden Ofen in der Ecke und folgte ihr ins Freie.

»Dort hinten ist es.« Frau Assel lief leichtfüßig über die wenigen Trittsteine bis zum Gartentor und zeigte um die Ecke. Sie schien überhaupt nicht zu frieren.

Masern, dachte Berg und schauderte erneut. Dann hatte er sie endlich eingeholt. »Ich habe es schon gesehen«, erklärte er. »Und das ist heute Nacht passiert?«

Von drinnen war ein jämmerlicher Klagelaut zu hören. Die Kinder.

»Mami kommt gleich«, rief die junge Frau über die Schulter hinweg, dann ging sie auf den schmalen Weg hinunter, der das Haus an dieser Seite umgab. Berg folgte ihr. »Ich weiß nicht, wann es genau passiert ist«, sagte sie. »Aber auf jeden Fall ist es eine Schweinerei, und mein Mann …«

In diesem Moment erschien eine große Gestalt auf der Terrasse. »Ah, da bist du ja.«

Berg ging auf den Hausherrn zu und streckte ihm die Hand entgegen. Herr Assel, dessen Gesicht hinter dem dichten Bart nur teilweise zu erkennen war, schüttelte wütend den Kopf. »Wenn ich den erwische, der so was macht. Da quält man sich jahrelang ab, damit alles gut aussieht, und dann das hier.«

»Reg dich nicht auf, bitte.« Frau Assel blickte flehentlich zu ihm auf.

»Natürlich rege ich mich auf. Ich hoffe, Sie finden den bald«, wandte er sich an Berg. »Was kommt als Nächstes dran? Das Rathaus? Die Kirche? Wenn Sie jetzt nicht durchgreifen, haben wir bald Zustände wie in der Stadt.«
Berg bemühte sich, freundlich zu bleiben, obwohl ihm der Tonfall des Mannes überhaupt nicht gefiel. »So schlimm wird es schon nicht werden.« Er zog die kleine Kamera hervor und schoss mit klammen Fingern ein paar Fotos.
»Wird es nicht, nein?« Der Mann schien alles andere als besänftigt. »Haben Sie das auch den anderen erzählt? Das ist doch hier nicht der erste Fall, oder?«
»Leider nicht«, gab Berg zu. Er warf einen sehnsüchtigen Blick in das warme Wohnzimmer, doch der Mann versperrte ihm den Weg.
Herr Assel spitzte abschätzig die Lippen, was ihn beinahe gefährlich aussehen ließ. »Und was gedenkt unsere Polizei zu tun?«
Berg spürte, wie sein Herz schneller schlug. Natürlich war es seine Aufgabe, für Ordnung zu sorgen. Ebenso wie er diesen Mann hätte beruhigen sollen, ohne sich auf ein Streitgespräch einzulassen. Johanssen hätte dem Mann jetzt vermutlich bei einer Tasse Tee erklärt, weshalb es sich nicht lohnte, so viel Aufhebens um die ganze Sache zu machen. Aber er war nicht Johanssen, und seine Füße wurden in den viel zu dünnen Schuhen langsam, aber sicher zu Eisklötzen.
»Wir tun, was wir können«, versicherte er und senkte den Kopf, als ihm eine neue Windbö direkt ins Gesicht fuhr. »Das können Sie mir glauben, aber mehr als der Sache nachgehen können wir auch nicht.« Er überlegte, ob es sich lohnen würde, die Bevölkerung um Mithilfe zu bitten, und ver-

bannte diesen Gedanken gleich wieder aus seinem Kopf. Hier ging es nicht um ein Gewaltverbrechen. Trotzdem war die Sache natürlich ärgerlich genug für die Betroffenen. Als eines der Kinder im Haus erneut zu weinen begann, entschuldigte sich Frau Assel und eilte auf die Terrassentür zu. Berg beschloss, sich auf keine weitere Diskussion einzulassen. Er machte sich noch ein paar Notizen und trat anschließend den Rückweg zum Revier an. Keiner der Assels hatte etwas gesehen oder gehört, ebenso wie die direkten Anwohner, die bereits an der Straße gewartet hatten, als er das Grundstück verließ. Ein älterer Mann hatte versucht, ihn davon zu überzeugen, dass es sich um Touristenkinder handeln müsse. Wäre es noch Sommer gewesen, hätte Berg diese Vermutung nicht so leicht von der Hand gewiesen, doch im Augenblick hielten sich nur noch vereinzelte Feriengäste auf Spiekeroog auf, und die hatten, soweit er mitbekommen hatte, keine Kinder. Im Moment wünschte er sich sehnlichst, an seinem warmen Schreibtisch zu sitzen, am besten mit einem von Johanssens Brötchen vor sich, doch ehe er in den Wüppspoor einbiegen konnte, spürte er plötzlich ganz instinktiv, dass ihn jemand beobachtete. Erstaunt sah er sich um, konnte aber zunächst niemanden entdecken. Langsam fängst du an zu spinnen, dachte er und wollte schon weitergehen, als sich im trüben Vormittagslicht eine Gestalt aus dem Schatten eines Baumes löste. Ein älterer, auffallend magerer Mann kam ihm entgegen. Seine Augen drückten Bestürzung aus. Berg zuckte zusammen und fragte sich, ob etwas geschehen war.

»Kann ich Ihnen helfen?«, fragte er den Alten, der mit bebenden Händen vor ihm haltgemacht hatte.

Berg überlegte, ob er den Mann vorher schon einmal gesehen hatte, und erinnerte sich dunkel an einige Zusammentreffen im Supermarkt. Ansonsten schien er wenig unter Leute zu gehen. Der Mann riss die Augen noch weiter auf und starrte ihn wortlos an. War hier jemand ein wenig verwirrt? Einen Moment lang wusste Berg nicht, wie er auf den Mann reagieren sollte, dann kam zum Glück doch noch eine Antwort. »Er war wieder da, nicht wahr?«
»Wovon sprechen Sie?« Berg seufzte innerlich tief auf. Das Büro samt Johanssens Frühstück rückte in unerreichbare Ferne. »Wer war wieder da?«
Der Mann schüttelte den Kopf, langsam und bedächtig hob er eine Hand und beschrieb einen undefinierbaren Halbkreis, als wüsste er selbst nicht so genau, wovon er sprach.
»Hören Sie«, sagte Berg in möglichst freundlichem Tonfall. »Wenn Sie mir nicht sagen, wen Sie meinen, kann ich Ihnen auch nicht helfen.« Freundlich, dachte er und schluckte bitter. Genau wie bei den Assels, genau wie er es schon immer gewesen war.
»Haben Sie nicht gesehen, was sie aus unserer schönen Insel machen?«, fragte der Mann, und seine Augen glühten förmlich vor Entrüstung. »Haben Sie es nicht mitbekommen? Aber Ahnungslosigkeit schützt uns nicht vor der Verantwortung. Wussten Sie das?«
Berg spürte, wie er innerlich gegen dieses sinnlose Gespräch zu rebellieren begann. Was wollte dieser Kerl überhaupt von ihm? »Sie meinen nicht zufällig die Schmierereien an der Hauswand?«, erkundigte er sich vorsichtig.
Der Alte schien ihn sehr gut zu verstehen. »Das ist erst der Anfang«, murmelte er. »Sie werden sehen, was kommt. Alle werden es sehen, aber dann ist es zu spät.«

In Bergs Kopf blitzte ein absurder Gedanke auf, verschwand jedoch sofort wieder. Er konnte sich nicht vorstellen, dass dieser Mann etwas mit den Schimpfwörtern zu tun hatte, die irgendwer auf seinen nächtlichen Streifzügen hinterließ. Es war nicht seine Sprache, da war Berg sich sicher. »Wenn Sie irgendwas darüber wissen, sollten Sie es uns erzählen«, schlug er vor und zeigte in Richtung Hafenstraße. Er hoffte inständig, die letzten hundert Meter zu seinem Arbeitsplatz heute noch hinter sich zu bringen, mit oder ohne diesen Menschen.

»Ich weiß gar nichts.« Der Mann schüttelte abermals den Kopf. Seine sorgfältig gescheitelten Haare kräuselten sich hinter den Ohren. »Ich wollte nur helfen, aber nicht jeder kann meine Hilfe annehmen. Nicht jeder will sie annehmen. Das hat schon Pastor Wieland gesagt. Und so müssen wir eben weitergehen, jeder auf seinem Weg.«

Auch gut, dachte Berg, dem der Mann ohnehin nicht geheuer war. Trotzdem flüsterte eine leise Stimme ihm zu, dass es seine Pflicht war, ihn anzuhören. Vielleicht hatte er sich ja verlaufen. »Darf ich fragen, wo Sie wohnen?«, wollte er wissen.

Der Alte kniff die Augen zusammen und musterte ihn scharf, jetzt sah er überhaupt nicht mehr verwirrt aus. »Sie glauben mir nicht«, stellte er emotionslos fest. »Sie halten mich für verrückt. Das tun viele.«

»Das hab ich nicht gesagt, Herr …«

»Barrak. Niels Barrak. Ich bin vielleicht alt, aber ich habe Augen und Ohren, und die funktionieren noch ziemlich gut.«

»Schön«, sagte Berg. »Dann können Sie mir vielleicht endlich erklären, was Sie von mir wollen.« Am liebsten wäre er einfach weitergegangen. Unauffällig sah er sich nach weiteren Passanten um, Leuten, die sich trotz des schlechten Wetters ins Freie wagten und ihn aus dieser unangenehmen Situation erlösen konnten. Von weitem sah er einen der kleinen orangefarbenen Elektrowagen vorbeifahren, doch das Gefährt kam nicht in ihre Richtung.

»Die jungen Leute«, sagte Barrak und hob den Zeigefinger. »Sie sollten die jungen Leute im Auge behalten. Heutzutage kann man ihnen nicht mehr trauen.«

Langsam wurde Berg wirklich sauer. »Wenn das alles war, würde ich jetzt gerne weitergehen«, entgegnete er, obwohl der Alte ihm im Grunde überhaupt nicht den Weg versperrte. Es ist dieser Blick, dachte er, der geht einem durch und durch.

»Das war nicht alles«, sagte Barrak, aber er wandte sich ab und schlurfte in die andere Richtung davon. Berg konnte sein rasselndes Lachen hören, bevor er in den Wüppspoor einbog. »Noch lange nicht, Sie werden es erleben.«

Mittwoch, 17. Oktober, mittags

Durchgefroren und mittlerweile ziemlich hungrig erreichte Berg endlich das Revier. Althuis saß mit ausgestreckten Beinen hinter dem Schreibtisch und aß ihre Frühstücksbanane, die angeblich zur Steigerung ihrer Fitness beitrug. Die engen Schuhe hatte sie ausgezogen. Zwischen ihren Füßen lag schnurrend der Kater.

»Und? Alles geklärt?«, fragte sie unschuldig.

»Von wegen.« Berg nieste und rieb sich die Augen. Er setzte sich mitsamt seinem Drehstuhl direkt neben die Heizung und rieb die Hände aneinander. »Der war ganz schön sauer.«

Althuis starrte kauend aus dem Fenster. »Was man ja auch irgendwie verstehen kann.«

Natürlich, gestand Berg sich ein, man konnte es verstehen. Trotzdem überlief ihn ein Schauer bei dem Gedanken daran, wie Ole Assel die Zähne beim Sprechen gefletscht hatte.

Er hatte gehofft, dass Johanssen sein Angebot wiederholen würde, doch aus der kleinen Küche erklang nur das Klappern von Geschirr. Berg erhob sich von seinem Fensterplatz und ging in die Küche.

»Himmel!« Er blieb wie angewurzelt stehen und starrte auf das Durcheinander, das den kleinen Raum noch winziger erscheinen ließ.

Auf dem alten Holztisch stapelten sich Teller, Tassen und sonstige Gegenstände, von denen er gar nicht gewusst hatte, dass es sie hier überhaupt gab. Auf dem Boden kniete Johanssen, den er nur an den riesigen Schuhen erkannte, der

Oberkörper des Insulaners war vollständig von einer offenen Schranktür verdeckt.
»Erwarten wir hohen Besuch oder so?«, fragte er lachend und verzog schmerzhaft das Gesicht, als Johanssen sich mit einem dumpfen Geräusch den Kopf am Schrank anstieß.
Der Insulaner schenkte ihm ein schiefes Lächeln. »Ab und zu ist so was einfach nötig«, sagte er und quälte sich langsam aus seiner Ecke heraus.
Berg gab sich Mühe, den Gedanken an sein eigenes Zimmer beiseitezuschieben, in dem nur eine leidliche Ordnung herrschte. Er nahm sich ein belegtes Brötchen aus dem Kühlschrank und machte sich an seine Arbeit.
Es dauerte über eine Stunde, bis der Insulaner wieder zum Vorschein kam. »Ist ja schon gleich zwölf«, hörte Berg ihn erstaunt ausrufen, dann rumpelte es noch lauter in der Küche. Johanssen schien es plötzlich eilig zu haben, und bevor Berg ihn noch etwas fragen konnte, hatte sich der Insulaner in Luft aufgelöst. Immerhin, die Küche hatte er tatsächlich vollständig aufgeräumt, Berg staunte nicht schlecht.
»Wie von der Tarantel gestochen«, bemerkte Althuis und wandte sich wieder ihren E-Mails zu. »Dem ist auch nicht mehr zu helfen.«
»Weißt du, was mit ihm los ist?« Berg stand mal wieder auf der Leitung, eine seiner Spezialitäten, wie er nur ungern zugab.
Althuis blinzelte ihn an. »Das sieht doch ein Blinder. Den hat's erwischt.«
»Erik?« Berg stutzte. »Du denkst, er hat sich verliebt?« Das konnte er sich nur schwer vorstellen. Johanssen war ein Freund, ein prima Kumpel, aber doch innerlich viel mehr ein

Kind als ein Mann, so jedenfalls hatte er ihn immer gesehen. Darüber, dass auch der Insulaner manchmal einsam war und sich vielleicht sogar nach einer Beziehung sehnte, hatte Berg sich nie Gedanken gemacht. »Weißt du, wer sie ist?«

Althuis betrachtete ihn amüsiert. »Er macht ja ein Riesengeheimnis draus«, sagte sie, nahm ihre Lesebrille ab und fuhr den Computer herunter. »Ich bin dafür, dass wir was essen gehen. Im Capitänshaus haben sie heute wieder diese tollen Meeresfrüchte.«

Berg sah nachdenklich zum Fenster hinaus, wo sich abwechslungshalber die Sonne blicken ließ. »Vielleicht sollten wir lieber doch getrennt in die Pause gehen. Irgendwie hab ich im Moment kein gutes Gefühl. Nicht, dass am Ende wieder etwas passiert.«

Als er Althuis' Blick begegnete, wünschte er sich, er hätte seine Bedenken für sich behalten. Sie hält mich für paranoid, dachte er und spürte plötzlich, wie sein Magen zu knurren begann. Und vielleicht hat sie ja recht damit. »Schon gut.« Er ging zum Garderobenhaken und griff verlegen lächelnd nach seiner Jacke. »Also Meeresfrüchte.«

Eine halbe Stunde später saßen die beiden Polizisten an einem Ecktisch des Lokals und beobachteten durch die große Panoramascheibe das Treiben auf der Straße.

»Was war das vorhin mit deinem Gefühl?«, bohrte Althuis nach, während sie geräuschvoll in ihrem Teller stocherte.

Berg atmete tief aus. Er hatte gehofft, sie würde das Thema nicht mehr anschneiden, aber er hätte es besser wissen müssen. Ein Gefühl ließ sich zwar nicht logisch begründen, trotzdem würde er es versuchen. »Alles ist irgendwie so angespannt. Ich weiß auch nicht, vielleicht liegt es ja an mir. In letzter Zeit geht mir alles reichlich auf die Nerven.«

»Du weißt, dass ich viel auf deine Meinung gebe. Wenn du sagst, etwas ist nicht in Ordnung, dann hast du meistens recht damit.«

Berg brach eine Scheibe Brot in kleine Stücke und versenkte sie in seinem Eintopf, sehr zum Missfallen seiner Kollegin. »Was weißt du über Wieland?«

Althuis verschluckte sich beinahe an ihrer Fanta. »Das mit dem Gottesdienstbesuch war doch nur ein Vorschlag. Natürlich kannst du mit deinen Sonntagen anfangen, was du willst. Ich dachte bloß …«

»Aber vielleicht ist die Idee gar nicht so schlecht«, unterbrach Berg sie. In seinem Bauch breitete sich ein warmes Gefühl aus, das ihn immer dann überkam, wenn er glaubte, eine gute Idee zu haben. »Seit ein paar Tagen kommt es mir so vor, als würde ich überall seinen Namen hören. Alle scheinen seine Predigten zu kennen. Ich hab noch nirgendwo so viele Kirchgänger auf einem Haufen getroffen.«

»Das ist seltsam«, gab ihm Althuis recht. »Besonders wenn man bedenkt, dass sich sämtliche Konfessionen über leere Bänke beklagen. Aber was hat das mit uns zu tun?«

Berg rührte in seinem Teller. Die letzte Scheibe Brot ging denselben Weg wie die vorherige, und Althuis zog angewidert die Nase kraus. »Vielleicht nichts«, argwöhnte er. »Aber ich glaube, ich sollte mir tatsächlich mal anhören, was unser neuer Pastor so zu sagen hat. Schaden kann es ja schließlich nicht. Ich geb dir vorher Bescheid, vielleicht können wir uns dort treffen.«

Die Hauptkommissarin winkte dem Kellner mit einem Zwanzig-Euro-Schein zu. Berg räusperte sich. Althuis

brauchte gar nicht so nach seinen Essgewohnheiten zu schielen, fand er. Sie brachte ihn oft genug in Verlegenheit.
»Also? Diesen Sonntag?«, fragte sie grinsend.
Berg bedachte sie mit einem unbehaglichen Blick. »Ich werde darüber nachdenken.«

Nachdem sie das Lokal verlassen hatten, schlenderte Althuis auf einen Zeitschriftenladen zu. »Was das nur für Idioten sind, die sich hier an fremdem Eigentum vergreifen«, murmelte sie und blätterte versonnen in einem Liebesroman.
»Vermutlich Jugendliche«, bemerkte Berg und fing mit einer Hand den Buchständer auf, der unter Althuis' ungeschicktem Griff zu kippen drohte. »Wenn wir Glück haben, hört es von selbst wieder auf.« Er hoffte, dass sie den Zweifel nicht gehört hatte, der in seiner Stimme mitschwang. Berg ignorierte den stetigen Wind und wartete geduldig darauf, dass Althuis sich endlich von dem Roman losreißen und mit ihm zum Revier zurückkehren würde. Nach endlosen zehn Minuten setzte die Hauptkommissarin sich wieder in Bewegung. »Aus Aurich ist übrigens ein ganzer Stapel Anfragen gekommen«, sagte sie und bog in die Straße Richtung Anleger ein, als sie das Geschrei hörten.
Berg zuckte erschrocken zusammen. In Berlin wäre ihm der Lärm vermutlich kaum aufgefallen, doch hier, inmitten von Dünen und Seewind, spürte er, dass er viel empfindlicher für Störungen jeglicher Art geworden war. Von weitem erkannte er vier Jungen, die die schmale Düne seitlich der Hafenstraße entlangfegten. Während drei von ihnen johlende Schreie ausstießen, schien es für den Ersten, der mit rotem Kopf seine Schultasche umklammernd das Weite suchte, kein Spaß zu sein.

»Was ist da denn los?«, fragte Althuis.
Berg schüttelte verwundert den Kopf. Die Jungen waren nun auf halber Höhe und hielten genau auf sie zu. Ein Gerangel unter Halbwüchsigen. Warum regte er sich über so etwas auf? Dann sah er, wie einer sich bückte und etwas vom Boden aufhob. Gleich darauf flog ein Stein durch die Luft und verfehlte den Flüchtenden nur um Zentimeter. Weitere Steine folgten.
»Hey!«, brüllte Althuis und übertönte mit ihrer Stimme alle Nebengeräusche. Hinter Berg setzte nun auch sie sich in Bewegung. »Aufhören, sofort. Ihr habt sie doch wohl nicht mehr alle.«
Sie musste laut genug gerufen haben, denn sofort spurteten die jungen Übeltäter davon, während ihr Opfer, offenbar von einem der Steine getroffen, auf dem Weg zusammensank. Berg wollte die Verfolgung aufnehmen, doch die jugendlichen Täter waren viel zu weit entfernt. Im selben Moment erkannte er, um wen es sich dort im Gras handelte. Althuis fluchte, als sie atemlos zusehen musste, wie die Jungen um die nächste Ecke verschwanden.
Berg beugte sich zu dem verwundeten Josua hinab.
»Wie geht es dir?«, fragte er besorgt und betrachtete das blutverschmierte Gesicht des Jungen, der ihn interesselos anstarrte. Einen Augenblick lang erschien es ihm, als sei Josua gar nicht recht bei Besinnung, aber dann kehrte das Leben in die schmale Gestalt zurück, und er begann, sich zu bewegen.
»Ich kann aufstehen«, erklärte Josua und erhob sich schwankend vom Boden.
Althuis schüttelte den Kopf, und ihre Locken stoben in alle Richtungen. Berg fühlte sich mit einem Mal sehr müde,

müde und traurig. Warum hatten die Kinder das getan, warum hatten sie sich nicht einfach balgen können, wie es sonst auf den Schulhöfen üblich war? Hatte diese sinnlose Gewalt, die er schon in Berlin niemals richtig verstanden hatte, jetzt auch hier ihren Einzug gefunden? Er wollte nicht daran glauben. »Wer waren die anderen?«, wollte er wissen.
Josua senkte den Kopf, sein Blick wanderte ziellos über den Weg. Er gab keine Antwort.
Schnaufend beugte sich Althuis zu ihm herab und umfasste seinen Kopf mit beiden Händen, um sich die Bescherung anzusehen. Josua verzog stumm das Gesicht, aber er ließ sie gewähren. »Die Platzwunde hat er sich wohl beim Hinfallen geholt. Der Stein hat ihn ja von hinten erwischt«, sagte sie leise, dann wandte sie sich an den Jungen. »Zieh mal dein Hemd hoch.«
Josua sah aus, als würde die Scham ihm gleich die Tränen in die Augen treiben, dennoch folgte er ihrer Aufforderung und zerrte unter Schmerzen sein Hemd aus der Hose. Althuis half vorsichtig nach. Zum Vorschein kam eine stark gerötete Stelle, die sich wohl in den nächsten Tagen in einen beeindruckenden Bluterguss verwandeln würde, begleitet von ein paar unerheblichen Abschürfungen. Berg starrte auf die rot schillernde Stelle und hielt die Luft an. Es hätte schlimmer kommen können, dachte er, jedoch ohne Erleichterung zu verspüren. Die Sache gefiel ihm nicht. Immerhin war der Junge neu hier auf der Insel und vermutlich auch erst seit wenigen Tagen in der Schule. Was würde als Nächstes kommen?
»Du sagst mir jetzt die Namen, hast du gehört?«, herrschte er Josua an. Die Wut war ganz plötzlich in seinen Kopf ge-

krochen, hatte ihn bis zum Platzen ausgefüllt. Er sah, wie Althuis ihn tadelnd und überrascht anstarrte, sah die Angst in Josuas Augen, den Schrecken, den er dem Jungen zugefügt hatte, aber er schämte sich nicht dafür. Wenn es nötig war, etwas härter durchzugreifen, dann würde er das tun, am besten gleich.

Josua presste unbehaglich die Lippen aufeinander, trat einen Schritt zurück und schluchzte kurz auf, aber er sagte nichts. Erst als Berg auch noch ungeduldig wurde, kam die Antwort, und sie war so leise, dass er sie kaum verstand. »Ich kenne die Namen nicht.«

»Aber ihr müsst doch zusammen zur Schule gehen.«

»Ich weiß nicht. Ich glaube nicht.« Josua begann zu zittern. »Sie waren ganz plötzlich da«, flüsterte er.

»Und was sie von dir wollten, weißt du natürlich auch nicht, hab ich recht?« Althuis' Stimme war anzuhören, dass auch sie allmählich die Geduld verlor.

Josuas ganzes Gesicht verkrampfte sich unter der inneren Anspannung. Aus riesigen Augen schaute er die Polizisten an – wie ein Lamm auf dem Weg zur Schlachtbank. Genauso muss er sich fühlen, dachte Berg. Aber er begreift nicht, dass es einen Ausweg gibt. Dann bemerkte er, wie Josua die Lippen bewegte.

»Was hast du gesagt?«

Der Junge räusperte sich, um die letzten Worte zu wiederholen. »Sie hassen mich.«

Berg blickte den Weg hinunter zur Anlegestelle, dann in Richtung des Reviers. Außer ein paar einsamen Spaziergängern war niemand zu sehen. Die Urlaubszeit ging zu Ende, es war nicht sehr wahrscheinlich, dass es sich bei den Angreifern um Fremde gehandelt hatte. Er versuchte, sich das Bild der Jungen noch einmal ins Gedächtnis zu rufen, aber außer einer hellblauen Jacke und einem dunklen Haarschopf war nichts hängengeblieben. Wenn Josua nicht auspacken wollte, würden sie nie erfahren, wer die Jungen waren.

Während Berg still ihre Chancen abwog, übernahm Althuis den praktischen Teil. »Wir bringen dich jetzt erst einmal nach Hause zu deiner Mutter«, sagte sie und half Josua, die Jacke wieder zuzumachen. »Du solltest aber unbedingt zu einem Arzt gehen. Nicht, dass es doch eine Rippe erwischt hat oder so.«

Gemeinsam stolperten sie den Abhang hinab und gingen zurück in den Ort.

Sie hassen mich, dachte Berg. Wie kam ein dreizehnjähriger Junge nur auf so etwas?

Althuis hatte einen Arm um die Schultern des Jungen gelegt und führte ihn langsam durch die menschenleeren Straßen. Berg betrachtete sie skeptisch von der Seite. So fürsorglich die Hauptkommissarin auch wirken mochte, er war nicht sicher, ob es gut war, wenn sie in dieser Situation mit Josuas Mutter sprach, denn Einfühlungsvermögen zählte eher nicht zu ihren Stärken.

Als sie den Jungen an der nächsten Ecke aus ihrem Griff entließ, blieb Berg stehen und warf ihr einen unschuldigen Blick zu. »Ich denke, das schaffen wir auch allein. Stimmt's?«

Josua ließ sich keine Regung anmerken, dennoch glaubte Berg, einen Anflug von Erleichterung zu entdecken. Althuis hingegen spitzte unzufrieden die Lippen, was Berg sofort zu Plan B schwenken ließ. »Ich dachte, du hast so viel Arbeit und …«

»Wir. Wir haben viel Arbeit. Aber wenn du lieber allein mit Frau Starnitzke sprechen willst, bitte.«

»Ist sie wütend?«, fragte der Junge mit einer kaum hörbaren Stimme, nachdem Althuis sich entfernt hatte.

Berg zuckte die Achseln. Wenn Freda sauer war, konnte er im Augenblick nichts daran ändern. »So«, sagte er, ohne auf Josuas Frage einzugehen. »Und jetzt erzählst du mir noch mal ganz von vorne, wie das passiert ist.«

Der Junge schaute ängstlich zu ihm auf. »Das weiß ich selbst nicht.«

»Du kennst die Kerle also nicht, die da hinter dir her waren?«

Doch statt einer Antwort beschleunigte Josua nur seine Schritte.

»Na gut, dann lass uns abwarten, was deine Mutter dazu sagt.«

* * *

Ich hasse dich. Hab ich es dir jemals gesagt? Nein, du glaubst, es ist alles in Ordnung – mit dir, mit mir, mit uns allen. Aber nichts ist in Ordnung, überhaupt nichts. Wir sind Verfluchte, weißt du das? Du erstickst uns, jeden Einzelnen von uns, und da ist niemand, der dir sagt, dass du aufhören sollst. Niemand, der es wagen würde, niemand, der jemals auf die Idee käme, dich aufzuhalten. Schließlich bist du perfekt, der Beste von allen. Jeden Tag kann ich es mir anhören, was für ein guter Mensch du bist. Ich erwidere nichts, wenn sie so reden, ich nicke ihnen freundlich zu und lächle ein we-

nig, wie sie es von mir erwarten. Schließlich geht es sie nichts an, wie ich mich fühle, wie wir uns fühlen. Sie sind draußen und können uns nur verschwommen sehen, wie durch eine schmutzige Fensterscheibe sehen sie uns. Wir sind Fremde für sie und werden es immer bleiben. Dafür hasse ich dich. Dafür hasse ich jeden Einzelnen von uns.

Mittwoch, 17. Oktober, nachmittags

Nacheinander betraten sie den Gastraum des Ankers. Berg sah sich um und schob den Jungen vor sich her wie eine Ware. Nur zwei ältere Männer hielten sich an der Theke auf; Anna Starnitzke stand reglos am Fenster, als hätte sie ihn längst erwartet. Ihr Gesichtsausdruck zeigte bereits das drohende Unheil, und Josua schrumpfte mit jedem Schritt ein Stück in sich zusammen, als wäre er selbst derjenige, der etwas zu beichten hatte.

»Herr Berg?« Das Lächeln wirkte verkrampft und verschwand ganz aus ihrem Gesicht, als sie ihren Sohn entdeckte. »Wie siehst du denn aus? Hat es Ärger gegeben?«

An einen Unfall denkt sie gar nicht erst, überlegte Berg und schob Josua mit einiger Mühe seiner Mutter entgegen. »Ein paar Typen waren hinter mir her«, gestand der Junge so leise, dass Anna sich vorbeugte, um etwas zu verstehen. Mit besorgter Miene strich sie ihm das verschwitzte Haar aus dem Gesicht und betrachtete die Platzwunde an seiner Stirn, die inzwischen zu bluten aufgehört hatte. »Haben sie dir weh getan?«

Er schüttelte unsicher den Kopf und schickte einen flehentlichen Blick zu Berg, der hinter ihm stand und auf dieses Zeichen gewartet hatte.

»Was waren das für Leute?«, fragte Anna tadelnd.

Berg sah kurz zu den beiden Männern am Tresen hinüber, doch die schienen sich nur für den Inhalt ihrer Gläser zu interessieren und würdigten ihn keines Blickes. »Jugendliche, wie es aussah. Bis ich mit meiner Kollegin dazukam, waren sie schon verschwunden.«

Die Wirtin schien erleichtert. Ohne ihren Sohn aus den Augen zu lassen, begann sie, ein paar Porzellanfiguren auf der Fensterbank zu ordnen. »Also nichts Ernstes? Ein Streit unter Schülern?«

»Da bin ich mir nicht sicher«, erwiderte Berg. »Josua sagt, er kennt die Jungen nur vom Sehen. Aber als harmlosen Streit würde ich es nicht abtun, immerhin haben sie mit Steinen nach ihm geworfen.«

Anna Starnitzke senkte den Kopf und atmete tief durch, bevor sie weitersprach. »Du kennst ihre Namen also nicht?«

»Nein. Aber es wird bestimmt nicht wieder passieren.« Er steckte die Hände in die Taschen seiner Jeans. »Ich werde aufpassen.«

Wieder diese Ausdrucksweise, dachte Berg. Als wäre Josua nicht Opfer, sondern Täter. Er wurde aus diesem Jungen einfach nicht schlau.

»Vielleicht sollten Sie trotzdem eine Anzeige gegen Unbekannt erstatten«, schlug er vor. »Nur vorsichtshalber. Du könntest immerhin versuchen, die Jungen zu beschreiben, die dich da verfolgt haben.« Er versicherte sich, dass die beiden Gäste weiterhin keine Notiz von ihrem Gespräch nahmen und dämpfte seine Stimme noch ein wenig. »Wo haben sie dir denn aufgelauert? Du hast gesagt, dass nichts vorgefallen ist, kein Streit oder so etwas. Sie waren plötzlich da, ist das richtig?«

Josua sah seine Mutter an, als bräuchte er ihre Erlaubnis, um zu antworten.

Anna Starnitzkes zartes Gesicht bekam einen harten Zug. »Ich denke, Josua sollte sich erst einmal ausruhen. Und was die Anzeige angeht, wir werden darüber nachdenken.«

Damit wollte sich Berg nicht zufriedengeben. »Frau Starnitzke, ich glaube, Sie nehmen die ganze Sache etwas zu leicht. Ich bin sicherlich der Letzte, der den Leuten dazu rät, in einer solchen Situation in Panik zu verfallen, aber immerhin ist Josua neu an der Schule, und ich denke …«

»Sie haben gehört, dass er die Jungen nicht kennt«, fiel sie ihm ins Wort. Ihre Stimme klang nicht mehr so freundlich wie zuvor. Ein kalter Blick streifte ihn. »Ich danke Ihnen, dass Sie sich um meinen Jungen gekümmert haben. Ich werde mit ihm zu Doktor Nürnberger gehen, um sicherzugehen, dass er keine Verletzungen davongetragen hat. Alles andere wird sich zeigen.«

Berg wurde ungeduldig. »Wollen Sie wirklich warten, bis vielleicht etwas Schlimmeres geschieht?«

»Wir werden aufpassen«, wiederholte sie die Aussage ihres Sohnes mit Nachdruck.

Berg warf einen letzten Blick auf den Jungen, der stur auf die gegenüberliegende Wand starrte. »Dann kann ich Ihnen nur viel Glück wünschen. Sollten Sie es sich anders überlegen, wissen Sie ja, wo Sie uns finden.«

Berg war froh, als er den Wüppspoor erreichte. Von Johanssen war nichts zu sehen, dafür fand er seine Kollegin vor dem Haus. Die Hauptkommissarin stand über ihr Fahrrad gebeugt und fluchte leise vor sich hin. Berg seufzte, er hatte schon von weitem die abgesprungene Kette gesehen, und er

benötigte nicht viel Fantasie, um sich vorzustellen, wer von ihnen beiden das Ding wieder in Ordnung bringen würde. Er hatte sich schon immer gefragt, warum eine Frau in den Fünfzigern, die freiwillig keinen Schritt zu viel machte, unbedingt ein Rennrad brauchte, aber Althuis hatte ihm erklärt, das sehe flott aus, und damit war die Sache erledigt. Wenigstens sauer schien sie nicht mehr zu sein.
»Lass mich das machen«, sagte Berg pflichtschuldig und fing sich ein dankbares Lächeln ein.
»Ich mache dann mal meinen versprochenen Rundgang«, flötete Althuis ihm zu und stolzierte fröhlich ein paar Meter die Straße hinab. Keine Minute später kam sie zurück.
»Hast du was vergessen?« Berg wischte sich die ölverschmierten Hände an einem alten Lappen ab und blinzelte in die Sonne.
Althuis schüttelte den Kopf. »Kommst du eigentlich morgen Mittag mit zur Anlegestelle raus?«
»Wieso?« Er stand auf und verfluchte seine lange Leitung. Eigentlich wollte er an diesem Donnerstag freinehmen.
Die Hauptkommissarin bedachte ihn mit einem spöttischen Blick. »Ich dachte nur, da sich unser Freund doch für morgen angekündigt hat. Sag bloß, das hast du schon wieder vergessen.«
»Wie bitte?«
Sie stimmte eine ziemlich schräge Melodie an: »Und wenn du glaubst, dass er dich lihihiiiiebt …«
Ein Stück weiter den Weg hinunter blieben zwei junge Männer kopfschüttelnd stehen. Berg zog den Kopf ein und hoffte, dass nicht allzu viele Leute sie in diesem Moment beobachteten. »Schon gut, schon gut!« Mit einer übertrieben dra-

matischen Geste versuchte er, sich mit der flachen Hand an die Stirn zu klatschen, und erwischte stattdessen seine Nase. Im selben Moment fiel ihm ein, wie er jetzt wohl aussehen musste.

Althuis prustete los. »Mit dir kann man sich aber auch nirgends blicken lassen. Also, was ist jetzt? Johanssen hat schon sein Autogrammbuch herausgekramt.« Sie zog vielsagend die Augenbrauen in die Höhe.

»Autogrammbuch«, wiederholte Berg verächtlich. »Dieser Uhlen kann mir gestohlen bleiben mit seinem Gesäusel. Aber es wäre vielleicht trotzdem gut, seine Fans ein bisschen im Auge zu behalten. Auch wenn ich mir nicht vorstellen kann, dass es hier allzu viele davon geben wird.«

Althuis schaute ihn lange an. In ihren Augen funkelte ein Lächeln, das Bände sprach. Ihre Mundwinkel zuckten. »Warten wir's ab.«

Den Rest des Nachmittags verbrachte Berg, nachdem er das Schmieröl von seinen Händen und aus dem Gesicht gewaschen hatte, mit dem Poststapel, den Althuis ihm hinterlassen hatte. Obwohl ihn niemand dabei störte, hatte er Probleme, sich auf die Anfragen zu konzentrieren, sich überhaupt auf irgendetwas zu konzentrieren. Was ist nur mit mir los, fragte er sich. Seine Hand wanderte automatisch zu seiner Stirn. Aber er war nicht krank, im Grunde fehlte ihm überhaupt nichts. Es war nur ein Gefühl, das sich nicht verleugnen ließ. Das Gefühl, dass irgendetwas nicht in Ordnung war, etwas ihm zu entgleiten drohte, und er hatte nicht einmal einen Namen dafür. Es hatte sich etwas verändert auf der Insel, auch wenn er bislang der Einzige war, der diese

Veränderung wahrzunehmen schien. Der Ton war schärfer geworden, und Berg glaubte nicht, dass das allein an ein paar beschmierten Hauswänden lag.

Am Abend machte sich Berg schnurstracks auf den Weg nach Hause. Der letzte Brief seines Vaters lauerte nach wie vor unbeantwortet auf dem kleinen Couchtisch, und mindestens dreimal am Tag nahm er sich vor, die drängenden Zeilen endlich zu beantworten. Obwohl er wusste, dass es seinem Vater gesundheitlich nicht gutging, sträubte sich etwas in ihm. Er wollte nicht nach Berlin fahren, nicht einmal für ein Wochenende, und auch wenn der Brief keine direkte Aufforderung enthielt, zwischen den Zeilen las Berg sehr genau, wie sehr sich sein Vater ein Wiedersehen wünschte. Er war noch nicht so weit, doch dem alten Mann das mitzuteilen, brachte er einfach nicht fertig. So saß er auf dem Bett, lauschte den Stimmen, die aus der flimmernden Glotze kamen, und verfluchte sich insgeheim für seine Feigheit. Morgen, sagte er sich, als er erschöpft ins Bett fiel. Morgen würde er sich endlich durchringen. Sein Vater hatte es nicht verdient, so von ihm ignoriert zu werden. Er würde seine Hemmungen überwinden, irgendwann, aber er brauchte Zeit, nur noch ein wenig.

Donnerstag, 18. Oktober, nachmittags

Der Wind hatte sich weitgehend gelegt, und es war noch einmal richtig warm geworden, als Berg am Nachmittag an der Anlegestelle ankam. Den freien Vormittag hatte er genutzt, um seine Vorräte ein wenig aufzufüllen und den Schreibtisch in seinem Zimmer aufzuräumen. Berg hätte es nie für möglich gehalten, dass sich so viele Leute heutzutage noch für den deutschen Schlager erwärmen konnten. Er hatte Althuis' Befürchtungen für maßlos übertrieben gehalten. Wer sollte sich wegen dieses alternden Sunnyboys schon die Beine in den Bauch stehen? Selbst den Jugendlichen auf der Insel hätte er nicht so viel Begeisterung zugetraut. Doch als er sich mit zögernden Schritten dem Kai näherte, wurde er schnell eines Besseren belehrt. Vor ihm stand eine Wand aus Menschen, wie er sie hier noch selten gesehen hatte.

Sollten sich um diese Jahreszeit doch noch so viele Feriengäste auf der Insel aufhalten, überlegte er, noch immer auf der Suche nach einer Erklärung für sein Unbehagen. Doch je näher er kam, umso mehr bekannte Gesichter entdeckte er in der Menge. Nach der Hauptkommissarin suchte er vergeblich. Die Fähre befand sich noch auf halber Strecke, ein dunkler Fleck auf dem Wasser, der langsam näher heranschwebte. Berg begann zu schwitzen, aber der Platz reichte nicht einmal aus, um problemlos die Jacke auszuziehen. Die Menge erschien ihm wie ein gewaltiges Ungeheuer, aus dessen Maul er sich nicht ohne Weiteres wieder herauswinden konnte. Wenn er sich umschaute, stieß er jedoch auf niemanden, den die Enge zu stören schien. Bin ich wirklich so empfindlich geworden, fragte er sich, als er eine Hand an seinem Hinterkopf spürte. Etwa einen Meter hinter sich sah er Johanssen aus dem Gewühl aufragen.

»Entschuldigung, ich bin nicht richtig an dich drangekommen.« Die Wangen des Insulaners färbten sich beinahe violett vor Aufregung. Er hob eine Hand und wedelte mit einem kleinen Schulheft in der Luft herum.

Mit einiger Mühe gelang es Berg, sich aus der Menge zu befreien, bevor sie ihn zerdrücken konnte. Schweißnass und mit klopfendem Herzen trat er auf die Straße zurück. Von hier aus würde er nicht besonders viel sehen, aber wen störte das schon? Er war nicht gekommen, um diesen schmierigen Sänger willkommen zu heißen.

»Hast du auch eins?« Johanssen zückte erneut das Heft, und jetzt konnte Berg auch die glitzernden Buchstaben erkennen. »Autogramme«.

»Du wirst doch nicht etwa ...«, setzte er an und schluckte den Rest hinunter. Der Stimmung nach zu urteilen war Johanssen nicht der Einzige, der sich vom Uhlen-Fieber hatte anstecken lassen.

»Was hast du gesagt?«

Berg schüttelte nur den Kopf. Das Gemurmel rings um sie herum machte jedes normale Gespräch unmöglich. »Hast du Freda gesehen?« Als Johanssen nicht gleich reagierte, wiederholte er seine Frage noch lauter.

»Ah, Freda!« In Johanssens Augen blitzte Verständnis auf, dann zeigte er auf einen Punkt seitlich des schlimmsten Gewühls.

Mit zusammengekniffenen Augen konnte Berg den alten Krapp ausmachen, der hinter seinem Eiswagen die tollsten

Turnübungen veranstaltete, um der ständig wachsenden Schlange gerecht zu werden. Eben verschwand ein hagerer Mann mit zwei Eiswaffeln in der Hand aus der Reihe. In der Lücke entdeckte Berg die rötlichen Löckchen seiner Kollegin, bevor der nächste Kunde sie wieder verdeckte. Berg ging um die Menge herum, stolperte über ein paar Füße und kam gerade noch rechtzeitig zum Stehen, ohne die Hauptkommissarin über den Haufen zu rennen. Althuis trug im Gegensatz zu ihm ihre Uniform und sah auch sonst ziemlich entschlossen aus. Das tropfende Eis hielt sie auf Armeslänge von sich gestreckt wie eine Waffe.

»Kauf hier bloß nichts«, sagte sie missmutig. »Ich glaube, das Kühlaggregat gibt demnächst den Geist auf.«

Berg betrachtete seine Kollegin und verkniff sich das Lachen. Er war ganz sicher nicht hergekommen, um geschmolzenes Erdbeereis zu essen. Für Althuis hingegen schien es im Augenblick kein größeres Problem zu geben.

»Was denkst du?«, fragte er, um sie zum eigentlichen Grund ihrer Anwesenheit zurückzuführen.

»Nur die Ruhe. Bis jetzt sind doch alle ganz friedlich.«

»Und wenn das nicht so bleibt?«

Althuis leckte noch einmal vergeblich an dem Eis. Die Waffel war bereits vollständig durchgeweicht, das Tropfen wurde stärker. Berg empfand beinahe Erleichterung, als sie die ganze Bescherung in den nächsten Mülleimer warf.

»Schade um den schönen Nachmittag, aber wir müssen wenigstens zusehen, dass kein Tumult unter den Leuten ausbricht. Ich glaube jedoch, dass der Spuk schnell vorbei sein wird.« Seine Kollegin hob einen verschmierten Zeigefinger und deutete über seinen Kopf hinweg. »Jetzt aber.«

Als Berg sich umwandte, war das Schiff nur noch ein kurzes Stück vom Ufer entfernt. An Deck konnte er buntgekleidete Menschen ausmachen. Kinder winkten zu ihnen herüber. Es würde ihm immer ein Rätsel bleiben, wie schnell die Fähre manchmal das letzte Stück Weg zurücklegte. Langsam gerieten die Leute um ihn herum in Bewegung. Es war eine seltsam gleichförmige Bewegung, die er nur als Ganzes erfassen konnte. Er kannte dieses Phänomen von früheren Einsätzen. Viele Menschen, die sich wie in Trance näher an einen gewissen Punkt heranschoben, ein unhörbarer Rhythmus, der sich, hatte er einmal begonnen, kaum noch unterbrechen ließ. Das laute Gemurmel aus allen Richtungen verebbte nun langsam. Ein paar letzte unsichere Blicke wurden getauscht, dann richteten alle ihre Aufmerksamkeit auf die Fähre, die endlich den Landesteg erreicht hatte. Berg sah eine Mutter mit Kind den Anlegesteg heraufkommen, gefolgt von zwei jungen Mädchen und einer Menge anderer Leute, deren Gesichter er von hier aus nicht wirklich erkennen konnte. Immer mehr Menschen verließen die Fähre, und Berg reckte vergeblich den Hals, um besser sehen zu können. Jetzt hatte die Aufregung ihn auch erfasst. Verzweifelt hielt er Ausschau nach Uhlens blonden Locken, doch er tauchte nicht auf. Als Letzte kam eine ältere Dame von Bord und ging mit wackeligen Schritten auf die vielen Menschen zu, die auf dem Anleger standen. Es war offensichtlich, dass sie nicht wusste, was hier los war. Mit ängstlicher Miene kam sie zu Althuis hinüber, wohl wegen ihrer Uniform. Die Hauptkommissarin war nach wie vor damit beschäftigt, sich die Finger mit einem Taschentuch abzuwischen.
»Verzeihen Sie.« Die Alte machte eine allumfassende Geste und sah sich unsicher nach allen Seiten um. »Ist etwas pas-

siert? Ich möchte meinen Koffer holen, aber hier kommt man ja gar nicht durch.« Sie warf einen tadelnden Blick zu den drängelnden jungen Leuten, von denen einige Willkommensplakate dabeihatten.
Althuis schien die Frage überhaupt nicht gehört zu haben.
»Sie warten auf Sebastian Uhlen«, erklärte Johanssen eifrig.
»Den müssen Sie doch gesehen haben.«
Berg beobachtete, wie sich auf dem Gesicht der Frau Verständnislosigkeit abzeichnete.
»Ein Schlagersänger«, half er ihr auf die Sprünge.
»Und der soll heute hierherkommen? Sind Sie sich da sicher?«
Johanssen machte einen verdutzten Eindruck, auf seiner Stirn bildeten sich erste Schweißtropfen. Kein Wunder, es war der wärmste Tag seit Wochen. »Ja, war er denn nicht auf dem Schiff?«, fragte er.
»Dieser Sänger?« Die Frau machte einen stolpernden Schritt rückwärts, als müsste sie sich vor der Hauptkommissarin in Sicherheit bringen. »Wie kommen Sie denn darauf? Und wie komme ich denn jetzt an meine Reisetasche in dem Gedränge hier?« Ihre Stimme wurde leiser, während sie sich abwandte. Sie schien die Polizisten überhaupt nicht mehr wahrzunehmen.
Berg blickte verwirrt zur Fähre hinüber. Der Strom der Ankömmlinge war versiegt, die ersten Passagiere machten sich zum Betreten des Schiffes bereit.
»Und jetzt?«, fragte er leise. »Da kommt niemand mehr.«
Althuis schien weniger verwundert als gelangweilt zu sein. Sicherlich wäre auch ihr etwas Besseres eingefallen, als hier mitten im Gedränge zu stehen. »So, Leute, dann geht mal bitte weiter«, erhob sie die Stimme, aber es war gar nicht

nötig, einzugreifen. Einige Besucher liefen bereits auseinander, die Wand aus Menschen bekam erste Risse, bevor sie sich ganz auflöste. Berg sah in unzufriedene Gesichter, ein Mädchen schien in Tränen auszubrechen und wurde von einer Freundin gehalten, doch es gab keine Unmutsbezeugungen. Niemand wurde ausfällig, aber die Stimmung war allgemein gedrückt. Berg blickte sich um. In einem Augenblick wie diesem fiel es nicht schwer, die Sensationslüsternen von den wirklichen Uhlen-Anhängern zu unterscheiden. Mehrmals sah er einen Mann leise vor sich hin fluchen, die Frau vor ihm verzog enttäuscht das Gesicht, während einige jüngere Leute mit Trauermienen den Rückweg in den Ort antraten. Berg sah ihnen kopfschüttelnd nach. Er würde nie verstehen, was die Leute an diesem Schlagersänger fanden.

Auf Althuis' Gesicht machte sich ein selbstgefälliges Grinsen breit. »Hatte ich dir nicht versprochen, dass es schnell gehen wird?«

Berg brauchte ein paar Minuten, um die Worte richtig zu deuten. »Sag bloß, du wusstest, dass er nicht auf der Fähre sein würde?«

Althuis stimmte ein kleines melodisches Hüsteln an, ihr Grinsen wurde breiter. »Der Brief kam schon vor ein paar Tagen, aber ich dachte, ich verderbe euch nicht die Überraschung. Uhlen ist gestern Abend mit dem Hubschrauber gekommen. Er wollte den Trubel vermeiden, was ich gut verstehen kann.«

Berg bekam heiße Ohren. Aus dem Augenwinkel sah er, wie sich Johanssens Enttäuschung in leichte Schadenfreude verwandelte. Er brauchte sich nicht umzudrehen, um zu wissen, dass sich der Insulaner gerade köstlich über ihn amüsierte.

»Will er sich denn die ganze Zeit vor den Leuten verstecken?«, fragte Johanssen und kratzte sich lächelnd am Hinterkopf. »Auf so einen Urlaub könnte ich verzichten, ehrlich.«
»Unsinn«, bemerkte Althuis. Aus ihrer Stimme klangen Ungeduld und eine gewisse Wochenendträgheit. »Wahrscheinlich wollte er nur diesen dämlichen Empfang vermeiden. Was weiß ich, vielleicht war das Ganze auch nur irgendein Werbegag. Die denken doch sowieso an nichts anderes als an ihre Karriere, diese Sangesbrüder. Also dann bis morgen.« Ein fröhliches Glitzern stand in ihren Augen. »Mein Novemberurlaub ist übrigens endlich genehmigt. In vier Wochen fahre ich meinen Sohnemann und seine Freundin besuchen.« Sie strahlte jetzt über beide Wangen. »Ich werde nämlich bald Oma.«
»Na, so was!« Johanssen sah derart glücklich aus, als wäre es sein eigenes Enkelkind, das sich angekündigt hatte. Er schüttelte der Hauptkommissarin die Hand, bis sie schmerzlich das Gesicht verzog.
Auch Berg gratulierte ihr herzlich. »Was wird es denn?«, wollte er wissen, während die letzten enttäuschten Fans die Anlegestelle verließen.
Althuis schmunzelte. »Auf jeden Fall ein Baby. Und wenn es nach meiner Seite kommt, wird es bestimmt ein bildhübsches Kind.«

Nachdem die Hauptkommissarin verschwunden war, kehrten auch Berg und Johanssen in den Ort zurück.
»Sag mal, was hältst du von der Sache mit Josua? Denkst du, er hat Probleme in der Schule?«

Johanssen wiegte den Kopf hin und her. »Hast du mal mit Anna darüber gesprochen? Die müsste es doch schließlich am besten wissen.«
Berg warf ihm einen nachdenklichen Blick zu. »Das sollte man meinen. Mir kommt es so vor, als würde sie bei allen Problemen abblocken, auch wenn ich nicht verstehe, warum sie das tut. Deshalb dachte ich, du könntest vielleicht mal – du kennst seine Lehrerin doch ziemlich gut.«
»Soll ich mal mit ihr sprechen?«
»Nur wenn es dir nichts ausmacht, natürlich. Aber ich mache mir einfach Sorgen um den Jungen.«
»Kein Problem.« Johanssens Gesicht hellte sich augenblicklich auf. »Ich rede mal mit ihr.«
»Was machst du eigentlich am Wochenende?«, erkundigte sich Berg. Er zog seine Jacke aus und klemmte sie sich unter den Arm. Mit einem solchen Wetter hatte er in diesem Jahr nicht mehr gerechnet, vor allem nicht nach den letzten Wochen.
Johanssen zuckte die Schultern. Auf sein Gesicht fiel ein Schatten, der aber sofort wieder verschwand. »Meine Tante will ihre Wohnung umräumen, und dabei braucht sie ein wenig Hilfe.« Er räusperte sich. »Ziemlich viel Hilfe, fürchte ich.«
Berg nickte ihm verständnisvoll zu. Er hatte Tante Luise schon bei mehreren Gelegenheiten erlebt. Auch wenn die Dame kaum eins fünfzig messen mochte, war doch jedem auf den ersten Blick klar, dass sie das Regiment in dem gemeinsamen Haushalt führte. »Sag mal«, fragte er, einer plötzlichen Eingebung folgend, weiter. »Ich hab da neulich einen Mann getroffen, der …« Verflucht, jetzt fiel ihm der

Name nicht ein. Verdrossen studierte er das Muster, das die winzigen Federwölkchen am Himmel zeichneten. »Barrak«, sagte er schließlich erleichtert. »Kennst du den?«
Johanssen blieb stehen und gab ein amüsiertes Grunzen von sich. »So ein ganz dürrer Typ, Mitte sechzig?«
»Ja, genau.« Berg nickte. »Ist mit dem alles in Ordnung? Er schien mir irgendwas sagen zu wollen, aber so richtig habe ich ihn nicht verstanden. Kam mir irgendwie verwirrt vor.«
Johanssen stützte seine Hände in die Hüften, streckte den Rücken durch und schüttelte lächelnd den Kopf. »Die Älteren auf der Insel kennen ihn alle. Der war schon früher ein bisschen komisch, und seit er wieder zurückgekommen ist, ist er noch wunderlicher geworden.«
»Zurückgekommen? Wo war er denn?«
»Keine Ahnung. Er hat bis in die neunziger Jahre noch bei seinen Eltern gewohnt. Früher hat er mit Emmerich zusammen auf der Poststelle gearbeitet, aber inzwischen ist er, glaube ich, schon länger in Rente. War immer ein Eigenbrötler, und wenn er den Mund aufmacht, dann erzählt er dir meistens was über die Bibel. Irgendwann im Frühjahr hat er wieder angefangen, regelmäßig die Gottesdienste zu besuchen. Woanders sieht man ihn ja kaum mal. Ich glaube, der verlässt sein Haus nur, wenn er nichts mehr zu essen hat. Ein Wunder, dass du ihm auf der Straße begegnet bist.«
Nachdenklich blickte er auf seine Armbanduhr. »Hilft ja alles nichts«, sagte er zu sich selbst, und sein Gesicht drückte eine Schicksalsergebenheit aus, die Berg in der Seele weh tat.
»Ich muss dann mal los. Tante Luise wartet bestimmt schon.«

Berg beschloss, das schöne Wetter zu nutzen. Er machte einen Umweg durch den Noorderloog und fand ein Café, in dem es frischen Pflaumenkuchen gab. Die Straßen waren voller Menschen, und er genoss es, Familien mit lachenden Kindern zuzuschauen. Er hätte auch gern eine Familie gehabt, doch im Augenblick wagte er nicht, darüber nachzudenken. Jedes Mal, wenn er versuchte, sich ein solches Leben vorzustellen, schlich sich eine leise Furcht in seine Gedanken, die er nur schwer wieder loswurde. Die Furcht, dass dieses normale Leben für immer ein Traum bleiben, dass er für den Rest seiner Tage allein bleiben würde. Der freundliche Dorfpolizist, der mit seiner Arbeit verheiratet war. Dabei hatte er sich bemüht, hatte sich von Johanssen zum Dünensingen schleppen lassen, war dreimal im Fußballverein gewesen, nur um festzustellen, dass all das ihn nicht befriedigte. Er fühlte sich als Außenseiter, als ob ein unsichtbares Zeichen auf seiner Stirn stehen würde, um ihn von allen anderen abzuheben. Einmal hatte er sogar eine Frau kennengelernt. Mathilde, die junge Pharmareferentin, die im Mai ihren Urlaub hier verbracht hatte. Sie waren ein paarmal miteinander essen gegangen, aber letztlich waren sie einander nicht nähergekommen. Zu gern hätte er sich eingeredet, dass es an seinem winzigen Dachzimmer lag, in das er niemanden einladen konnte. Aber er wusste, dass dies nicht der Wahrheit entsprach. Obwohl seine Verlobte es gewesen war, die ihn damals in Berlin hatte sitzenlassen, fühlte er sich nach wie vor an sie gebunden. Saskia war seine erste und einzige Freundin gewesen; er hatte nie daran gezweifelt, dass sie füreinander bestimmt waren und eines Tages heiraten und eine Familie gründen würden. Schlagartig stand ihm auch wieder

der Nachtrag aus dem Brief seines Vaters vor Augen. *Saskia hat nach dir gefragt.* Berg stocherte in seinem Kuchen herum und versuchte, sich von den trübsinnigen Gedanken zu lösen. Eigentlich hätte er mit seinem Leben zufrieden sein können. Seit Monaten war auf Spiekeroog kein schwerwiegendes Verbrechen mehr passiert, abgesehen von den paar Sachbeschädigungen und einer gestohlenen Handtasche hatte sich seine Tätigkeit auf die Streifenfahrten und das Bearbeiten von Anfragen beschränkt. Trotzdem war er nicht wirklich glücklich mit der Lage, und dafür hatte er nach wie vor keine glaubwürdige Erklärung.

Seine Gedanken wurden von den Stimmen am Nebentisch unterbrochen.

»Und? Was ist denn nun mit Philipps Geburtstag? Ihr müsst euch jetzt langsam mal entscheiden.«

Vorsichtig wandte Berg den Kopf und erkannte Mia Steiner, Dr. Nürnbergers Sprechstundenhilfe. Die blonde Frau, die ihr gegenüber saß, war älter, doch die Ähnlichkeit der beiden war nicht zu übersehen. Berg tippte auf Schwestern.

»Wolltest du nicht im Laramie nachfragen?«, fuhr die Blonde nun fort. »Der Biergarten wäre doch ideal für eure Party.«

Mia schüttelte den Kopf. »Da habe ich keinen Termin bekommen. Ich glaube, die wollen umbauen. Wenn wir nicht bald was finden, müssen wir sie alle zu Hause unterbringen. Hallo, Herr Berg.« Auf ihrem Gesicht erschien ein herzliches Lächeln, als sie ihn erkannte.

Berg nickte freundlich und drehte sich etwas weiter zu den beiden Frauen um. »Ich habe gerade mitbekommen, dass Sie auf der Suche nach einem Ort für eine Familienfeier sind.«

»Ja, leider.« Die Blonde verdrehte die Augen. »Über dreißig Leute sind eingeladen, aber genau an dem Tag sind alle Restaurants ausgebucht, bei denen wir nachgefragt haben.«

»Vielleicht sollten Sie es mal im Anker versuchen. Der hat seit ein paar Tagen wieder geöffnet.« Der Gedanke war ihm ganz spontan gekommen, aber was lag schließlich näher? Und Anna würde sich bestimmt freuen, endlich einmal eine größere Gesellschaft bewirten zu können. Doch die Reaktion der beiden Frauen fiel nicht so aus, wie er es erwartet hatte.

»Das ist ja wohl nicht Ihr Ernst!«, erklärte Mia und rührte klangvoll in ihrer Kaffeetasse.

»Warum denn? Die neue Wirtin ist eine sehr nette Person, und der Platz würde sicher ausreichen.«

»Hast du das gehört? Nett ist sie.« Sie kicherte nervös. »Nichts für ungut, Herr Berg, aber da räume ich doch lieber meine Möbel um und pferche die ganze Verwandtschaft ins Wohnzimmer. Mein Gott, schon so spät. Wir müssen jetzt wirklich gehen.«

Bevor Berg etwas erwidern konnte, hatten sich die beiden von ihren Plätzen erhoben. Kopfschüttelnd ließen sie ihn zurück. Er hatte keine Erklärung für Mias Abneigung, aber im Grunde war das nicht sein Problem.

Berg bezahlte und machte sich auf den Heimweg. Frische Luft hatte er für heute genug.

Freitag, 19. Oktober

Ja doch, ich bin nicht schwerhörig! Oh, das kann ich Ihnen sogar versichern. Aber wenn Sie alles besser können als wir, dürfen Sie selbstverständlich gern selbst …« Althuis knallte den Hörer so fest auf die Gabel, dass Berg um den Zustand des altmodischen Apparates fürchten musste. Verwundert sah er auf seine Armbanduhr. Es war gerade einmal acht Uhr morgens, ein Wunder, dass die Hauptkommissarin überhaupt schon an ihren Arbeitsplatz heruntergekommen war. Mit langsamen Schritten durchquerte Berg den Raum und zog die Jalousien hoch, um das herrliche Herbstwetter hereinzulassen. Er hatte beschlossen, die letzten warmen Tage des Jahres so richtig zu genießen. Allzu lang würde dieser Altweibersommer sicher nicht mehr andauern.

»Was ist los, Freda?«, fragte er freundlich. Wer an einem solchen Morgen griesgrämig in die Welt blickte, konnte einem nur leidtun. Doch Althuis war tatsächlich ernsthaft verstimmt. Offenbar hatte der Anruf sie vorzeitig vom Frühstückstisch heruntergetrieben, schlussfolgerte Berg lächelnd, denn er hatte die Hauptkommissarin noch nie so aufgelöst erlebt. Selbst die Bluse steckte nicht richtig in der Hose, die feinen Löckchen riefen förmlich nach einem Kamm. Er blieb neben ihrem Schreibtisch stehen und wartete, dass sie wieder zu Atem kam.

»So ein Idiot«, beschwerte sich Althuis und starrte das Telefon böse an. »Das ist jetzt schon der fünfte Zwischenfall dieser Art«, äffte sie den Anrufer nach. »Dürfen wir davon ausgehen, dass die Damen und Herren Inselpolizisten so langsam mal ihre Ärsche aus dem Haus bewegen, oder muss es erst wieder ausarten?«

»Wer hat das gesagt?«, fragte Berg argwöhnisch. Diesen Tonfall kannte er auf der Insel bisher noch nicht.

»Was weiß ich denn? Seinen Namen hat er natürlich nicht genannt. Aber ich kann mir schon vorstellen, aus welcher Ecke das kam.«

Berg verstand kein Wort. »Ist denn schon wieder was passiert?«

Die Hauptkommissarin gab ein abschätziges Grunzen von sich. »In Wielands Briefkasten ist ein Knallkörper hochgegangen. Und mein frühmorgendlicher Anrufer wusste natürlich genau, dass das auf dasselbe Konto geht wie die anderen Sachbeschädigungen.« Sie hob beschwörend die Hände zur Zimmerdecke und seufzte.

»Na fein. Willst du hinfahren?«

»Ich habe zu arbeiten.« Damit verstummte Althuis, und wenige Minuten später lugte nur noch ihr unfrisierter Haarschopf aus einem Berg von Papieren hervor – ein untrügliches Zeichen dafür, dass sie wieder einmal ihm das Problem überlassen würde.

Berg schwang sich auf sein Fahrrad. Er hatte wenig Lust, sich mit einem aufgebrachten Pastor herumzuschlagen. Andererseits war ein Feuerwerkskörper im Briefkasten nicht mit Kritzeleien an Wänden zu vergleichen. Schließlich hätte diesmal tatsächlich jemand verletzt werden können. Außerdem handelte es sich offenbar um eine gezielte Tat, vielleicht eine Racheaktion. Seine Freude an den letzten warmen Sonnenstrahlen war vergangen. Offenbar gab es auf der Insel noch mehr Leute, die die allgemeine Begeisterung für den neuen Pastor nicht teilten. Vielleicht hatte ja tatsächlich jemand etwas gesehen, überlegte er, während er in den Noorderloog einbog. Falls nicht, würde er zunächst ein oder zwei Fotos für die Akten machen.

Obwohl er geglaubt hatte, Spiekeroog inzwischen in- und auswendig zu kennen, war ihm das Gemeindehaus, in dessen Obergeschoss Wieland wohnte, nicht sehr vertraut. Wie viele Häuser auf der Insel wirkte es heimelig, war von einem schmalen, grünen Dach geschützt und duckte sich neben mehreren ganz ähnlichen Gebäuden in die Landschaft. Doch die friedliche Atmosphäre täuschte. Schon bevor Berg um die Ecke bog, konnte er aufgebrachte Stimmen hören. Zwei der Leute, die dort vor der geöffneten Tür standen und miteinander diskutierten, kannte er flüchtig. Es handelte sich um den Besitzer des kleinen Eiscafés von gegenüber und um jenen älteren Mann, der vor ein paar Tagen auf ihn eingeredet hatte. Berg seufzte unhörbar, hoffentlich würde der Mann sich heute zurückhalten. Ein paar Touristen waren in einiger Entfernung stehen geblieben und unterhielten sich gedämpft. Außerdem war natürlich Wieland anwesend, ebenso seine Frau und einer der beiden Söhne, der dem Vater wie aus dem Gesicht geschnitten war, die dunkelblauen Augen, das kantige Kinn. Berg wusste nicht viel über den Pastor, aber Wieland besaß zweifellos eine enorme Ausstrahlung. Ob man sich so etwas aneignen konnte, darüber konnte er nur spekulieren.

»Schöne Sauerei«, bemerkte der Eisverkäufer, als er Berg sah. »Da denkt man an nichts Böses, und dann so was.«

Berg nickte ihm verständnisvoll zu und war dankbar, als der Mann zur Seite trat, um ihn durchzulassen. Vielleicht war wieder einmal seine Fantasie mit ihm durchgegangen, als er sich ausgemalt hatte, wie aufgebracht alle sein würden. Er holte die kleine Digitalkamera hervor, die er für solche Fälle immer bei sich trug.

»Ist das eine Canon?«, fragte der Junge, der vielleicht zehn oder elf Jahre alt sein mochte, und reckte sich nach der Kamera.

»Rein mit dir«, fuhr Wieland seinen Sohn an und schob ihn unsanft in Richtung der offen stehenden Wohnungstür. »Das ist nichts für Kinder.« Ohne Berg zu beachten, wandte er sich an seine Frau, die mit verängstigten Augen neben ihm stand. »Und du gehst auch ins Haus.«

Berg betrachtete die Pastorengattin neugierig von der Seite. Dass Wieland Familie hatte, wusste er aus Althuis' Erzählungen, aber er konnte sich nicht erinnern, die Frau jemals zuvor gesehen zu haben. Sie wirkte wie ein Relikt aus dem neunzehnten Jahrhundert, die Haare zu einem strengen Knoten hochgesteckt, der graue Wollrock reichte beinahe bis zu ihren Knöcheln. Berg dachte an Erzählungen seiner Großmutter, die ihren Kindern während des Krieges Kleidung aus aufgetrennten Zuckersäcken gestrickt hatte. Er schüttelte sich in Gedanken und nickte Frau Wieland freundlich zu. Stumm erwiderte sie seinen Blick für einen Moment, dann senkte sie die Lider und verschwand ohne ein Wort im Eingang des Hauses.

»Es ist niemand verletzt worden?«, wandte sich Berg an den Pastor, der noch immer wütend den gesprengten Briefkasten anstarrte. Das Blechtürchen hing verbogen in den Angeln, die weißgekalkte Wand des Treppenhauses wies rotbraune Brandspuren auf. Wieland antwortete nicht auf seine Frage.

Stattdessen ergriff der ältere Mann zu seiner Linken das Wort. »Was gedenkt die Polizei zu tun?«

Der Tonfall gefiel Berg ganz und gar nicht. Er hob den Kopf und sah in ein paar dunkle Augen, die vom Alter leicht getrübt waren. Der Mann wirkte ausgesprochen mager, als hätte er seit ihrer letzten Begegnung noch an Gewicht verloren. Am Revers seiner dunkelblauen Anzugjacke steckte ein winziges silbernes Kreuz. Berg hätte diesen seltsamen Kauz unter Tausenden wiedererkannt, nur der Name wollte ihm nicht einfallen. Im Stillen wünschte er sich Johanssen zu Hilfe, der hätte ihm vermutlich sogar Geburtsdatum und Schuhgröße nennen können.

»Herr …«

»Barrak.« Die Höflichkeit in der Stimme wirkte kalt und berechnend. »Ich sagte …«

»Ich habe Sie schon verstanden.« Berg spürte, wie die Wut ihn im Nacken kitzelte. Das durfte nicht sein, als Ordnungshüter sollte er gelassen bleiben, zwischen den Fronten vermitteln. Nur, dass es sich hier um eine einzige Front handelte, und die stand eindeutig nicht auf seiner Seite. »Und ich darf Ihnen mitteilen, dass die Polizei alles tun wird, um baldmöglichst herauszufinden, wer für diesen Vorfall verantwortlich ist.« In Gedanken hatte er plötzlich Althuis vor sich, die gelangweilt in ein Brötchen biss. Nahmen sie die Sorgen der Menschen auf der Insel vielleicht tatsächlich manchmal nicht ernst genug? Plötzlich waren seine Hände schweißnass, der stechende Blick des Mannes machte ihn nervös. »Aber dazu sind wir auf Ihre Mithilfe angewiesen«, erklärte er den Umstehenden. »Hat vielleicht irgendjemand eine Beobachtung gemacht, die uns weiterhelfen könnte?«

Die Antwort bestand in einem sekundenlangen Schweigen, ein paar der Touristen zogen sich zurück. Auch der Eisverkäufer verabschiedete sich und verschwand über die Straße in seinem Laden.
Dem Alten schien die Pause zu lang zu dauern. »Das weiß doch jeder, wer das war«, brummte er unzufrieden. »Aber heutzutage darf man die Wahrheit ja nicht mehr sagen.«
»Wenn Sie etwas wissen, dürfen Sie es natürlich sagen. Dazu sind Sie sogar verpflichtet«, wandte Berg nachdrücklich ein, während sich das Funkeln in Barraks Augen verdüsterte. Er kannte solche Leute zur Genüge, die sich zuerst wichtigmachten, um dann mit dem banalsten aller Argumente zu kommen, nämlich einer haltlosen Vermutung.
»Na ja …«
Endlich erwachte der Pastor zum Leben. Er legte Barrak geradezu behutsam eine Hand auf die Schulter.
»Bruder Niels, ich glaube, es wäre besser, wenn ich mit dem Herrn Hauptkommissar allein spreche.«
»Aber ich …«
Wieland ließ ihn nicht ausreden. »Es ist besser so, glauben Sie mir. Wir sehen uns am Sonntag im Gottesdienst.«
Wie ein geprügelter Hund machte sich der Mann auf den Heimweg, oder wo immer seine Füße ihn hintragen mochten. Berg staunte nicht schlecht. Wo er eben noch Entrüstung gespürt hatte, war ein Nichts zurückgeblieben. »Auf Wiedersehen«, sagte er heiser, doch der Alte war schon über die Straße gegangen. Ohne sich noch einmal umzudrehen, verschwand er um die nächste Hausecke.
Berg war verwirrt. »Was war das denn eben?«, fragte er Wieland.

Der stand ein wenig betreten da, die Hände in den Hosentaschen vergraben, aber er schüttelte nur mit unglücklicher Miene den Kopf.

»Niels Barrak ist ein ziemlich einsamer Mensch«, erwiderte er mit einer angenehm sonoren Stimme. »Er lebt sehr zurückgezogen. Aber ich will Ihnen eines sagen, ich bin selten jemandem mit einem solchen Glauben begegnet. Seine Beziehung zum Herrn ist rein, makellos. Aber er will nicht verstehen, dass nicht alle Menschen seine Stärke besitzen.«

»Aha.« Mit dieser Beschreibung konnte Berg nicht viel anfangen, aber er war es auch nicht gewöhnt, sich mit Geistlichen zu unterhalten. Er beschloss, das Gespräch wieder auf den Briefkasten zu lenken, dessen aufgerissene Tür inzwischen leicht vom Wind bewegt hin und her schwang. »Es tut mir leid, dass Sie hier so unwirtlich willkommen geheißen wurden. Sie sind ja noch gar nicht lange auf der Insel, nicht wahr?«

»Seit ein paar Monaten.« Wieland bemühte sich um ein Lächeln, das ihm nicht so recht gelingen wollte. »Aber was spielt es schon für eine Rolle, wohin unsere Schritte uns führen? Glauben Sie wirklich, dass dieser Akt der Zerstörung auf mich persönlich gemünzt war?«

Berg seufzte. »Das will ich nicht hoffen. Wie Sie vermutlich wissen, hat es in den letzten Tagen mehrere Fälle von Sachbeschädigung auf der Insel gegeben. Vielleicht handelt es sich um dieselben Täter, vielleicht will da nur jemand sein Mütchen kühlen, aber wir können natürlich auch nicht ausschließen, dass es sich um einen persönlichen Angriff handelt. Können Sie sich vorstellen, wer einen Grund haben könnte, Sie in irgendeiner Form zu schädigen?«

»Sicher nicht.« Wielands Unterlippe begann zu zittern, während er nachdachte.
Berg überlegte, ob dieser Mann ihm tatsächlich die Wahrheit sagte. Kurz zog er in Erwägung, dass der Pastor vor irgendetwas Angst hatte, doch es fiel ihm schwer, das zu glauben. Wieland wirkte auf ihn wie ein Kämpfer, vielleicht ein wenig verbohrt in seinen Ansichten, aber voller Eifer. Eine Autoritätsperson, der man sich nicht so leicht widersetzte.
»Ich habe auch niemanden gesehen. Und als ich rauskam, um nachzuschauen, was da so geknallt hat, waren Bruder Niels und ein paar andere schon da.« Er legte die Stirn in Falten. »Aber hat nicht jeder Mensch irgendwelche Feinde?«
»Vielleicht.« Der Pastor blickte über seinen Kopf hinweg zum Himmel empor. Es war nicht ersichtlich, ob er stumme Zwiesprache hielt oder nur nach dem Wetter schaute. »Aber von den Leuten, die mich nicht leiden können, käme vermutlich niemand auf die Idee, einen Briefkasten in die Luft zu jagen.«
»Sie halten diese Vorfälle also für einen Ausdruck von Übermut?«
Wieland richtete sich zu seiner vollen Größe auf. Plötzlich glaubte Berg zu wissen, was die Leute an diesem Mann fanden. Die strenge Miene, die militärische Haltung, das war die Sprache der Autorität. Berg konnte solche Menschen nicht ausstehen, ihre Gegenwart überwältigte ihn mit einer Mischung aus Ehrfurcht und Unbehagen. Unauffällig trat er von einem Fuß auf den anderen und wartete, dass der Pastor erneut das Wort ergreifen würde.
»Von Übermut habe ich nichts gesagt«, erklärte Wieland. »Ich nehme diese Dinge sehr ernst, glauben Sie mir. Auch

wenn es sich hierbei um Kleinigkeiten handeln mag, zeigen sie uns doch deutlich, wie wenig Respekt die Menschen vor dem Eigentum anderer haben.«

Er sagte noch mehr, aber Berg hatte genug gehört. Nach ein paar mehr oder weniger überzeugend vorgetragenen Höflichkeitsfloskeln gelang es ihm endlich, sich zu verabschieden. Es waren nicht die Worte selbst, die ihn unangenehm berührten, es war Wielands Gesichtsausdruck, während er sprach, seine Haltung, die sowohl Verachtung als auch Spott ausdrücken konnte. Althuis konnte sagen, was sie wollte, dieser Mann war ihm auf schwer zu beschreibende Weise unangenehm, genau wie Barrak, sein glühender Anhänger und Vorzeigechrist.

Freitag, 19. Oktober, abends

Berg war froh, als der Tag endlich zu Ende ging. Obwohl es nur ein paar Meter bis zum Haus der Petrells waren, machte Johanssen Anstalten, ihn zu begleiten.

Auch Althuis, die gerade ihre zu engen Schuhe ausgezogen hatte und genüsslich mit den Zehen wackelte, fiel offenbar auf, dass sich der Rentner anders benahm als üblich. »Was ist los, Erik?«, fragte sie und zog eilig ihre Schuhe wieder an, als sie Bergs Blick bemerkte.

»Wo ist Herr Uhlen denn eigentlich abgestiegen? Stand das auch in dem geheimnisvollen Brief?« Der Insulaner senkte die Stimme und versuchte, seine Enttäuschung zu verbergen. »Ich habe ihn noch kein einziges Mal zu Gesicht bekommen.«

Althuis kniff die Augen zusammen. »Uhlen will seine Ruhe haben«, entgegnete sie leise. »Wenn sich das gleich in den ersten Tagen herumspricht, werden wir was zu hören bekommen.« Sie stand auf und griff nach ihrer Jacke. Offenbar hatte sie beschlossen, ihnen nach draußen zu folgen. Vielleicht um etwas einzukaufen, aber vielleicht lag der Grund auch in Johanssens Ambitionen, ein Autogramm zu ergattern.

Sie schlenderten in Richtung Ortsmitte. An der nächsten Ecke machte Berg halt, um in den Melksett einzubiegen. Seinetwegen konnten die beiden während der ganzen Nacht Autogramme jagen, er hatte Hunger, und zu Hause wartete immerhin ein voller Kühlschrank auf ihn.

»Als ob ich jemals ein Geheimnis ausgeplaudert hätte«, hörte er Johanssens beleidigte Stimme und gleich darauf Althuis' genervte Antwort: »Wenn der Kerl sich beim Landrat beschwert, zieh ich dir die Ohren lang bis hoch zum Fahnenmast.« Sie seufzte, als hätte sie gerade jemand darum gebeten, an einem Marathonlauf teilzunehmen. »Im Melksett.«

»Das ist ja gleich nebenan«, prustete Johanssen und schwenkte mit einem strahlenden Gesicht das kleine Autogrammheft, das er anscheinend immer noch bei sich trug. »Da muss man erst mal draufkommen.«

Berg hatte nicht das geringste Interesse daran, einen arroganten Schlagerstar aufzusuchen, aber da die Pension ohnehin auf seinem Heimweg lag, gab er Johanssens Drängen nach, während Althuis in eine andere Richtung abschwenkte.

Nichts deutete darauf hin, dass in dem unscheinbaren Haus eine Showgröße abgestiegen sein sollte, und Berg war es auch vollkommen egal. Doch ein Blick in die weidwunden Augen seines treuen Begleiters genügte, um ihn davon zu überzeugen, dass es eben nicht egal war, ganz im Gegenteil.

»Hier wohnt doch die alte Frau, die jeden Tag auf den Friedhof geht«, erkundigte er sich nachdenklich.

Johanssen, der um Bergs Namensgedächtnis wusste, nickte geduldig. »Käte Karabruck«, antwortete er mit einem Lächeln. »Die muss schon über neunzig sein mittlerweile. Ist mit meiner Tante zur Schule gegangen.« Bei diesen Worten verschwand das Lächeln sofort.

»Wie geht es deiner Tante überhaupt?«, fragte Berg pflichtschuldig.

Der Insulaner begann, sich zu winden wie ein jugendlicher Missetäter. »Danke der Nachfrage.« Zu mehr wollte er sich nicht herablassen, und Berg hütete sich, weiter nachzuhaken. Bei den wenigen Besuchen hatte er die alte Frau als recht liebenswürdig, aber auch als streng und starrsinnig kennengelernt. Wie es sein musste, mit ihr unter einem Dach zu leben, wollte er sich lieber nicht ausmalen.

»Aber versprich mir, nicht zu klingeln. Ich geh dann mal«, verabschiedete er sich und wollte schon gehen, als er Stimmen aus dem Treppenhaus vernahm.

»Komm da weg«, sagte er und zog den Insulaner gerade noch rechtzeitig am Ärmel aus der Gefahrenzone, ehe sich die Haustür der Nummer 14 öffnete. Heraus trat eine junge Frau, deren Gazellenbeine nur noch durch die Absätze ihrer Stöckelschuhe verlängert wurden. Seidiges, dunkles Haar fiel ihr über den Rücken. An der Hand der Dame stolperte ein kleines Mädchen aus der Tür.

»Das sind seine Frau und seine Tochter«, erklärte Johanssen mit heiserer Stimme.

»Pst.« Berg warf ihm einen bösen Blick zu. Er wollte so schnell wie möglich von hier weg. Gab es etwas Peinlicheres, als fremde Leute zu beobachten?

»Komm schon.« Berg spürte, wie ihm der Schweiß ausbrach. Er hatte keine Lust, heute noch dumm angequatscht zu werden. Seufzend fügte sich der Insulaner und folgte ihm die Straße hinab. Als sie auf halber Höhe waren, hörten sie, wie die Frau laut wurde. Scheinbar stritt sie mit Uhlen. Berg kannte die Stimme von unzähligen Fernsehinterviews. Mochten noch so viele Frauen hinter diesem Halbgott herschleichen, er konnte nichts Sympathisches an Uhlen finden. Wer in seiner Freizeit nichts Besseres zu tun hatte, als sich besoffen mit Journalisten anzulegen, konnte ihm herzlich gestohlen bleiben.

»Du kannst mich mal!«, rief die Frau vernehmlich.
Berg hörte das Rascheln von Kleidung, das Quietschen der Eingangstür, die auf- und wieder zuschwang, den Rest erzählten ihm seine Fantasie und Johanssen, der mit offenem Mund stehen geblieben war.
»So eine hübsche Frau und so ein hässlicher Umgangston«, sagte er zärtlich.
Berg hatte genug. Mit weit ausholenden Schritten überquerte er die Straße und hielt stur auf Frau Petrells Haus zu, das gleich um die Ecke lag. Anscheinend spielten heute mal wieder alle verrückt.
Plötzlich ließ ein Aufschrei ihn herumfahren. Von dem Sänger, der sich scheinbar noch immer innerhalb des Eingangsbereichs befand, war weiterhin nichts zu sehen, doch die Frau stand breitbeinig vor dem Haus, das Mädchen auf dem Arm. Ihr hübsches Gesicht war vor Wut verzerrt. »Das interessiert mich nicht die Bohne«, sagte sie lauter als notwendig. »Von mir aus können es alle erfahren, was für ein Arsch du bist!«
Sie sagte noch mehr, doch nun in etwas leiserem Tonfall, und Johanssen, der wie angewurzelt dagestanden hatte, drehte sich endlich um und folgte Berg mit schnellen Schritten. Als sie die Ecke erreicht hatten, atmete er tief aus. Eine schwache Röte überzog seine Wangen, und mit einer Hand streichelte er abwesend das Autogrammheft, das er während der ganzen Zeit in der Hand gehalten hatte – nur für den Fall der Fälle. »Ich bin sicher, das hat sie nicht so gemeint.«
»Bestimmt nicht«, erwiderte Berg in einem Tonfall, als würde er mit einem Kind sprechen. Johanssen war ein Kind, zumindest in gewissen Situationen, und es war ganz gewiss nicht

seine Aufgabe, dem Mann seine harmlosen Träume zu rauben. Er verabschiedete sich und betrat das Haus der Petrells.
»Guten Abend«, rief er wie immer in die Erdgeschosswohnung seiner Vermieterin hinein. Er bekam keine Antwort. Vielleicht war sie schon zu Bett gegangen. Berg stieg leise die Stufen hinauf, ließ die Jacke aufs Bett fallen und machte sich als Erstes über eine Tüte Erdnüsse her. Das Knistern der Verpackung wurde von einem Geräusch übertönt, das er nicht richtig zu deuten wusste. Instinktiv öffnete er das Dachfenster und schob den Kopf hindurch. Wenn er den Hals ein wenig verrenkte, konnte er von hier aus die halbe Straße überblicken. Ob sich die Uhlens immer noch stritten? Doch außer einem halbwüchsigen Mädchen war niemand zu sehen. Gähnend zog sich Berg wieder zurück. Auf dem Tisch befand sich noch immer der Brief, und mit reichlich schlechtem Gewissen legte er ihn ein Stück zur Seite, um Platz für sein bevorstehendes Abendessen zu schaffen. Morgen, sagte er sich und streckte sich einen Moment auf dem Bett aus. Heute würde er nur noch essen und schlafen, vielleicht ein bisschen fernsehen oder …
Das Geräusch riss ihn augenblicklich hoch. Es hatte wie ein Wimmern geklungen, und diesmal war er sicher, dass es nicht von draußen kam. Zwei Bücher fielen zu Boden, als er beim Hinausgehen gegen den Tisch stieß, aber er kümmerte sich nicht darum. Die Treppe kam ihm heute steiler vor als sonst, er musste aufpassen, um nicht über seine eigenen Füße zu stolpern. Als er unten ankam, war von dem Geräusch nichts mehr zu hören. Hatte er sich am Ende alles nur eingebildet? Nein, er war sicher, dass er etwas gehört hatte, und es klang, als ob ein Mensch Hilfe brauchte.

»Frau Petrell?« Er blieb stehen und lauschte, aber es war nichts zu hören. Das Wohnzimmer war genauso verlassen wie zuvor, auch in der kleinen Küche fand er niemanden. Vielleicht war sie gar nicht da, überlegte er, doch dieser Gedanke kam ihm absurd vor. Seit ihr Mann gestorben war, hatte seine Vermieterin das Haus niemals am Abend verlassen, und auch die Geschäfte hatten inzwischen längst geschlossen. Wohin hätte sie gehen sollen? Berg klopfte an die Badezimmertür, und als sich dahinter nichts regte, stieß er mit dem Fuß dagegen. Die altmodische Wanne wurde sichtbar, ein hellgrüner Badvorleger. Er atmete schneller. Was, wenn Frau Petrell nun zur Haustür hereinkommen würde? Das hier war Hausfriedensbruch. Doch in diesem Moment hörte er das Geräusch erneut, und diesmal war er ganz sicher. Ein Schluchzen, es kam von links. Hastig lief Berg zu der einzigen Zimmertür, hinter der er noch nicht nachgesehen hatte. Das Schlafzimmer lag im Schatten, der Rollladen war schon heruntergelassen, oder hatte ihn am Morgen etwa gar keiner hochgezogen?

Seine Fingerspitzen begannen zu kribbeln, als er seine Vermieterin entdeckte. Frau Petrell lag auf der Fensterseite, direkt neben dem breiten Bett, ein Teil der Bettdecke war hinuntergerutscht und verdeckte ihre Beine. Mit geschlossenen Augen lag sie da und atmete rasselnd. Berg schluckte. Immerhin atmete sie noch.

»Frau Petrell?« Er ging in die Hocke und berührte sie vorsichtig an der Schulter. Die alte Frau begann, sich unkoordiniert zu bewegen. Ein Auge öffnete sich, sie versuchte, den Kopf zu drehen, aber offenbar gelang es ihr nicht.

»Sind Sie gefallen?«, fragte Berg, doch sie stieß nur einen leisen Klagelaut aus. Seine erste Eingebung war, die alte

Dame aufs Bett zu heben, doch dann entschied er sich dagegen. Er konnte nicht beurteilen, ob sie sich etwas gebrochen hatte. Immerhin konnte er sie von der Decke befreien. Schlaff und reglos lag Frau Petrell am Boden, nur die Finger ihrer rechten Hand pochten unregelmäßig auf den Teppich.
»Ich rufe einen Arzt«, sagte Berg und fummelte in seiner Hosentasche nach dem Handy, das er natürlich mal wieder nicht dabeihatte, wenn er es brauchte. »Keine Angst«, erklärte er Frau Petrell, die ihn mit trüben Augen beobachtete. »Ich bin gleich zurück.« Dann hetzte er in die Küche, in der auf einem Beistelltisch das alte Telefon stand.

»Das Bein ist gebrochen«, brummte Nürnberger mit seiner tiefen Stimme. »Sie wird jetzt erst mal in die Klinik kommen, danach sehen wir weiter.« Er klopfte Berg auf die Schulter. »Gut, dass Sie gleich nachgesehen haben. Vermutlich haben Sie ihr das Leben gerettet.«
Berg überging das Kompliment. »Wer weiß, wie lange sie schon da gelegen hat«, murmelte er und folgte dem Arzt zum Krankenwagen. Von Frau Petrell war unter der Decke nur der graue Haarschopf zu sehen. Er dachte daran, wie er ihr mit einem Löffel ein wenig Wasser gereicht hatte, an die ziellosen Bewegungen ihrer Finger.
Nachdenklich blickte Berg dem Rettungswagen nach, der mit quietschenden Reifen um die Ecke bog. Er selbst blieb im Licht der Straßenlaterne noch eine Weile am Wegrand stehen. Im Grunde war es unwichtig, welche Pläne jemand für sein Leben hatte, es konnte ganz plötzlich zu Ende sein, überlegte er und begann bei diesem Gedanken zu frösteln. Er fragte sich, was nun aus seiner Vermieterin werden wür-

de. Wie lange würde sie im Krankenhaus bleiben müssen, und würde sie überhaupt wieder nach Hause kommen? Was würde aus ihm werden? Auf Spiekeroog eine Wohnung zu finden, war nicht gerade einfach, und Frau Petrells einziger Sohn lebte, soweit er informiert war, in Amerika. Plötzlich schämte er sich zutiefst. Eine alte Frau wäre beinahe neben ihrem eigenen Bett gestorben, und er dachte nur an sich selbst. Als der Wind stärker wurde, ging Berg langsam zurück ins Haus. Jeglicher Appetit war ihm vergangen.

Samstag, 20. Oktober

Die halbe Nacht hatte Berg mit dem Ausräumen zweier Bücherkisten verbracht, die seit seinem Einzug im Keller vor sich hin geschlummert hatten. Dennoch war er schon um kurz nach sieben wieder auf den Beinen. Um den engen vier Wänden zu entfliehen, unternahm er einen kleinen Spaziergang durch den Ort. Trotz des trüben Morgenlichtes begegneten ihm an diesem Tag recht viele Menschen auf den engen Straßen. Von fern hörte er eine Sirene. Vor dem Supermarkt drängten sich ein paar Leute zusammen. Berg trat näher, um zu sehen, worüber sie lachten. Zwei ältere Männer musste er regelrecht zur Seite schieben, um endlich durchzukommen. Als Erstes bemerkte er die Äpfel, die auf dem Boden lagen. Direkt daneben, in der Nähe der Fahrradständer, kniete Anna Starnitzke und sammelte mit zittrigen Händen ihre Habseligkeiten auf.

»Ist die Tüte gerissen?« Berg bückte sich, um ihr aufzuhelfen. Als er sich umdrehte, sah er, dass sich einige der Schaulustigen bereits entfernten. Die letzten beiden Konservendosen unter dem Arm, folgte er ihr zu ihrem Fahrrad, auf dem sich bereits zwei volle Einkaufstaschen befanden.

Anna schüttelte den Kopf. »Das Rad ist umgekippt. Das passiert mir öfter, wenn ich es überlade.« In ihren Augen schimmerten Tränen.

Wütend wandte sich Berg an die verbliebenen Zuschauer, die es plötzlich sehr eilig zu haben schienen. »Von Hilfsbereitschaft haben Sie wohl noch nie etwas gehört?«

Eine junge Frau schob trotzig die Unterlippe vor, doch ihr Mann warf ihr einen warnenden Blick zu. Er funkelte Berg mit unverhohlenem Abscheu an. »Man muss immer wissen, wem man hilft. Wer sich für die falschen Leute einsetzt, hat es manchmal ziemlich schwer im Leben. Aber das wissen Sie ja sicher, Herr Hauptkommissar.« Ohne eine Antwort abzuwarten, marschierte er an Berg vorbei die Straße hinunter, seine Frau folgte ihm wie ein Schatten.

Berg sah den beiden verwundert nach, dann wandte er sich wieder an Anna, die inzwischen alle Einkäufe verstaut hatte.

»Kommen Sie zurecht?«

»Vielen Dank. Das geht schon.«

Der Rest ihrer Antwort ging im Klingeln seines Handys unter. Als er die Nummer seiner Kollegin erkannte, zuckte er leicht zusammen.

»Wie bitte?« Berg brauchte einen Moment, um zu begreifen, was Althuis ihm da erzählte. »Doch, ich hab die Sirene gehört, aber ich dachte … Ich gehe gleich rüber.«

Als er das Haus im Kaapdünenweg erreichte, konnte er den Rauch noch riechen.

Köhler saß hinter dem Steuer des Feuerwehrwagens und füllte ein Formular aus. Als er Berg kommen sah, stieg er aus und ging ihm entgegen.

Nach einer kurzen Begrüßung blickte Berg suchend zu dem Haus hinüber, in dessen Einfahrt sich ein weiterer Feuerwehrmann und ein älterer Mann mit geröteten Wangen miteinander unterhielten. »Wo ist denn der Stall?«

»Hinterm Haus. Ich zeige es Ihnen.« Mit großen Schritten führte er Berg an den übrigen Leuten vorbei und blieb vor

dem verkohlten Gehege stehen. »Schöne Sauerei. Zum Glück hat das Feuer nicht auf das Haus übergegriffen.«
Schweigend betrachtete Berg die verkohlten Stützbalken. Er bückte sich, um besser durch den Maschendraht hindurchsehen zu können. Der Boden war rußgeschwärzt. In den hinteren beiden Ecken erkannte er die toten Hühner. Dieser Anblick und der starke Brandgeruch machten ihm zu schaffen. Als er sich umdrehte, stand der rotgesichtige Mann vor ihm. Berg kannte ihn nicht näher, aber er hatte ihn schon mehrmals in einem der Cafés getroffen. »Herr Dierks?«
Der Alte nickte. »Vier Hühner hat er mir umgebracht, der Mistkerl.« Seine Augen glitzerten feucht.
»Von wem sprechen Sie denn?« Berg blickte unsicher zu Köhler hinüber. »Ist denn überhaupt schon geklärt, dass es sich um Brandstiftung handelt?«
»Da hat eindeutig jemand nachgeholfen. Herr Dierks vermutet, dass sein Nachbar dafür verantwortlich sein könnte.«
»Vermuten ist zu viel gesagt«, mischte sich Dierks mit hoher Stimme ein. »Aber wir hatten schon öfter Streit wegen meiner Tiere. Erst letzte Woche hat er sich noch über die Hühner beschwert. Harres wollte, dass ich sie woanders halte, weil ihn das Gegacker gestört hat.«
»Aber gesehen haben Sie ihn nicht dabei.«
»Ich habe niemanden gesehen. Bin ja vorhin erst aufgestanden.«
Erst jetzt bemerkte Berg, wie dem Mann die Haare abstanden. Vermutlich war er nur rasch in seine Kleider geschlüpft, bevor die Feuerwehr eintraf.
»Dann sollten wir doch einmal mit Ihrem Nachbarn sprechen«, schlug er vor und ging auf das Nebenhaus zu, das

Dierks ihm gezeigt hatte. Die Rollläden waren zur Hälfte heruntergelassen. Erst beim zweiten Klingeln erschien eine junge Frau an der Tür. »Ist etwas passiert? Ich habe die Sirene gehört.«
Berg zeigte ihr seinen Ausweis. »Wir möchten mit Herrn Harres sprechen.«
»Oh.« Sie schien einen Augenblick zu überlegen. »Ist es sehr wichtig? Wissen Sie, mein Vater liegt schon seit drei Tagen mit einer Gallenkolik im Bett. Ich dachte, es geht ihm besser, aber heute Nacht hat er sich wieder mehrmals übergeben.«
Aus einem der hinteren Zimmer erklang eine heisere Stimme. »Marlene? Wer ist denn da?«
»Die Polizei, Papa. Schon gut.« Sie trat einen Schritt zur Seite und bedeutete Berg, einzutreten. Dierks wartete ungeduldig vor der Tür.
»Herr Harres?« Berg betrachtete nachdenklich den Mann im Bett. Der Alte hob schwach den Kopf und blinzelte ihm zu. Seine Gesichtsfarbe tendierte ins Grünliche. Vorsichtig schob Berg den Eimer neben dem Kopfende ein Stück zur Seite. »Vor etwa einer Stunde hat es bei Ihrem Nachbarn gebrannt. Jemand hat das Stroh im Hühnerstall angezündet.«
Harres zuckte erschrocken zusammen. »Ach, du Schande. Haben Sie den Täter geschnappt?« Jetzt sah er noch ein wenig kränker aus.
»Leider nicht. Wir haben allerdings von Herrn Dierks erfahren, dass Sie sich als einziger Nachbar über die Hühnerhaltung beschwert haben. Es soll in der Vergangenheit mehrmals Streitigkeiten deswegen gegeben haben.«
Der Alte verzog das Gesicht zu einer Grimasse. »Natürlich hab ich ihm die Meinung gesagt. Was muss der auch unbe-

dingt hinterm Haus einen Zoo aufmachen. Wissen Sie, was das manchmal für ein Krach war? Aber ich hätte den Viechern doch niemals was getan. Das können Sie nicht glauben.«

»Was für ein Unsinn!«, erklärte nun auch die Tochter, die plötzlich hinter Berg aufgetaucht war. »Mein Vater kann ja kaum aufstehen. Gestern ist er mir fast umgekippt, als er allein aufs Klo wollte.«

»Marlene!«

»Na, ist doch so.« Sie stützte die Hände in die Hüften und musterte ihren Vater besorgt.

Berg hatte genug gesehen. Dieser Mann hatte sicherlich nicht das Feuer gelegt. Ein wenig verlegen bedankte er sich für das Gespräch und ließ sich von der Tochter zur Tür begleiten. Draußen wartete Dierks auf ihn. »Hat er gestanden?«

Berg winkte ab. »Herr Harres hat offenbar eine Gallenkolik. Ich glaube nicht, dass er etwas mit dem Brand zu tun hat.«

»Nicht?« Dierks schien enttäuscht.

»Haben Sie vielleicht noch eine Idee, wer ein Interesse daran gehabt haben könnte, Ihnen zu schaden?«

»Nein.« Dierks schien ratlos. »Nein, wirklich nicht. Da wüsste ich niemanden.«

Berg seufzte. So ähnlich hatte er sich das vorgestellt. Er suchte die Kamera heraus und setzte sich langsam wieder in Bewegung. »Dann werde ich jetzt erst mal ein paar Fotos machen.«

Sonntag, 21. Oktober

Er wusste nicht genau, wann er auf die Idee gekommen war, aber so absurd sie ihm auch erscheinen mochte, sie hatte sich irgendwann im Laufe der letzten Nacht in seinen Gedanken festgesetzt und wollte nicht mehr daraus verschwinden. Viel zu früh erhob sich Berg aus seinem Bett und schlurfte zur Dusche.

Er dachte an die Freie Christengemeinde, diese angeblich so duldsamen Leute, die tatsächlich mit ihrer herzlichen Art einen gewissen Reiz auf andere Menschen auszuüben schienen. Aber sie waren nicht alle so, und wenn er ernsthaft darüber nachdachte, war das beinahe ein wenig beruhigend. Während das heiße Wasser ihm auf Kopf und Schultern trommelte, schloss Berg die Augen und sah plötzlich Wieland vor sich, den neuen Pastor, dessen seltsame Art ihm Unbehagen bereitete, seit er das erste Mal mit ihm gesprochen hatte. Außerdem hatte Althuis ihn mit ihren Berichten einigermaßen neugierig gemacht. Was lag also näher, als sich den Mann ein wenig genauer anzuschauen, und der beste Ort dafür war sicherlich sein persönlicher Wirkungsbereich. Entschlossen quetschte er den letzten Rest Duschgel aus der Flasche und nickte sich selbst überzeugend dabei zu. Er würde dieser Freien Christengemeinde einen Besuch abstatten.

Obwohl er sich einredete, aus rein dienstlichem Interesse hier zu sein, hatte Berg seine besten Sachen angezogen. Zum ersten Mal schienen die sonntäglichen Glocken ihn persönlich zu rufen, und die alte Nervosität aus der Zeit seiner Konfirmation wollte wieder an die Oberfläche kriechen, ohne dass er etwas dagegen tun konnte. Es war ihm nie aufgefallen, wie viele Menschen auf Spiekeroog sonntags das Gemeindehaus besuchten. Sollte das tatsächlich an Wieland und seinen beliebten Predigten liegen?

Es gehörte ein wenig Glück dazu, die Hauptkommissarin unter all den Menschen auszumachen. Althuis saß gemütlich in der vorletzten Reihe, blätterte in ihrem Gesangbuch und blies sich hin und wieder mit schrecklich schiefem Mund die etwas zu langen Ponyfransen aus dem Gesicht. Für diese Jahreszeit war es in der Tat ungewöhnlich warm. Überall stieß Berg auf Menschen, die sich Luft zufächelten. Ich bin nie zufrieden, dachte er und musste sich ein Lächeln verkneifen. Vor ein paar Tagen war er noch mit einer Wolldecke ins Bett gekrochen, nun war es auch wieder nicht recht. Der Herrgott hatte es wahrlich nicht leicht mit ihm.

»Nein! Mit dir hätte ich nun wirklich nicht gerechnet«, rief die Hauptkommissarin überrascht aus, als Berg zu ihr trat. »Zum Glück wollte eh niemand neben mir sitzen.« Sie klopfte einladend auf den Stuhl neben sich. »Was hat dich denn hergetrieben?«

Berg sah sich ein wenig verlegen in dem Saal um, wollte er doch keine Aufmerksamkeit erregen. »Reine Neugier«, antwortete er dann leise und versuchte, an der Frau mit den hochtoupierten Haaren vorbeizusehen, die sich soeben genau vor ihm niedergelassen hatte. Zwecklos, er hatte die Wahl zwischen einer der weißen Säulen und ihrer Haarpracht. Entmutigt rückte er seinen Stuhl ein paar Zentimeter weiter in Richtung Mittelgang.

Seine Kollegin sah ihn verständnislos an. »Suchst du nach Erik?«

»Ist der auch hier?«

»Da drüben.«

Ja, da saß er, Erik Johanssen, ebenso wie Berg in einem weißen Hemd, und in der verhutzelten Person an seiner Seite, die ihm kaum bis zur Schulter reichte, erkannte Berg Eriks Tante.

Er wollte noch etwas fragen, doch in diesem Moment erklang die Orgel und zerstreute all seine Gedanken. Die Gemeinde erhob sich zu einem Lied, das er erst nach der dritten Strophe im Gesangbuch fand und ohnehin nicht kannte. Als die letzte Note verklungen war, trat der Pastor nach vorne. Aufrecht und voller Würde blieb er dort stehen, sang den Eingangspsalm und schien dabei in eine heilige Starre zu verfallen. Nur seine Augen lebten, leuchteten in einem hellen Licht, das Berg gefangen nahm, ob er wollte oder nicht. Neben sich hörte er das leise Atmen der Hauptkommissarin, hin und wieder hustete jemand, und selbst diese wenigen Geräusche hatten einen entweihenden Charakter an sich.

Althuis hielt das Schweigen trotzdem nicht lange aus. »Und, was meinst du?«, flüsterte sie, während Wieland aus dem Evangelium vorlas.

Berg zuckte mit den Schultern. Nichts Besonderes, sollte diese Geste ausdrücken, aber er wusste so gut wie sie, dass das eine Lüge war. Es war lange her, dass er einen Gottesdienst besucht hatte, dennoch konnte er sich noch lebhaft an die Pastoren seiner Kindheit erinnern. An dicke, hagere, unterhaltsame und wortkarge Männer und Frauen, die ihn mal mehr, mal weniger in ihren Bann gezogen hatten, die meisten weniger. Gleichzeitig war er überzeugt, dass dieser Vergleich nicht funktionierte, gar nicht funktionieren konnte. Die Begeisterung der Menschen hier galt nicht dem Mann selbst, sondern etwas Tieferem, das ihn umgab wie ein unsichtbarer Mantel.

In der ersten Reihe entdeckte er den älteren Mann, der bei den Wielands gewesen war und sich über die Übel der Menschheit beschwert hatte. Der gute Christ, erinnerte Berg sich dunkel, so hatte der Pastor ihn bezeichnet. Nun hockte der Mann aufrecht auf seinem Stuhl. Links neben ihm saß Wielands Familie, die Frau, deren dunkelblondes Haar unter einem schwarzen Häkeltuch verborgen war, daneben die beiden Söhne, alle so vornehm gekleidet, als hätte sich hoher Besuch angekündigt. Stocksteif saßen sie da und schienen jedes von Wielands Worten zu verfolgen. Wie Hühner auf einer Stange, dachte Berg, aber das traf es nicht genau, eher wie auf einer Ausstellung. So unauffällig sie sich auch verhalten mochten, sie standen im Rampenlicht, und die Kinder schienen ziemlich gut darauf gedrillt zu sein, den Vater nicht zu blamieren. Der Ältere mochte ungefähr vierzehn sein. Berg konnte beim Anblick des Jungen nur ungläubig den Kopf schütteln. Er hatte sicherlich nicht viel Ahnung von Kindern, wie ihm Althuis bei jeder sich bietenden Gelegenheit vorhielt. Aber er hatte doch genügend mit Jugendlichen zu tun gehabt, um die gängigen Verhaltensweisen zu kennen, und diese beiden verhielten sich geradezu beängstigend brav.

Berg kniff die Augen fest zusammen und öffnete sie wieder. Es fiel ihm schwer, sich zu konzentrieren, von der Bibellesung hatte er nur einen Teil mitbekommen. Sie hatte vom

Reich Gottes gehandelt, das mit dem Wachsen des Getreides verglichen wurde. Mit gerecktem Hals verfolgte er nun, wie Wieland sich mit würdevollen Schritten von dem hölzernen Lesepult entfernte und seine Schäfchen musterte. Er schien beim Gehen tatsächlich keinen Muskel zu bewegen, der nicht dringend notwendig war.
Althuis musste den gleichen Gedanken gehabt haben. »Der geht wie ein Soldat«, raunte sie ihm mit ihrer heiseren Stimme zu.
Berg rutschte ein Stück nach hinten und presste den Rücken gegen die gepolsterte Rückenlehne. Von der Predigt wollte er nichts verpassen. Wie ein Soldat, dachte er und schaute zweifelnd zu Althuis hinüber, während der Pastor dort vorne sich offenbar bereitmachte. Nein, das ist falsch, eher wie ein Sänger, ein Star, der sich seiner Fans gewiss ist. Er wusste, dass das Unsinn war, und dennoch, Wielands Gesichtsausdruck, diese einstudierte Milde, die jederzeit in Härte umzuschlagen vermochte, ließ keinen besseren Vergleich zu.
»In der Heiligen Schrift haben wir heute ein Gleichnis gehört«, begann Wieland seine Predigt, und die Menschen im Raum hielten scheinbar erwartungsvoll den Atem an. »Wenn das Weizenkorn auf guten Boden fällt, dann geht es auf und wächst, um später die Menschen zu nähren. Wir sind dieser Boden, dieser gute Boden, wir können es werden, wenn wir uns öffnen für Gottes Wort, wenn wir die Liebe, die Gott uns schenkt, nicht abweisen, sondern weitergeben an andere Menschen. Viele unter uns haben einen kleinen Garten, in dem sie ein paar Dinge anpflanzen, oder sie haben zumindest die eine oder andere Pflanze auf der Fensterbank stehen. Aber wie leicht kann alles verderben! Die Pflanze wird

von einer Krankheit befallen, die Erde ist zu feucht oder zu trocken, Ungeziefer oder Unkraut macht sich breit, und schon schwächelt die Pflanze, sie verliert ihre Lebensgrundlage und geht schließlich ein.«

Staunend folgte Berg den Worten des Pastors. In diesen ersten Sätzen lag nichts, das ihn hätte begeistern können, vermutlich wäre er in jedem anderen Gottesdienst längst mit den Gedanken woanders gewesen. Stattdessen saß er aufrecht wie die anderen da und fragte sich, wann die Wendung kommen würde, denn dass sie kommen musste, daran zweifelte er nicht. Und tatsächlich brauchte er nicht lange zu warten.

Jetzt sprach Wieland nicht mehr in jenem leutseligen Ton, mit dem er begonnen hatte; er schmetterte die Worte in den Saal, als ginge es um Leben und Tod, und vermutlich, überlegte Berg, ging es für ihn wirklich darum.

»Unser Glaube ist diese Pflanze«, brüllte Wieland nun, und Schweißtropfen traten auf seine Stirn. »Und genau wie unsere Pflanze ist er von zahlreichen Bedrohungen umgeben, die ihn am Wachsen hindern. Anstatt uns um die Erziehung unserer Kinder zu kümmern, sitzen wir vor dem Fernseher oder surfen im Internet. Wir sehen keinen Zusammenhang zwischen den zehn Geboten und heutigen Kavaliersdelikten wie Steuerhinterziehung oder Versicherungsbetrug. Und anstatt unsere Freunde oder Kollegen zurechtzuweisen, wenn wir bemerken, dass sie sich gegen ihre Nächsten vergehen, indem sie in die Portokasse greifen oder in der Firma Kugelschreiber stehlen, belächeln wir ihr Verhalten, bringen für jeden Fehltritt Verständnis auf. Oder aber wir wagen es einfach nicht, andere auf ihre Sünden hinzuweisen, schließlich wollen wir uns ja nicht unbeliebt machen. Diese Dinge sind das Unkraut, das Ungeziefer und die Steine im Boden, die dafür sorgen, dass unsere Pflänzchen nicht aufgehen werden, dass sie verrotten, ehe sie überhaupt die Chance bekommen, zu wachsen.«

Auf Althuis' Gesicht zeigte sich ein winziges Lächeln, und sie senkte ehrfurchtsvoll den Kopf, bevor sie sich ein Stück zu Berg hinüberlehnte. »Scheint ja gut drauf zu sein heute«, flüsterte sie ihm zu.

Berg schaute nervös zu Wielands erstem Anhänger hinüber, der inzwischen dasaß, als hätte er einen Stock verschluckt. Der Kopf des Mannes nickte in regelmäßigen Abständen, und Berg konnte sich das Leuchten in seinen Augen auch vorstellen, ohne sein Gesicht zu sehen. Aber war das vielleicht ungewöhnlich? Die Augen der meisten Menschen rings um ihn glänzten, als wäre ihnen gerade das Christkind persönlich erschienen. Hätte er es nicht besser gewusst, so hätte er hier die Zusammenkunft einer geheimen Sekte vermutet, doch es waren ganz gewöhnliche Menschen, die ihn umgaben. Die halbwüchsigen Jungen in der dritten Reihe zum Beispiel hatte er noch vor wenigen Tagen ermahnt, weil sie mit den Fahrrädern beinahe ein älteres Ehepaar umgefahren hätten. Die Dame in Rot im linken Seitenflügel war ihm gestern noch durch ihr loses Mundwerk aufgefallen, als sie sich auf der Straße mit ihrem Mann gestritten hatte. Keine Heiligen, sagte er sich, und ein kalter Schauer lief ihm über den Rücken. Ganz normale Menschen.

Wieland holte unterdessen erneut aus. Wie ein Schauspieler warf er die Arme in die Luft, um seine Verzweiflung zu verdeutlichen, zeigte hin und wieder mit dem Finger anklagend in die Menge, was bei den Betroffenen erschrockene Blicke auslöste. Eben war er bei den Kindern angelangt.

»Wie soll denn aus euren Kindern etwas Vernünftiges werden, wenn ihr euch nicht um sie kümmert?«, fragte Wieland, doch diese Frage enthielt keine Besorgnis, sondern einen unausgesprochenen Tadel, der Berg wütend machte. »Und mit kümmern meine ich nicht nur, dass ihr ihnen etwas zu essen gebt und sie zur Schule schickt. Wie sollen sie die gebotene Ehrfurcht vor ihrem himmlischen Vater erlernen, wenn ihnen niemand vorlebt, was es heißt, ein Christ zu sein? Die Auswirkungen einer solchen Vernachlässigung zeigt sich besonders in diesen Tagen auf geradezu tragische Weise.« Berg war sich sicher, dass Wieland in diesem Augenblick nur ihn anstarrte, doch der Pastor fuhr ungerührt fort. »Viele sehen in einem Zerstören oder Verschandeln von fremdem Eigentum lediglich eine kleine Sachbeschädigung, die man bestrafen, aber dennoch nicht allzu wichtig nehmen sollte. Aber oft sind solche Auswüchse nur die Anfänge, und ehe man sichs versieht, ist aus einem solchen irregeleiteten jungen Menschen ein Verbrecher geworden. Daher wehret den Anfängen.«

Seine Stimme schwoll an wie ein Instrument. Ein Instrument, das er meisterhaft beherrschte, wie Berg ihm zugestehen musste.

»Der Glaube und das Vertrauen sind das Erste, aber sie müssen auch sichtbar werden in einem gottgefälligen Leben. Kein Kind weiß von Natur aus, was gut und böse, was vernünftig oder gefährlich ist. Ihr müsst es ihnen beibringen, und wenn sie auf eure Worte nicht hören wollen, dann müsst ihr darum ringen, dass sie euch ernst nehmen. Es gibt keine

Alternative, manchmal genügen Worte eben nicht mehr. Manchmal braucht es einen Kampf, innerlich wie äußerlich. Lasst die Faust Gottes zu eurer werden, lasst sie niederfahren auf alle, die sich gegen euch und euren Glauben stellen. Zögern ist Sünde, Schweigen ist Sünde, all dieses Gutmenschentum ist Sünde, in dem wir uns heutzutage so gerne sonnen. Vergesst es nicht.«

Das Blitzen in seinen Augen gefiel Berg ganz und gar nicht. Dieser Mann kam ihm verbohrt vor, verblendet, aber vielleicht war er auch nur ein Eiferer? Er hatte zu wenig Erfahrungen mit solchen Menschen, um darüber entscheiden zu können. Auf jeden Fall schienen die meisten Leute im Saal wie gebannt an Wielands Lippen zu hängen, ein Anblick, der ihm mehr Sorge bereitete als die Predigt selbst. Er drehte sich zu Althuis um und begegnete ihrem ernüchterten Blick.

»Wir sollten mal mit ihm reden«, sagte die Hauptkommissarin, und diesmal flüsterte sie nicht.

Sonntag, 21. Oktober, mittags

Doch genau das stellte sich als nicht so einfach heraus, wie Berg gedacht hatte. Wegen all der Menschen war es schwierig genug, nach dem Gottesdienst ins Freie zu gelangen, und erst als die meisten endlich ihrer Wege gegangen waren, machte sich Althuis auf die Suche nach dem Nebeneingang. »Irgendwo muss er doch wieder rauskommen«, brummte sie missmutig.

Johanssen, der sich zu Berg gesellt hatte, geriet plötzlich in helle Aufregung. »Ist da vorne was passiert?«

Berg reckte sich, um an Johanssen vorbei bis zur Straße sehen zu können. Alles, was er ausmachte, waren zwei junge Mädchen, die offenbar sehr erschrocken in dieselbe Richtung starrten. Eine von ihnen schien zu weinen. Als sie nähertraten, erkannte er auf der anderen Straßenseite den Sänger. Uhlen spuckte auf den Boden und schüttelte unwillig den Kopf.

»Unverschämtheit so was! Könnt ihr einen nicht einfach mal in Ruhe lassen? Haben euch eure Eltern nicht beigebracht, andere Leute nicht zu belästigen?«, hörte Berg die Stimme des Mannes, die sich heute weder sanft noch kraftvoll anhörte, nur angewidert.

»Aber wir wollten doch nur …« Mitten im Satz verstummte das etwas ältere Mädchen und legte den Arm um ihre schluchzende Freundin.

Uhlen winkte ab und ging mit schnellen Schritten dem Ort entgegen. Jede seiner Bewegungen drückte Wut aus.

Johanssen näherte sich den beiden Halbwüchsigen. »Ist was passiert?« Mit besorgter Miene beugte er sich zu dem weinenden Mädchen hinab.
Die Kleine schüttelte den Kopf, und die langen Haare verbargen ihr verheultes Gesicht.
Endlich kam auch Althuis zurück. Sie wirkte genervt. »Wahrscheinlich hat Wieland sich einen Geheimgang buddeln lassen. Im Gemeindehaus ist er jedenfalls nicht mehr. Habt ihr was?«
Das ältere Mädchen ließ die Freundin los. Ihre Wangen glühten, die Situation schien ihr unangenehm zu sein. »Wir wollten doch nur ein Autogramm. Und dann hat er gleich angefangen, uns zu beschimpfen.« Mit beiden Händen umklammerte sie ihre Handtasche. »Blöde Schnepfe hat er Lara genannt. Und dabei hat sie jede Platte von ihm. So ein …« Den Rest verschluckte sie hinter vorgehaltener Hand.
»Scheint tatsächlich ein netter Zeitgenosse zu sein«, entgegnete Althuis gedehnt. »An eurer Stelle würde ich einfach keine CDs mehr von ihm kaufen.« Sie seufzte resigniert. »Aber ihr müsst schon selbst wissen, was ihr tun wollt.«

Johanssen, der plötzlich verschwunden war, kam erneut auf sie zu. Er ging ungewöhnlich langsam, und gleich darauf konnten sie auch den Grund dafür erkennen. Mit winzigen Trippelschritten folgte ihm eine schmale Gestalt in einem braunen Mantel. Tante Luise. Berg konnte sich ein Grinsen nicht verkneifen.
»Wirklich ein Traumpaar, die beiden«, murmelte die Hauptkommissarin, bevor sie ein besonders liebreizendes Lächeln aufsetzte, das sie sich wohl extra für störrische alte Damen

aufbewahrt hatte. »Frau Johanssen, wie geht es Ihnen? Wir haben uns ja schon seit Wochen nicht mehr gesehen.«
Übertreib es nicht, dachte Berg, dämlich ist sie nicht. Aber seine Kollegin schien es durchaus ernst zu meinen.
Die alte Dame hob den Kopf, um von einem zum anderen zu blicken. »Wart ihr auch gerade im Gemeindehaus?«
Berg räusperte sich. »Nur aus Neugier.«
»In die Gottesdienste gehe ich ja nicht so oft«, kicherte die Tante und kniff eins ihrer winzigen Äuglein verschwörerisch zusammen. »Aber das sind wirklich nette Leute dort, und alle so wohlerzogen, sogar die Kinder.«
Ja, dachte Berg und erschauderte erneut. Erstaunlich wohlerzogen.
»Heute Nachmittag treffen wir uns wieder hier zum Bingo«, erzählte Luise weiter. »Die bieten da bezaubernde Sachen für ältere Leute an, stimmt's, Großer?« Sie blinzelte Johanssen fröhlich zu, und Berg musste unvermittelt lachen, als er dessen säuerlichen Gesichtsausdruck bemerkte. Er konnte sich seinen Freund beim besten Willen nicht bei einem Bingonachmittag zwischen lauter alten Frauen vorstellen. Eigentlich hätte er ihm leidtun sollen, aber der Gedanke war einfach zu komisch.
»Da bekommt mein Erik auch ein bisschen Abwechslung«, behauptete die Tante mit ernster Miene. »Die hat er nämlich dringend nötig.«
»Hör jetzt auf.« Johanssens Stimme war nicht mehr als eine gemurmelte Bitte, aber sein Blick sprach Bände.
Berg wusste nicht, ob Tante Luise die Aufforderung ihres Neffen tatsächlich nicht gehört hatte. Ihm kam es eher so vor, als hörte sie nur das, was sie wollte, und er war viel zu

interessiert an den Neuigkeiten, um seinem Freund zu Hilfe zu eilen. Sein Gewissen, das sich leise aus dem Hintergrund meldete, verdrängte er in die hinterste Ecke. Und Althuis schien es nicht anders zu gehen.

»Was denn, geht es dir nicht gut?«, erkundigte sich die Hauptkommissarin mit gespielter Besorgnis.

Johanssen schüttelte leicht den Kopf und nuschelte irgendwas mit zusammengebissenen Zähnen.

Seine Tante jedoch war umso mitteilsamer. »Wurde ja auch Zeit, so viele Jahre nach Emmas Tod«, erklärte sie und überging die halbherzigen Einwände von Eriks Seite, ohne mit der Wimper zu zucken. »Aber dass es unbedingt diese Trulla vom Supermarkt sein muss. Da haben wir doch wirklich hübschere Frauen hier auf der Insel.«

»Es reicht!« Johanssens Stimme klang überraschend laut. »Und das Bingo kannst du vergessen, wenn du nicht aufhörst, solche Sachen über mich zu erzählen. Zwischen mir und dieser Dame ist überhaupt nichts.«

»Natürlich nicht«, pflichtete Luise ihm fröhlich bei. »Aber nur, weil du zu feige bist, sie anzusprechen.«

Althuis wandte sich ruckartig ab und prustete los, während Berg immer noch mit dem Lachen kämpfte, das aus ihm hervorsprudeln wollte. Es war gemein, ermahnte er sich. Erik hatte es nicht verdient, so blamiert zu werden, aber das war einfach nur …

»Da ist ja der Daniel«, unterbrach Luise seine Gedanken und zeigte auf einen hochgewachsenen Jungen, der gerade aus dem Gemeindehaus kam. Berg erkannte den Jugendlichen wieder, der so steif neben Frau Wieland gesessen hatte. »Ein Prachtjunge. Und so hilfsbereit. Letzte Woche hat er

meinen ganzen Vorgarten winterfest gemacht, weil ein gewisser Jemand ja keine Zeit dafür hatte.«
»Ich war einkaufen«, brummte Johanssen.
»Im Supermarkt, aber sicher.« Sie tätschelte seinen Arm, und ein verständnisvolles Lächeln huschte über das runzlige Gesicht.«
»Wo denn sonst?« Johanssen verdrehte die Augen, und Berg registrierte erleichtert, dass seine Wut weitgehend verflogen war oder sich zumindest in Resignation verwandelt hatte, die Erik im Beisein seiner Tante für gewöhnlich an den Tag legte.

Keine halbe Stunde später saß Berg auf seinem Bett und knabberte an einer Scheibe Knäckebrot. Das war keine gute Idee gewesen, bemerkte er, während die Krümel unter seiner aufgestützten Hand zu piksen begannen. Er blätterte im *Inselboten* und seufzte leise. Die Sache mit Frau Petrell ging ihm nicht aus dem Sinn. Im Krankenhaus hatten sich die Ärzte auf ihre Schweigepflicht berufen. Er wusste nichts, nicht, wie schwer ihre Verletzung war, und auch nicht, wie die Chancen standen, dass sie überhaupt wieder nach Hause kommen würde. Alles, was er wusste, war, dass er sich in dem leeren Haus nicht wohl fühlte, beinahe wie in einer Gruft. Berg beugte sich zum Couchtisch hinüber und griff nach dem Stapel unerledigter Post. Es war eine komische Sache mit diesen Sonntagen. Die ganze Woche wartete er darauf, endlich ein wenig ausspannen zu können, und wenn es so weit war, überfiel ihn meist eine unangenehme Melancholie, die er nicht abschütteln konnte.
Nach zwei Rechnungen fiel ihm erneut der letzte Brief seines Vaters in die Hand, und er überflog ihn ein weiteres Mal.

Sein Finger blieb am letzten Satz hängen, wie all die anderen Male. Und beim vorletzten.«… vielleicht schaffst du es ja diesen Herbst mal.« Ganz beiläufig, wie sein Vater sich immer ausdrückte, wenn ihm eine Bitte unangenehm war. Würde er es schaffen? Berg war sich nicht sicher, diese Insel war ihm trotz der einsamen Sonntage zu einem Zuhause geworden. Hier war es ihm nach dem Tod seiner Schwester erstmals wieder gelungen, sich selbst ein Stück weit die Hand zu reichen. Hier hatte er Menschen gefunden, mit denen er nach all dem Schweigen endlich wieder reden konnte. Er fühlte sich sicher auf Spiekeroog, die Ruhe tat ihm gut, und auch wenn er vermutlich immer ein Einzelgänger bleiben würde, war es angenehm, mit Althuis oder Johanssen die Tage zu beginnen. Berlin barg noch zu viele unangenehme Erinnerungen für ihn.

»Vielleicht im Dezember«, murmelte er und biss ein weiteres Stück Knäckebrot ab. Oder besser erst im Februar …

Eine Woge von Scham stieg in ihm auf und ließ seine Wangen erglühen. Es war kindisch, so zu denken, aber er war einfach noch nicht so weit. Er hoffte, dass sein Vater das verstehen würde. Berg legte den Brief weg. Er stand auf und begann damit, die Krümel zu entfernen.

Montag, 22. Oktober

Kannst du dir vorstellen, wer hier um diese Jahreszeit Feuerwerkskörper verkauft?«, fragte Berg seine Kollegin. Die Vorfälle der letzten Tage ließen ihm keine Ruhe.

Althuis schüttelte den Kopf. »Da fällt mir niemand ein. Was ist mit dem Hühnerstall? Haben die Nachbarn überhaupt nichts bemerkt?«

»Niemand will etwas gesehen haben. Und Spuren hat der Täter auch nicht hinterlassen.«

»Wenn es sich überhaupt um ein und denselben Täter handelt.« Althuis seufzte vernehmlich. »Aber wenn es wirklich einer von den Feriengästen war, haben wir ohnehin kaum eine Chance.« Mit diesen Worten stand sie auf und machte sich in der Küche zu schaffen.

Es klingelte an der Tür, und durch die Milchglasscheibe sah Berg den alten Emmerich, der auf Spiekeroog die Post austrug. Zweifelnd schaute er auf die Uhr. Tatsächlich, es war schon fast halb elf. Er nahm die wenigen Briefe entgegen, setzte sich wieder an seinen Schreibtisch und begann, die einzelnen Umschläge mit dem Taschenmesser zu öffnen.

»Was Wichtiges dabei?«

Berg zuckte zusammen, als die Hauptkommissarin sich auf die Rückenlehne seines Stuhls stützte und ihm dabei einen Fingernagel ins Kreuz bohrte. Sie roch nach Kaffee und einem Hauch von Parfüm.

Berg wollte gerade etwas erwidern, als ihm auffiel, dass der weiße Umschlag, den er in der Hand hielt, keinen Absender

trug. »Was ist das denn?« Nachdenklich drehte er ihn zwischen den Fingern. Auch auf der Rückseite befand sich kein Absender. Abgestempelt war er auf der Insel, die Adresse war mit dem Computer geschrieben.
Althuis lachte leise. »Vielleicht hast du eine Verehrerin, von der du noch nichts weißt? Los, jetzt mach schon auf!«
Der Inhalt war eine einzelne DIN-A4-Seite, ebenfalls am PC geschrieben. Eine Unterschrift gab es nicht, dafür jedoch einen Hinweis in der Betreffzeile: WICHTIG!
Hinter ihm seufzte Althuis leise auf. »Was soll das denn jetzt?«
Aber Berg hatte schon begonnen, den Brief zu lesen.

Sehr geehrte Frau Althuis, sehr geehrter Herr Berg,
wir möchten Sie davon in Kenntnis setzen, dass es im Falle der mehrfachen Sachbeschädigungen einen Verdächtigen gibt. Es handelt sich um Josua Starnitzke, den Sohn der neuen Anker-Wirtin, der an einer folgenschweren psychischen Störung leidet. Bisher haben sich seine Anschläge nicht gegen Personen gerichtet, das könnte sich aber jederzeit ändern. Der Junge ist eine Gefahr für die gesamte Bevölkerung und sollte dringend im Auge behalten werden. Er hat bereits seinen eigenen Vater auf dem Gewissen. Lassen Sie nicht zu, dass sich ein solches Verbrechen auf unserer schönen Insel wiederholt.
Wir zählen auf Sie.
Mit freundlichen Grüßen,
eine Gruppe besorgter Mitbürger

»Das glaub ich einfach nicht«, grunzte Althuis.
Berg schaute nach oben. Aus dieser Perspektive wirkte ihr Gesicht geradezu verkniffen. Aus dem Augenwinkel bemerkte er eine Bewegung, im nächsten Moment landete der General mit einem eleganten Satz auf seinem Schoß. Berg wandte den Kopf ab und unterdrückte ein Niesen. Er musste häufig niesen, seit sie das Tier zu sich genommen hatten, aber er versuchte noch immer, es zu ignorieren. Er wagte es nicht, sich vorzustellen, wie Althuis reagieren würde, falls sich sein Dauerschnupfen tatsächlich als Allergie entpuppen sollte. Er wusste, wie sehr die Hauptkommissarin an dem Dicken hing.
»Eine Gruppe besorgter Mitbürger«, wiederholte er die Signatur des Briefes und schüttelte langsam den Kopf. »Das gefällt mir nicht. Gefällt mir ganz und gar nicht.«
Althuis fächerte sich mit dem Brief frische Luft zu, bevor sie ihn wieder auf den Schreibtisch legte. »Ich glaube, wir sollten als Erstes mit Anna Starnitzke sprechen.«
Berg wäre es lieber gewesen, er hätte zunächst mit Johanssen reden können. Wenn es da etwas über Annas Sohn gab, das sie wissen sollten, war Erik vielleicht darüber informiert. Leider hatte er keine Ahnung, wo sein Freund im Augenblick steckte. Zu Hause war er um diese Zeit eigentlich nie, was unter anderem daran lag, dass er seiner Tante so oft wie möglich aus dem Weg ging. Berg überlegte. Wenn Johanssen wenigstens ein Handy gehabt hätte, aber die Dinger lehnte er kategorisch ab, weil sie einem angeblich die Gehirnzellen verstrahlten.
»Können wir?« Althuis stand bereits angezogen hinter ihm, die Handtasche fest unter den Arm geklemmt.

Berg folgte ihr nach draußen. An der Wand neben dem Eingang öffnete er den kleinen Kasten, in den eigentlich die Speisekarte eines Restaurants gehört hätte, und stellte das Schild mit dem Hinweis auf ihre Abwesenheit hinein. »Ich kann auch allein gehen«, sagte er, doch diesmal wollte Althuis nichts davon hören.

Montag, 22. Oktober, vormittags

Die Tür des Ankers gab ein Quietschen von sich, als Althuis mit der Hand dagegen drückte, und die Glöckchen über dem Eingang erklangen. Trotzdem ließ sich zunächst niemand blicken. Althuis, die nicht über Bergs Geduld verfügte, rief einmal laut und durchdringend den Namen der Wirtin. Zuerst erklang ein leises Weinen, das Berg sofort in Alarmbereitschaft versetzte, doch im selben Augenblick wurde die Küchentür aufgestoßen, und Anna betrat mit ihrer Tochter auf dem Arm den Speiseraum. Auf dem Knie des Mädchens entdeckte er eine frische Schürfwunde, die vor kurzem noch geblutet haben musste. Das erklärte die Verzögerung. Er nahm seine Uniformmütze ab und nickte der Kleinen aufmunternd zu, fing sich jedoch nur einen teilnahmslosen Blick ein.

»Guten Morgen«, begrüßte Anna Starnitzke die beiden Polizisten. »Möchten Sie etwas trinken?«

Auf ihrem Gesicht lag dasselbe traurige Lächeln wie beim letzten Mal, dennoch glaubte Berg, darin heute mehr zu lesen als das, eine Unruhe, die sich augenblicklich auf ihn übertrug.

»Wir sind dienstlich hier«, erwiderte er, und die förmlichen Worte fühlten sich rauh in seiner Kehle an. »Sozusagen.«

Althuis gab einen glucksenden Laut von sich und wandte sich dann an die Wirtin, die sichtlich zusammengefahren war. »Was er meint, ist, wir müssten mit Ihnen reden. Wäre es vielleicht möglich, die Kleine einen Moment nach hinten zu schicken?«

Berg hatte erwartet, dass das Mädchen sich sträuben würde, aber Ria ließ sich ohne Murren von ihrer Mutter absetzen.
»Geh nach hinten, Schatz. Geh zu Josua.«
Wie auf einen stummen Befehl erschien der Junge in der Tür hinter dem Tresen. Bei seinem Anblick verzog Berg unwillkürlich das Gesicht. Josuas Jochbein schillerte blau und rot, auch das rechte Auge schien etwas abbekommen zu haben.
»Was hast du denn gemacht?«, fragte er, aber der Junge nahm nur eilig Ria an die Hand und verschwand mit ihr wieder in den privaten Bereich. »Ist das in der Schule passiert?«, wandte sich Berg an die Mutter.
Anna nickte ihm mit einem traurigen Lächeln zu. »Auf dem Heimweg. Er ist mit dem Fahrrad gestürzt und unglücklich gefallen.«
»So sieht mir das aber nicht aus«, warf Althuis ein.
Anna zuckte die Schultern. »So hat er es mir erzählt.«
»Hören Sie«, sagte Berg. »Wenn es Probleme in der Schule gibt, sollten Sie sich schnellstmöglich mit dem Lehrer in Verbindung setzen. So etwas kann schnell ausarten.« Er erinnerte sich mit Grausen an einen Fall in Berlin-Mitte, wo ein Junge von drei Mitschülern beinahe zu Tode geprügelt worden war.
Anna nickte stumm.
Währenddessen holte Althuis eine Kopie des Briefes heraus und reichte sie Anna Starnitzke. »Können Sie mir sagen, was wir davon halten sollen?«
Die Wirtin überflog den Text, schüttelte sich kaum merklich und fing wieder von vorne zu lesen an. Erwartungsvoll verfolgte Berg jede Bewegung ihrer Augen. Als sie aufblickte, war sie blass geworden. »Wer hat das geschrieben?«

»Steht doch drauf.« Althuis tippte auf die Schlussformel. »Eine Gruppe besorgter Mitbürger.«

Ungläubig sah Anna sie an. »Kein Name?«

»Kein Name.« Berg hatte das Blatt Papier wieder an sich genommen und warf Althuis einen verständnislosen Blick zu. Er war dagegen gewesen, Anna die Kopie zu zeigen. Es hätte vollkommen ausgereicht, mit ihr über die Sache zu sprechen. Jetzt würde sie nur unnötig Angst bekommen und sich vielleicht auch scheuen, ihnen die Wahrheit zu erzählen. Aber auf ihn hörte ja mal wieder keiner. Er sah zu Anna auf, die sich mit beiden Händen auf der Theke abgestützt hatte, als müsse sie Halt suchen. Vielleicht ist es genau das, dachte Berg. Jeder Mensch braucht einen gewissen Halt im Leben. Anna Starnitzke scheint davon nicht eben viel zu besitzen, abgesehen von einem Dreizehnjährigen, der mit dieser Aufgabe sicherlich überfordert ist.

»Können Sie uns erklären, was das zu bedeuten hat?«, fragte Althuis. Sie stützte eine Hand ins Kreuz, wie sie es immer tat, wenn sie zu lange stehen musste. Aber sie hielt sich bemerkenswert gerade, ein Zeichen für ihre absolute Aufmerksamkeit.

Anna Starnitzkes Gesicht wurde erneut blass, und Berg bemerkte, dass sie schwer atmete.

»Ich … ich weiß überhaupt nicht, was ich sagen soll«, begann sie unsicher.

»Wie wär's mit der Wahrheit?« Althuis schien keinerlei Mitgefühl für diese Frau zu empfinden. »Das ist immer der schnellste Weg zum Ziel, und …«, sie hob einen Zeigefinger empor, »… in der Regel auch der sicherste.«

Im Laufe der Jahre hatte Thomas Berg schon viele Leute ihren Widerstand aufgeben sehen, manche brachen regelrecht zusammen, andere knickten ganz undramatisch ein. Es hatte

Verdächtige gegeben, deren Betteln um Verständnis tief verwurzelte Schamgefühle in ihm wachgerufen hatten, mit anderen hatte er Mitleid empfunden oder einfach nur Erleichterung darüber, dass er einen Fall endlich abschließen konnte. Und obwohl Anna Starnitzke keine Verdächtige war, machte sie einen mehr als schuldbewussten Eindruck. Ungeduldig erwartete Berg ihre Antwort.

Endlich, nach einer scheinbaren Ewigkeit, stieß sie einen kaum hörbaren Seufzer aus. »Mein Mann ist vor zweieinhalb Jahren bei einem Brand ums Leben gekommen.«

Althuis' Fingerkuppen spielten einen Marsch auf der Theke, aber sie entgegnete nichts. Vielleicht befürchtete sie, das Falsche zu sagen.

»Wir haben damals noch in Köln gewohnt, in einem Wohnblock an der Potsdamer Straße, fünfter Stock. Es war Anfang Januar, und mein Mann hatte am Vorabend zu viel getrunken. Mitten in der Nacht bin ich aufgewacht, weil irgendetwas nicht in Ordnung war. Als ich aus dem Schlafzimmer kam, stand der Weihnachtsbaum in Flammen, sogar die Gardinen hatten schon Feuer gefangen und die Stehlampe in der Ecke auch. Und Josua ...« Sie hatte zu schnell gesprochen und rang für kurze Zeit nach Atem. »Josua lag zusammengerollt auf der Couch. Er hatte die Kerzen angezündet und war einfach eingeschlafen.«

»Wachskerzen?«, hakte Berg ungläubig nach.

»Wir hatten jedes Jahr Wachskerzen.« Anna zeigte ein unglückliches Lächeln, das wie eine stumme Entschuldigung wirkte.

Draußen gingen ein paar Männer am Fenster vorbei, die sich laut unterhielten, aber sie reagierte nicht darauf. Aufmerksam betrachtete Berg die Frau, die sich in diesen Minuten vollständig in der Vergangenheit befand, gefangen in jener Nacht, die ihr ganzes Leben verändert hatte. Langsam glaubte er zu verstehen.

»Der Junge hatte sich heimlich ins Wohnzimmer geschlichen, um die Kerzen anzuzünden?«

Annas Kopf ging mechanisch hin und her, doch ihre Augen verrieten, dass sie ihre Umgebung nur schemenhaft wahrnahm. »Ich wäre doch niemals auf die Idee gekommen, dass er so etwas tun könnte.«

»Und was haben Sie getan, als Sie ihn gefunden hatten?« Berg hoffte inständig, dass sie nicht zu schluchzen anfangen würde, und Anna Starnitzke tat ihm den Gefallen. Sie antwortete mit einer Stimme, die keine Regung erkennen ließ. Auch ihr Gesicht blieb vollkommen gleichmütig. »Ich habe ihn geweckt und ins Kinderzimmer geschickt, um Ria zu holen. Dann bin ich zu Christian zurückgegangen und habe versucht, ihn wach zu rütteln, aber …«

Althuis schien nur sekundenlang zu kombinieren, was danach geschehen war. »Sie haben ihn nicht wach bekommen.«

»Nein.« Alle Kraft war aus Annas Worten gewichen. »Nein, er war zu betrunken. Ich habe wirklich alles versucht. Ich habe ihm sogar ins Gesicht geschlagen, aber er reagierte einfach nicht. Und er war schwer. So furchtbar schwer. Dann hörte ich Ria weinen. Ich bin ins Kinderzimmer und habe die beiden auf den Flur hinausgebracht. Ria ist total hysterisch geworden, sie hat sich an mir festgekrallt und geschrien. Überall gingen die Türen auf, und die Nachbarn wollten wissen, was los ist. Einer von denen hat wohl die Feuerwehr alarmiert. Als Ria endlich bereit war, bei ihrem Bruder zu bleiben, wollte ich wieder zurück in die Wohnung. Einer meiner Nachbarn, Herr Weidmann, kam mit, um meinen Mann da rauszuholen. Er ging vor mir ins Wohnzimmer und musste andauernd husten. Man konnte kaum noch etwas erkennen, der Rauch war überall, schwarzer, stinkender Rauch. Und dann blieb Herr Weidmann einfach stehen. Er versperrte mir den Weg, ich konnte nichts sehen als sein breites Kreuz in diesem verfluchten Jeanshemd. Er breitete die Arme aus und wollte mich nicht reinlassen, ich bin fast verrückt geworden in diesen paar Sekunden. Dann drehte er sich zu mir um und nahm mich an den Schultern. ›Da kommen Sie nicht mehr durch‹, sagte er. Sonst nichts. Dieser Idiot!« Jetzt schluchzte sie doch ein einziges Mal auf, ein trockener Laut, der Berg eine Gänsehaut verursachte. »Und er hatte recht.«

»Mein Gott«, sagte Althuis mit der heisersten Stimme, die Berg seit langem an ihr gehört hatte. Sie rieb sich noch immer das Kreuz, scheinbar ohne es überhaupt zu merken.

»Das muss furchtbar gewesen sein«, hörte Berg sich überflüssigerweise sagen. Er hatte das Gefühl, noch etwas hinzufügen zu müssen, aber ihm fiel nichts ein, das dieser Frau irgendeinen Trost hätte bringen können.

»Ja«, sagte Anna und betrachtete noch einmal den Brief, den Berg nach wie vor in der Hand hielt. Sie hob das Kinn ein Stückchen an, wie ein trotziges Kind, doch in ihren Augen schimmerten Tränen. »Und es scheint noch nicht vorbei zu sein.«

Althuis, die selbst einen Sohn hatte, blickte nachdenklich zu der angelehnten Küchentür hinüber. »Wie ist Ihr Junge mit dieser Situation fertiggeworden?«

»Ich weiß nicht, ob er je damit fertigwerden wird«, erwiderte Anna, und in ihrer Stimme schwang eine Hoffnungslosigkeit mit, die Berg wünschen ließ, er wäre an diesem Morgen gar nicht erst aufgestanden. »Wir waren fast zwei Jahre lang bei einem Kinderpsychologen, aber er hat nie viel darüber gesprochen. Ich glaube, da ist jeder anders, die einen reden sich ihren Kummer von der Seele, die anderen …« Sie hielt inne und ging nach hinten, um die Kaffeemaschine auszuschalten, die bisher leise vor sich hin gegluckert hatte. »Vielleicht ist es manchmal wichtig, zu schweigen und die Dinge ruhen zu lassen. Auch wenn die Ärzte gern etwas anderes behaupten.«

»Woher haben die Leute das überhaupt alles erfahren?«, fragte Berg, als sie auf die Straße traten.
Althuis betrachtete ihn mit Unverständnis. »Immerhin ist Frau Starnitzke hier geboren. Sicherlich hat sie noch Kontakt zu einigen Leuten auf der Insel gehabt, zumindest zu ihrem Vater. Du solltest wissen, wie schnell sich so etwas herumspricht.«
Eine Brise fuhr ihr durch das ohnehin schlecht frisierte Haar, und sie hob beide Hände, um den Schaden zu begrenzen. Mit einem Atemzug wechselte Althuis das Thema, und Berg war ihr dankbar dafür.

Auf dem Revier lief Berg nachdenklich auf und ab.
»Was ist denn heute mit dir los?« Althuis kam mit einer Tasse Tee in der Hand auf ihn zu.
Auf ihrer Stirn erkannte er die typische Falte, die ihm sagte, dass sie keine Ausreden akzeptieren würde.

»Ich mache mir Sorgen.«

Vorsichtig stellte sie die Tasse auf die äußerste Ecke ihres überladenen Schreibtisches. »Bis auf die Hühner und diese Briefkastengeschichte ist ja im Grunde nichts passiert. Und dieser Brief …« Sie suchte hektisch nach dem Zettel, warf dabei einen Ordner zu Boden und gab es schließlich auf. »Das wird eben irgendein Spinner sein. Immerhin handelt es sich nicht um eine Drohung. Oder redest du von Wieland? Der gefällt mir auch nicht so recht. Ich meine, er kann unheimlich gut predigen, und es ist bestimmt kein Fehler, wenn die Leute wieder in den Gottesdienst gehen, aber irgendwie …« Sie unterbrach sich und nippte an ihrem Tee.

»Den meinte ich nicht. Irgendwie habe ich das Gefühl, dass sich die Atmosphäre auf der Insel in letzter Zeit verändert hat. Aber vor allem mache ich mir Sorgen um den Jungen. Hast du sein Auge gesehen?«

Althuis verzog das Gesicht und stellte die heiße Tasse ab. »Denkst du etwa, dass seine Mutter ihn geschlagen hat?«

Berg zuckte bei dieser Vorstellung innerlich zusammen und fragte sich gleich darauf, warum er Althuis' Theorie so weit von sich schob. Häusliche Gewalt kam schließlich häufiger vor, als die meisten dachten. Und sie beschränkte sich keineswegs nur auf besonders finanzschwache Familien in Sozialwohnungen voller Schnapsflaschen.

»Die Reaktion der Mutter war jedenfalls seltsam«, fuhr Althuis fort. »Sie scheint gar keine Ambitionen zu haben, ihre Kinder zu beschützen.«

Berg kaute auf seinem Kugelschreiber. »Vielleicht hat das alles mit ihrer Vergangenheit zu tun. Denkst du, sie gibt Josua die Schuld am Tod des Vaters?«

»Kann ich mir nicht vorstellen.« Seine Kollegin lehnte sich seufzend zurück. »Ich werde den Jungen beim nächsten Mal jedenfalls darauf ansprechen.«
»Lass das mal lieber mich machen. Ich habe den Eindruck, vor dir hat er ein bisschen Angst.«
Althuis stieß einen Laut der Empörung aus. »Vor mir hat niemand Angst, junger Mann. Ich habe schon Kinder auf dem Schoß geschaukelt, als du noch in die Windeln geschissen hast. Und nimm bitte den Kuli aus dem Mund. Pfui Teufel!«
Berg konnte sich ein Grinsen nicht verkneifen. »Leben die noch?« Er reckte sich und versuchte, hinter ihrem Rücken nach seiner Tasse zu angeln, doch sein Arm war nicht lang genug.
»Ich glaube jedenfalls nicht an die Geschichte mit dem Unfall. Vielleicht war es tatsächlich eine Rauferei auf dem Schulhof, und er hat es nur nicht zugegeben?«, kehrte Althuis zum Thema zurück.
Berg stimmte ihr zu. »Ich fürchte nur, dass der Grund nicht einfach in einem harmlosen Streit liegt. Vielleicht hat Josua ja recht, vielleicht gibt es wirklich Leute hier, die ihnen schaden wollen. Leute, die es lieber sehen würden, wenn die ganze Familie schnellstmöglich wieder von hier verschwinden würde. Und die im Zweifelsfall bereit sind, auch etwas nachzuhelfen.« Er warf Althuis einen ernsten Blick zu. »Schau dir nur den Brief an. Die beiden Sachen müssen nichts miteinander zu tun haben, aber wir können es nicht ausschließen. Ich befürchte, dass es nicht bei einem blauen Auge bleiben wird.« Nachdem er es ausgesprochen hatte, war ihm keineswegs leichter zumute. Im Gegenteil, es schürte seine

Angst noch, machte sie ein Stück greifbarer und auch wieder nicht. Hatte er etwa einen Verdächtigen? Gab es irgendeine Person, die in besonderer Verbindung zu den Starnitzkes stand? Nein, sie hatten gar nichts.
Althuis schien ihm die Zweifel vom Gesicht abzulesen. »Wie auch immer, im Augenblick können wir wohl nicht mehr tun, als die Augen offen zu halten«, sagte sie ein wenig traurig und gab endlich den Weg zur Kaffeetasse frei, doch Berg hatte plötzlich das Gefühl, etwas unternehmen zu müssen.
»Wir sollten wenigstens dem Pastor einen Besuch abstatten ... wir beide«, fügte er etwas leiser hinzu und hoffte, Althuis würde ihm nicht etwa Feigheit vorwerfen.
Doch die Hauptkommissarin nickte ihm pflichtschuldig zu. »Wenn du meinst. Aber nicht heute.« Damit war das Thema für sie vorerst erledigt.

Dienstag, 23. Oktober

Am kommenden Vormittag befanden sie sich auf dem Weg zum Gemeindehaus, in dessen Obergeschoss die Familie Wieland seit einigen Monaten wohnte. Trotz des schönen Wetters war es ruhig auf den Straßen, der Tranpad lag verlassen in der Sonne. Hin und wieder kamen ihnen ein paar der letzten Feriengäste entgegen, der alte Emmerich fuhr in seinem Elektrowägelchen vorbei, um die letzten Briefe auszutragen. Seit dem Bandscheibenvorfall hatte der Landkreis es ihm bewilligt, denn das Fahrradfahren fiel ihm zusehends schwerer.
Berg blieb einen Moment stehen und betrachtete das zweistöckige Haus. Der schwarze Fleck am Briefkasten, der von dem explodierten Feuerwerkskörper stammte, war noch deutlich zu erkennen; die Blechplatten waren offenbar wieder in Form gebogen worden. An einem der Fenster glaubte er, das Gesicht einer Frau zu sehen, also war zumindest jemand da. Er fragte sich, was ein Pastor eigentlich zu tun hatte, wenn nicht gerade ein Gottesdienst oder eine Beerdigung anstand. Ob sie Wieland um diese Zeit zu Hause antreffen würden? Doch bevor er mit seinen Überlegungen zu einem Ergebnis kam, hatte Althuis bereits auf die Klingel gedrückt. Ein angenehmer Gong erklang, und vielleicht bildete Berg es sich auch ein, doch er hatte das sichere Gefühl, dass im selben Augenblick alle sonstigen Geräusche im Haus verstummten. Hatte er gerade noch leise Stimmen gehört, einen Staubsauger, oder hatte er sich all das nur eingebildet? Unsi-

cher blickte er zu Althuis, die nichts von all dem zu bemerken schien. Nach einer Ewigkeit öffnete sich direkt über ihren Köpfen ein Fenster, und der Kopf einer dunkelblonden Frau erschien. Sie wirkte ein wenig eingeschüchtert. Erst auf den zweiten Blick erkannte Berg Frau Wieland. Er machte eine auffordernde Geste und erhielt lediglich ein Kopfschütteln als Antwort. »Der Pastor ist nicht im Haus.« Nicht etwa *mein Mann. Der Pastor.* Berg schluckte seine Verwunderung hinunter und stellte stattdessen die naheliegendste Frage, die ihm einfallen wollte. »Und wo können wir ihn finden?«

Frau Wieland schob einen Arm durch die Fensteröffnung und deutete um die Ecke zum Seiteneingang. »Im Büro. Dort ist er immer um diese Zeit.«

»Danke, sehr freundlich.« Althuis verbog sich den Hals, offenbar in der Hoffnung, mehr vom Inneren der Wohnung zu sehen als das Stück Gardine, aber sie hatte Pech.

Frau Wieland nickte ein weiteres Mal wie zur Bestätigung und schloss eilig das Fenster.

»Irgendwie ist die komisch«, konnte Berg sich nicht verkneifen. Im nächsten Moment befürchtete er schon, Althuis werde ihn darum bitten, sein Gefühl zu begründen, denn das konnte er nicht.

Doch die Hauptkommissarin drehte sich lediglich einmal halb zu ihm um, während sie den schmalen Plattenweg entlangschlurfte. »Die ganze Familie, würde ich meinen.«

Als sie den Seiteneingang erreichten, wollte Berg schon nach dem Klingelknopf suchen, bemerkte jedoch den Putzlappen, der die Tür offen hielt. Er bedachte seine Kollegin mit einem bedeutungsvollen Blick und drückte mit dem Fuß gegen das

Türblatt. Drinnen roch es angenehm nach Zitronen, ein sauberer Geruch, der Berg an Hotelflure denken ließ. Die Tür zum Büro stand ebenfalls offen, doch hinter dem Schreibtisch war niemand zu sehen. Von einem Kalender starrte eine überlebensgroße Friedenstaube auf sie herab.

»Pst«, tadelte Althuis ihn, obwohl er gar nichts gesagt hatte. Berg lauschte und vernahm nun auch das leise Gemurmel. Es kam aus dem Raum ganz hinten, die Tür war nur angelehnt. Für einen Moment wurde eine heisere Männerstimme lauter, schwoll regelrecht an. Berg vermutete, dass die Tür sich gleich öffnen würde, weil man ihr Eintreten bemerkt hatte, aber niemand ließ sich blicken.

»Das glauben Sie doch selbst nicht!«, zischte die Stimme wütend.

Als Antwort raschelte jemand mit Papier, dann fiel etwas zu Boden, vielleicht ein Buch, vermutete Berg.

»Ich glaube es nicht nur«, entgegnete Wieland. »Ich weiß es. Wir alle hier wissen es.«

Seine Stimme klang wie am Sonntag auf der Kanzel, überzeugend, als dulde er keinen Widerspruch, aber nicht aggressiv. Überhaupt nicht aggressiv. Berg bekam eine leichte Gänsehaut.

»Und wer behauptet, es nicht zu wissen, ist ein Lügner. Du sollst nicht falsches Zeugnis reden, ist es nicht so? Ist es etwa nicht so?« Wieland wurde leiser, sanfter, nur ein wenig.

»Und deshalb …«, startete der Heisere einen Versuch, doch der Pastor ließ ihn nicht ausreden.

»Deswegen müssen wir etwas unternehmen. Wir sollten nicht, wir müssen. Sofern uns dieser Ort und diese Menschen am Herzen liegen. Tun sie das?«

Der Heisere gab keine Antwort, aber Berg glaubte, ihn durch die Wand hindurch nicken zu sehen.
Die Tür flog so plötzlich auf, dass Berg sich wie ein Eindringling fühlte. Heraus trat Wieland, hemdsärmelig zwar, aber dieser Mann würde sogar in Badehosen noch wie eine Persönlichkeit aussehen, vor der man die Knie zu beugen hatte. Knapp hinter ihm folgte Niels Barrak, der scheinbar überall dort auftauchte, wo sich Wieland aufhielt. Äußerlich war er das genaue Gegenstück des Pastors. Das wirre Haar hing ihm in klebrigen Strähnen in die Stirn, und er schien zu schwitzen. In seinen Augen lag ein fiebriger Schimmer, der Berg Sorgen machte.
»Was wünschen die Herrschaften?« Wieland spielte für einen Moment den Überraschten, obwohl er ihr Eintreten sicher längst bemerkt hatte. Berg konnte sich nicht vorstellen, dass diesen Augen und Ohren irgendetwas entging.
Anstatt ihn zu unterstützen, versetzte seine Kollegin ihm einen freundschaftlichen Schubs. »Nur zu, der Herr. Damit wir endlich wieder an die Arbeit gehen können.«
Berg räusperte sich unhörbar, während er versuchte, dem Blick des Pastors standzuhalten. »Wir waren am Sonntag in Ihrem Gottesdienst. Sehr beeindruckende Predigt.«
»Freut mich zu hören«, erwiderte Wieland, dessen Gesicht alles andere als Freude ausdrückte. »Sind Sie gekommen, um mir das zu sagen?«
»Nicht nur.« Berg kam sich lächerlich vor, doch er würde nicht klein beigeben. »Aber das hätten wir gerne allein mit Ihnen besprochen.«
»Wenn es nicht allzu sehr eilt, sollten Sie sich einen Termin geben lassen. Ich bin im Augenblick sehr beschäftigt.«

»Das sind wir auch, Herr Wieland, glauben Sie mir. Es wird nicht lange dauern«, warf Althuis ein.
Aus dem Nichts heraus ergriff Barrak das Wort. »Wenn Herr Wieland sagt, er kann Sie jetzt nicht empfangen, dann sollten Sie das respektieren. Das gebietet die Erziehung, denken Sie nicht auch?«
Natürlich, dachte Berg und rümpfte vor lauter Widerwillen die Nase. Solche Leute gingen ihm gewaltig auf die Nerven.
»Ich denke, Sie werden ein paar Minuten ohne Ihren Pastor verkraften«, entgegnete Althuis und schob sich kurzerhand an den beiden Herren vorbei.
Wieland gab nach, auch wenn er es offensichtlich nicht gerne tat. Erhobenen Hauptes ließ er Althuis in das Zimmer eintreten, das er soeben erst verlassen hatte. Berg folgte den beiden mit einem Lächeln, während der Alte draußen seinen Unmut gegen die Wand brummte.
Berg sah sich kurz in dem Raum um. Sein Blick wanderte über hohe, holzgetäfelte Wände, an denen sich aufeinandergestapelte Stühle reihten. In einem Regal entdeckte er Gesangbücher.
»Wir haben ein paar Fragen an Sie bezüglich Ihrer Predigt am Sonntag«, begann Althuis.
Wieland streifte sie mit einem eisigen Lächeln. »Wie kommt es nur, dass ich so etwas geahnt habe.«
»Sie sprachen über die junge Generation hier auf der Insel.«
»Erfreulich, dass Sie sich noch so gut erinnern.«
»Oh, ich erinnere mich genau.« Althuis klopfte gedankenverloren auf ihre Handtasche, als würde sie darin ein geheimes Aufnahmegerät verborgen halten. »Vor allem erinnere ich mich an den Hinweis, dass die Eltern dafür verantwort-

lich seien, wenn ihre Kinder zu wenig Moralverständnis hätten.«

»Und?« Jetzt schien er tatsächlich überrascht. »Ist es nicht so?«

»Aber ja. Was gibt es Schöneres als ein höfliches Miteinander.«

Berg betrachtete stirnrunzelnd seine Kollegin, die nun ganz in ihrem Element zu sein schien. Nicht zum ersten Mal fragte er sich, ob Althuis diesen Beruf nicht unter anderem deshalb gewählt hatte, weil sie sich so gern über Leute lustig machte. Im Gegensatz zu ihm schien Wieland ihr keinerlei Respekt abzunötigen. Sie sprach mit ihm wie mit einem begriffsstutzigen Kind.

»Für uns als Ordnungshüter besteht die Frage auch eher darin, wie so ein höfliches Verhalten erreicht wird. Ich kann keinen Fehler an Ihrer Aussage finden, aber selbst in der Kirche macht wohl immer noch der Ton die Musik. Und es wäre immerhin möglich, dass der eine oder andere gute Christ«, sie zog das Wort »gute« so in die Länge, dass Berg sich ein Lachen verkneifen musste, »das eine oder andere dabei missversteht. Für mich als aufmerksame Zuhörerin klang es beinahe so, als gebe es speziell hier auf Spiekeroog ein paar jugendliche Subjekte, die in Ihrem Weltbild nichts zu suchen haben. Ich hoffe, ich irre mich da.«

Einen Moment lang schwieg der Pastor, und Berg, der glaubte, seine Kollegin bekräftigen zu müssen, legte abwartend den Kopf schief. Er hätte gern etwas hinzugefügt, aber ihm fiel nichts ein.

»Ich vermute«, antwortete Wieland endlich mit einem salbungsvollen Lächeln, für das Berg ihn am liebsten geohrfeigt hätte, »dass man mit der Zeit eine gewisse Überempfindlichkeit entwickelt in Ihrem Beruf. Aber da Sie sich schon einmal herbemüht haben, will ich Ihnen eine Antwort geben, auch wenn Sie Ihnen nicht gefallen wird. Es gibt tatsächlich Menschen auf dieser Insel, die den Frieden stören.«

»Nein, so was aber auch!« Althuis stieß ein gackerndes Geräusch aus.

Berg fand das Ganze nicht halb so lustig. Hatten sie es hier mit einem Fanatiker zu tun, oder lag Wieland tatsächlich etwas am dörflichen Miteinander? Er versuchte, in seinem Gesicht zu lesen, und stieß nur auf eine Mauer. »Und um wen handelt es sich dabei Ihrer Meinung nach?«

Der Pastor hob entschuldigend die Schultern. »Ist es nicht eher Aufgabe der Polizei, das herauszufinden?«

Althuis zwinkerte unzufrieden. »Sie meinen also die Sachbeschädigungen.«

»Selbstverständlich.«

»Niemand Bestimmten.«

»Gott bewahre.«

Draußen gingen ein paar Jugendliche am Fenster vorbei. Berg hörte jemanden husten, dann klopfte es vernehmlich gegen die Tür.

Von draußen erklang Barraks Stimme, er hörte sich besorgt an. »Ist alles in Ordnung, Herr Wieland?«

»Da scheint ja jemand ziemlich besorgt um Sie zu sein«, wandte Berg ein.

Der Pastor durchbohrte ihn mit einem undefinierbaren Blick. Dann wandte er sich der drängenden Stimme von draußen zu. Er wirkte ein wenig verärgert, aber nicht wirklich unfreundlich. Die Kontrolle schien er wohl nie zu verlieren, dachte Berg und fragte sich gleichzeitig, wie so jemand hatte Pastor werden können. Wo steckte der Mensch unter der Maske? Wieland war ihm nicht geheuer, da konnten die anderen an seinen Lippen hängen, wie sie wollten.

»Ich komme«, rief der Pastor durch die geschlossene Tür. »Ich komme gleich.«

Dienstag, 23. Oktober, mittags

Berg war erleichtert, als sie sich endlich verabschiedeten. Das Gespräch war völlig im Sande verlaufen.

Als sie den Süderloog erreichten, fiel Althuis plötzlich ein, dass sie noch Haarfestiger brauchte.

Berg verdrehte die Augen. »Hat das nicht Zeit bis später?«

Die Hauptkommissarin zog eine Schnute. »Sonst vergesse ich es doch wieder. Außerdem kann ich dir nicht zumuten, meine Sauerkrautlocken zu bestaunen.«

Es war warm geworden, der Tag ging seinem Höhepunkt entgegen, und Berg bekam langsam Hunger. Lustlos wanderte er zwischen den Supermarktregalen hin und her, während Althuis, die wie immer versprochen hatte, es ganz kurz zu machen, inzwischen den halben Einkaufswagen mit Konserven, Äpfeln und einer Jumbopackung Klopapier vollgestopft hatte. Auch als sie endlich die Sachen zur Kasse brachte, war der Einkauf noch nicht beendet. Am Ausgang angekommen, schaute Berg geduldig zu, wie die Hauptkommissarin die Sachen in zwei Einkaufstüten verstaute und sich nun wohlwollend mit der Kassiererin unterhielt. Als es ihm zu lang wurde, kehrte er noch einmal zur ihr zurück.

»Na, das kann man ihr wirklich nicht verdenken, was?«, hörte er die krächzende Stimme seiner Kollegin, während die Dame an der Kasse ihr vielsagend zulächelte. Bevor Berg fragen konnte, wovon die beiden sprachen, waren sie schon wieder in ihr mädchenhaftes Gekicher ausgebrochen.

»Was ist denn?«, erkundigte er sich.
»Die schöne Frau Uhlen scheint ihren Liebsten zur Schnecke gemacht zu haben.« Althuis warf ihm einen verschwörerischen Blick zu und grinste. »Vielleicht fallen ihm ja jetzt noch mehr von diesen Schmachtliedern ein.«
Berg, der im ersten Moment kein Wort verstanden hatte, sah seine Kollegin staunend an. Kein Wunder, dass Althuis immer alle Neuigkeiten zuerst erfuhr, wenn sie überall herumtratschte. Dennoch fand er es ziemlich unpassend für eine Polizistin, sich so in der Öffentlichkeit über andere Menschen auszulassen, prominent oder nicht. Irgendwann würde er mit ihr darüber sprechen müssen. »Bist du dann fertig?«, fragte er und beäugte die beiden vollen Tüten.
»Ob er sich hier auch eine junge Geliebte angelacht hat?«, spekulierte die Verkäuferin und wischte mit ein paar Papiertüchern über das kurze Laufband der Kasse. »Ich mochte den Kerl jedenfalls noch nie. Schmierig, sag ich nur.«
Berg hoffte vergeblich, Althuis würde sich endlich zum Ausgang bewegen, doch die kramte noch immer in einer der Tüten herum, holte die Tomaten wieder heraus und verstaute sie an einer anderen Stelle.
»Woher wisst ihr das überhaupt alles?«, hakte Berg nach.
Die Kassiererin klimperte ihm affektiert zu. »Ich habe da meine Quellen. Also ganz ehrlich, hübsch ist sie ja, aber auch ein bisschen seltsam. Kauft hier ein, als würde bald eine Hungersnot ausbrechen. Vielleicht hat sie ja heimliche Fressanfälle. Ich habe mal gehört, wenn Frauen sehr unglücklich sind in der Beziehung, dann fangen sie manchmal an …«
»Tut mir wirklich leid«, unterbrach Berg sie mit leicht erhobener Stimme, »aber wir müssen jetzt dringend gehen. Und

Sie haben ja sicher auch noch jede Menge zu tun, nicht wahr?« Triumphierend bemerkte er, wie der Filialleiter im Hintergrund auftauchte.
»Natürlich.« Die Wangen der Kassiererin nahmen ein wenig Farbe an, sie erhob sich von ihrem Platz und eilte mit emsigen Schritten in Richtung Kühlregal davon.

Mit Leichenbittermiene folgte Althuis ihm durch den Ort. »O Herr, warum hast du mich nur mit so einem spießigen Kollegen geschlagen?«
Berg blieb kurz stehen und starrte sie an. Plötzlich kam er sich ziemlich dumm vor.
»Du glaubst wirklich, ich sitze abends mit ein paar alten Weibern beim Kaffeeklatsch und posaune alles aus, was ich tagsüber aufgeschnappt habe, stimmt's?« Ihre Stimme hatte einen anklagenden Ton, der Berg zu schaffen machte. »Lass die Leutchen doch reden«, fuhr sie fort und ging weiter. »Sie tun es sowieso, ob ich dabei bin oder nicht, da kann ich doch wenigstens zuhören, was es Neues gibt.«
Doch so leicht war Berg nicht zu besänftigen. »Zuhören ist aber was anderes als über andere Leute herziehen.«
Spielerisch hängte sie sich bei ihm ein. »Dafür hab ich ja schließlich dich, um mich zu bremsen. Und du weißt gar nicht, wie dankbar ich dir dafür bin.« Ihr Gesicht verzog sich zu einem breiten Grinsen, und auch Berg konnte nicht länger ernst bleiben.
Anerkennend klopfte sie ihm auf die Schulter. »Auch wenn du manchmal ein wenig spießig bist.«

Mittwoch, 24. Oktober

Das Büro sah grauenhaft aus. Johanssen fehlte an allen Ecken und Enden. In der Frühstückspause war Berg kurz in den Supermarkt hinübergegangen und vom Regen überrascht worden. Jetzt saß er mit nassen Haaren am Schreibtisch und versuchte, die Kollegen auf dem Festland zu erreichen. Nach mehreren ermüdenden Telefonaten beschloss er, zumindest die schlimmste Unordnung zu beseitigen, und öffnete das Fenster, um ein wenig frische Luft hereinzulassen. Draußen regnete es noch immer, und kaum hatte er sich wieder an seinen Schreibtisch gesetzt, als ihm die feuchte Stelle auf der Fensterbank auffiel, die sich rasch ausbreitete. Entnervt schlug er das Fenster wieder zu und holte einen Lappen aus der Küche, um die Wasserlache aufzuwischen.

»Das machst du fein.« Althuis nickte ihm zufrieden zu. »Ich sollte dich mal wieder zum Essen einladen.«

Berg drehte sich zu ihr um. Eigentlich hatte er an diesem Morgen beschlossen, in Zukunft etwas weniger zu essen, aber sein Magen knurrte schon seit einer halben Stunde wieder. »Ich finde, es sollte doch lieber einer von uns hierbleiben. Es könnte ja immer mal etwas sein.«

Die Hauptkommissarin stieß ein heiseres Lachen aus. »Befürchtest du, dass wieder jemand was an eine Hauswand schmieren könnte? Außerdem hast du die Rufumleitung vergessen.« Sie strich zärtlich über den Telefonhörer.

»Oh, natürlich.« Berg konnte das Wort nicht mehr hören. Er traute Freda in technischen Dingen nicht allzu viel zu, aber

er wollte sie auch nicht entmutigen. Und diesmal schien es ja tatsächlich zu funktionieren. Außerdem sagte er sich, dass sie vermutlich recht hatte. Was sollte schon passieren?
Doch seine Kollegin schien sich bereits anders entschieden zu haben. »Dann eben ein andermal. Ich habe sowieso noch keinen Hunger.«
Berg überlegte kurz, ob er sie jetzt beleidigt hatte, doch es gab nichts, das dafür sprach. Althuis kramte eine Weile in einer Schublade und drehte ihm den Rücken zu. Sie zog einen Ordner hervor und schlug die erste Seite auf. »Wieland hat sich ja gestern ganz schön rausgeredet.« Als sie keine Antwort bekam, unterbrach sie ihre Studien und wandte sich erwartungsvoll zu Berg um.
Der zuckte nur die Schultern. »Was hätte er auch sonst sagen sollen? Vielleicht hat er ja wirklich niemand Bestimmten gemeint.«
»Ja, vielleicht. Dann hätte er natürlich nichts mit dem Brief zu tun.« Sie klang nicht recht überzeugt.
Berg schielte nach der Uhr und erhob sich von seinem Platz. Er sehnte sich nach seiner Mittagspause. »Ich gehe dann mal«, sagte er.
Die Hauptkommissarin sah ihn an, als hätte sie überhaupt nicht zugehört. »Schon ein komischer Typ«, murmelte sie und legte den Ordner aufgeschlagen auf ihren überfüllten Schreibtisch.
Berg biss die Zähne zusammen und setzte sich wieder. »Wieland?«
»Der andere. Kennst du den näher?«
Berg schüttelte den Kopf. Eigentlich war er nach seiner Versetzung davon ausgegangen, die Bewohner der Insel schnell kennenzulernen; so viele waren es schließlich nicht. Doch

noch immer stieß er auf Menschen, über die er so gut wie nichts wusste. Barrak war einer von ihnen. »Nur, dass Wieland große Stücke auf ihn hält. Behauptet er jedenfalls.«

»Der Mann scheint wie eine Klette an ihm zu kleben. Na ja, geht mich ja im Grunde auch nichts an.« Sie nickte ein paarmal, als müsste sie sich selbst von dieser Idee überzeugen. »Wer sagt uns denn, dass die Sachen überhaupt etwas miteinander zu tun haben? Ein Spinner schreibt einen bösen Brief, um die Starnitzkes in ein schlechtes Licht zu rücken. Vielleicht ein verschmähter Verehrer der Mutter oder ein fieser Mitschüler von Josua. Und die Sache mit dem Briefkasten, der Hühnerstall und die aufgeschlitzten Reifen? Das könnte doch wirklich jeder gewesen sein.« Sie wartete seine Antwort nicht ab. »Vielleicht dieselben Idioten, die hier die Wände vollschmieren.«

»Vielleicht.« Berg hatte wieder begonnen, auf dem Kugelschreiber zu kauen. Als er den strengen Blick seiner Kollegin bemerkte, legte er den Stift verlegen lächelnd zur Seite. »Zumindest sieht es so aus, als seien nur Gemeindemitglieder von den Angriffen betroffen. Frau Garst besucht schon länger die Gottesdienste, Dierks auch, soweit ich weiß, und die Assels ...« Er wühlte nach einer Notiz und fand sie schließlich auf dem Fußboden. »Beides treue Anhänger von Wieland. Und gute Bekannte der Familie. Könnte natürlich auch Zufall sein.« Er warf ihr einen bedeutungsvollen Blick zu und zuckte die Schultern.

Althuis blätterte lustlos in dem Ordner. »Wir werden es erleben«, murmelte sie und klemmte den Finger zwischen die Seiten, um den Überblick nicht zu verlieren. »Das nehme ich jedenfalls an.« Ihr Gesicht drückte Langeweile aus, doch Berg tat sich schwer damit, ihr diese Regung abzunehmen. Er kannte seine Kollegin besser.

Mittwoch, 24. Oktober, mittags

Endlich hatte der Regen aufgehört, und die Sonne schaute vorsichtig zwischen den Wolken hervor. Berg hatte beschlossen, die Mittagspause für einen Spaziergang zu nutzen. Er schlenderte den Süderloog entlang und betrachtete die Auslagen der Geschäfte. In wenigen Wochen würde hier alles in der alljährlichen Winterstille versinken. Viele Ladenbesitzer schlossen ihre Geschäfte über die kalten Monate ganz, einige verbrachten diese Zeit sogar auf dem Festland. Im Winter lag ein ganz besonderer Zauber über Spiekeroog, fand Berg.

Eine Gruppe Jugendliche kam ihm mit ihren Fahrrädern entgegen, und er musste ausweichen, um nicht angerempelt zu werden. Berg erkannte den Jungen, den ihnen Johanssens Tante nach dem Gottesdienst vorgestellt hatte. Wielands Sohn, erinnerte er sich, nur der Name war ihm wie immer entfallen. Auch das schwarzhaarige Mädchen an seiner Seite hatte Berg schon im Gottesdienst gesehen. Lachend stieg sie vom Rad und zog den Kopf des jungen Wieland für einen flüchtigen Kuss zu sich heran. Sieh mal einer an, dachte Berg. So prüde sind wir also doch nicht. Unwillkürlich stahl sich ein Lächeln auf sein Gesicht.

Während die vier Jungen und Mädchen sich langsam entfernten, sah Berg auf die Uhr. Höchste Zeit, sich etwas zu essen zu kaufen. Er drehte sich um und beschloss, sich für heute mit einem belegten Brötchen zu begnügen, da tauchte aus der Ferne diese schmale Gestalt auf. Noch bevor der

Junge nah genug herangekommen war, wusste Berg, um wen es sich handelte. Die leicht gebeugte Haltung, der gesenkte Kopf, das war Josua. Der Junge wirkte übervorsichtig. Ständig sah er sich um und ging dicht an den Häusern entlang, wie jemand, der vor einer drohenden Gefahr auf der Hut ist. Berg musste bei diesem Gedanken schlucken. Wer macht dir solche Angst, fragte er sich stumm und wartete darauf, dass Josua näher kam. Das Gesicht des Jungen verdüsterte sich, als er Berg bemerkte. Jetzt erst sah Berg die Einkaufstasche, die Josua trug. Eine Papiertüte mit dem Aufdruck der Bäckerei schaute oben heraus. Plötzlich wurde ihm bewusst, dass er Annas Sohn, abgesehen von dem Tag, an dem die anderen Schüler Steine nach ihm geworfen hatten, noch kein einziges Mal auf der Straße angetroffen hatte. Es waren Ferien, das Wetter war für Oktober mehr als angenehm, und dieses Kind schien nichts Dringenderes vorzuhaben, als sich so schnell wie möglich wieder zu Hause zu verkriechen.

»Hallo«, sagte Berg und betrachtete das Gesicht des Jungen. Die Schwellung über dem Jochbein war deutlich zurückgegangen, doch die Verfärbung war noch gut zu sehen; unter dem Auge schillerte die Haut in einem grellen Violett. »Gehst du nach Hause?«

»Hab nur schnell was eingekauft.« Josua senkte den Kopf und nickte leicht. Er wirkte angespannt, ängstlich. Nicht wie ein Junge, der seine Ferien genießt.

Berg überlegte, ob dies ein geeigneter Zeitpunkt war, um mit ihm zu sprechen. Ob er überhaupt das Recht dazu hatte. Er hatte oft darüber nachgedacht, ob es richtig war, sich in Familiendinge einzumischen, aber in Gegenwart der Mutter würde er niemals eine Chance erhalten, die Wahrheit aus

dem Jungen herauszubekommen. Und es gehörte nicht viel Fantasie dazu, um sich vorzustellen, dass mehr hinter dieser Geschichte steckte als ein einfacher Fahrradunfall.
»Sag mal«, begann er zögernd und schlug kurzerhand dieselbe Richtung wie Josua ein. »Das mit deinem Auge, das war doch kein Unfall, oder?«
Josua warf ihm einen misstrauischen Blick zu, antwortete jedoch nicht.
»Ist ja nichts dabei, wenn man sich mal prügelt«, versuchte Berg es erneut und verfluchte sich für seine Unsicherheit. Was tat er hier überhaupt? »Zumindest, solange es sich um eine harmlose Geschichte handelt. Aber ich finde, deine Mutter sollte schon wissen, wenn du Probleme mit deinen Klassenkameraden hast. Meinst du nicht auch?«
»Es gibt keine Probleme«, erwiderte Josua nur.
Berg seufzte. Der gleichmütige Tonfall des Jungen erinnerte ihn allzu sehr an Anna, die ihm mit hochgezogenen Schultern klarmachen wollte, dass sie alles im Griff hatte. Er blickte in die dunklen Augen des Halbwüchsigen und stieß darin auf eine Leere, die ihn schaudern ließ.
»Das würde ich nicht behaupten.« Berg bemühte sich, weiterhin freundlich zu klingen, obwohl er wieder diese hilflose Wut verspürte, die ihn so oft aus dem Konzept brachte. »Nicht, nachdem ich gesehen habe, wie ein paar Jungs dich mit Steinen beworfen haben.«
Josua blieb vor dem Schaufenster einer Boutique stehen und starrte trotzig auf seine Füße. »Würden Sie mich bitte in Ruhe lassen? Meine Mutter wartet auf mich.«
»Natürlich. Wenn du mir eins versprichst.« Berg sah ein, dass es keinen Zweck hatte, nicht hier und nicht jetzt. Er

konnte den Jungen nicht zwingen, mit ihm über seine Probleme zu sprechen. »Wenn du jemals wirklich Hilfe brauchst, komm zu uns, okay?«
»Kein Problem.« Josua sah ihn ungeduldig an, dann verschwand er um die nächste Ecke.

Gegen Abend zog es Berg an den Strand, und er nahm in einem der letzten Strandkörbe Platz, die bald weggeräumt werden würden. Er lehnte sich zurück und dachte an Nadine Praun, die junge Frau mit der tragischen Geschichte, die ihn so sehr an seine verstorbene Schwester erinnert hatte. Genau an dieser Stelle waren sie sich im Dunkeln begegnet. Alles im Leben wiederholt sich irgendwann, dachte er und schüttelte gleich darauf ungläubig den Kopf. Über den Schmerz hatte sich Vergessen gelegt, wie ein kühles Tuch, das nur noch ab und zu im Wind flatterte und eine Spur dessen freigab, was sich für immer darunter befinden würde. Anna Starnitzkes Worte fielen ihm wieder ein. *Vielleicht ist es manchmal besser, zu schweigen und die Dinge ruhen zu lassen.*
Berg stand auf und begann zu laufen, erst langsam, dann immer schneller. Kühle Meeresluft schlug ihm ins Gesicht. Die Sonne war bereits untergegangen, und der Sand unter seinen Füßen floss als graue Fläche dahin, während er weiterrannte, bis er keine Luft mehr bekam. Ich versuche noch immer, vor mir selbst davonzulaufen, dachte er mit einem Gefühl der Bitterkeit. Aber das würde aufhören, so wie alles irgendwann aufhörte. Er würde dafür sorgen.

Mittwoch, 24. Oktober, abends

Berg dachte über die Dinge nach, die sich in der letzten Zeit im Inseldorf verändert hatten. Bildete er es sich nur ein, oder stimmte wirklich etwas nicht? Mit Anna Starnitzke und ihrem Sohn, ebenso wie mit Wieland und der freien Kirchengemeinde. »Du spinnst«, ermahnte er sich selbst.
Vielleicht hatte er einfach zu wenig zu tun. Er dachte daran, wie Herrlich, der ehemalige Revierleiter, ihm immer vorgeworfen hatte, aus purer Langeweile nach Verbrechen zu suchen, wo es überhaupt keine gab. Damals hatte Herrlich unrecht gehabt, aber wie sah es diesmal aus?
Er beschloss, noch nicht sofort nach Hause zu gehen, sondern einen Umweg über den Tranpad zu machen, um einen klaren Kopf zu bekommen.
Als er das Gemeindehaus passierte, hörte er ein lautes Gemurmel. Die Stimmen schwollen an und verstummten wieder, nur um sich im nächsten Moment aufs Neue zu erheben. Es klang nach einer hitzigen Diskussion, und hinter einem der Fenster erkannte er undeutlich mehrere Gestalten, die durch die Gardine nur schemenhaft zu sehen waren. Vorsichtig näherte er sich dem Gebäude.
Mehrmals blickte Berg sich um, aber die Straße lag verlassen da. Er hatte keine Lust auf eine unliebsame Überraschung und kam sich ohnehin nicht eben anständig vor, als er gegen die Hauswand gepresst näher an das Fenster heranrückte. Bei dem erleuchteten Raum musste es sich um dasselbe Zimmer handeln, in dem er sich gestern mit Wieland unterhalten

hatte – ein großer Raum, wie gemacht für Chorproben. Oder für Versammlungen. Er erinnerte sich an die aufeinandergestapelten Stühle, die an der Wand gelehnt hatten.
Es schienen sich mindestens zehn Personen dort aufzuhalten, doch nur drei waren laut genug, um einzelne Gesprächsfetzen herauszuhören. Berg lauschte, aber er konnte nichts verstehen. Sein Herz pumpte schneller bei dem Gedanken, die Haustür könne sich jeden Moment öffnen, Wieland oder einer der anderen könne heraustreten und ihn hier wie einen Einbrecher im Vorgarten entdecken. Wieland. Seine Stimme war jetzt laut und klar von drinnen zu vernehmen. Überhaupt schien es sich bei den Anwesenden ausschließlich um Männer zu handeln. Oder, schoss es Berg durch den Kopf, die Frauen haben bei solchen Zusammenkünften zu schweigen. Er dachte an die Frau des Pastors, und diese Vorstellung erschien ihm sogar recht wahrscheinlich.
»Und genau das werden wir nicht zulassen«, ertönte nun Wielands Stimme laut durch das gekippte Fenster.
Berg fuhr zusammen, es hatte geklungen, als stünde der Pastor direkt neben ihm. Von drinnen vernahm er zustimmendes Gemurmel.
»Aber dazu benötige ich eure Hilfe, meine Brüder. Wollt ihr aufstehen? Wollt ihr mithelfen, diese Insel zu schützen? Seid ihr Gottes Werkzeug?«
Wieder das Gemurmel, diesmal noch lauter. Jemand rief Amen, und Berg bekam eine Gänsehaut. Gottes Werkzeug, das klang nicht gerade nach der Art von Nachbarschaftshilfe, die er bevorzugte. Seine Hand wanderte in die Jackentasche und tastete suchend nach dem Handy, zu gern hätte er Althuis dabeigehabt, dann fiel ihm ein, dass der Mittwochabend Fre-

das Wellness vorbehalten war. Vor seinem inneren Auge tauchte die Hauptkommissarin auf, nur in ein weißes Handtuch gewickelt, während rings um sie die Schwaden der Sauna aufstiegen. Berg grinste und verzichtete auf den Anruf. Trotzdem fühlte er sich nicht wohl. Sollte er hineingehen und diese Leute direkt ansprechen? Er konnte ihre Reaktion nicht einschätzen. Aber ging es ihn überhaupt etwas an, was sie hier taten?

Während er noch mit sich rang, erklang abermals die Stimme des Pastors.

»Bevor wir auseinandergehen, lasst uns noch ein Gebet sprechen für all die Menschen, die im Dunkeln stehen und darauf warten, dass wir ihnen das Licht bringen.« Es entstand eine kurze Pause, ein paar Stühle wurden gerückt, dann sprach Wieland weiter.

»Schütze diese Menschen, o Herr, und hilf ihnen, die Liebe zu leben, die Du ihnen vorgelebt hast. Öffne ihnen die Augen für das Böse und schenke ihnen die Kraft, furchtlos dagegen vorzugehen.«

Berg überlegte, ob Wieland von den Inselbewohnern im Allgemeinen oder von der anwesenden Gruppe der Gotteswerkzeuge sprach, während die Stimme des Pastors an Intensität und Lautstärke gewann.

»Steh Du uns bei im Kampf gegen die Gleichgültigkeit und segne diese Menschen.«

Berg hörte ein allgemeines Amen, dann das Rücken von Stühlen. Ehe er sich entschieden hatte, ob er bleiben oder gehen sollte, öffnete sich die Tür, und die ersten beiden Männer traten aus dem Haus. Ihm blieb gerade noch Zeit, aus dem Vorgarten zu schlüpfen und sich auf der Straße zu postieren. Ihm klopfte das Herz bis zum Hals.

Berg zählte insgesamt acht Menschen, von denen er einige wiedererkannte. Der Bärtige besaß einen der Souvenirshops, die beiden jungen Männer hatte er schon öfters an der Anlegestelle gesehen, und dann war da natürlich Barrak. Selbst im schwachen Licht der Hausbeleuchtung drang das irre Glitzern in den Augen des Mannes bis zu Berg hinüber.
»Schau an, wir haben Besuch«, krächzte die Stimme des Alten, und seine Begleiter blickten sich überrascht um.
Berg las Unwillen in den Gesichtern, aber keine wirkliche Feindseligkeit. Er atmete innerlich auf und ging nun, die Hände offen ausgebreitet, auf die kleine Gruppe zu. »Ich habe noch etwas vergessen.« Er setzte ein unschuldiges Lächeln auf, von dem er nicht sicher war, ob es ihm wirklich gelang. »Ist Herr Wieland einen Augenblick zu sprechen?«
Ein Raunen ging durch die Gruppe, dann drängte sich der Pastor nach draußen.
Wieland nickte ergeben, aber seine ganze Haltung widersprach dieser stillen Höflichkeit. »Wollen Sie einen Augenblick hereinkommen?«
»Soll ich vielleicht …«, hob Barrak hektisch an, doch der Pastor winkte nur mit einem müden Lächeln ab. »Nicht nötig, mein Freund. Gehen Sie nur nach Hause. Wir sehen uns morgen.«
Morgen, dachte Berg und betrachtete, wie der alte Mann enttäuscht die Schultern sinken ließ. Und übermorgen. Wahrscheinlich ist das Pfarrhaus sein zweites Zuhause. Trotzdem gelang es ihm nicht, Mitleid mit dem Mann zu empfinden. Barraks Gesicht hatte etwas Rattenartiges, für das der Mann sicherlich nichts konnte, das aber dennoch nicht dazu beitrug, Berg für ihn zu gewinnen. Auch er trug einen Anzug, ebenso wie die meisten der anderen. Nur die

beiden jüngsten, beinahe noch Jugendliche, waren in Jeans und Anorak gekleidet. Berg kniff die Augen zusammen und versuchte, sich den Größeren der beiden auf der Hafendüne vorzustellen, mit einem Stein in der Hand. Er überlegte, ob die Jacke des Angreifers rot gewesen war und konnte sich nicht mehr recht entsinnen. Einen schönen Zeugen würdest du abgeben, schalt er sich insgeheim und wartete, bis die Leute abgezogen waren. Berg reckte den Hals, um zu sehen, ob auch Wielands Frau anwesend war, aber er konnte sie nirgendwo ausmachen. Er folgte dem Pastor ins Warme und unterdrückte einen leichten Hustenreiz. Im Flur roch es nach gerade gelöschten Kerzen und einem Hauch von Zitronenreiniger. Diesmal führte Wieland ihn ins Büro und wies auf den Besucherstuhl vor dem Schreibtisch. »Bitte sehr. Aber machen Sie es kurz, ja?«

Berg sah keinen Grund, um die Wahrheit herumzureden. »Ich durfte vorhin einen Teil Ihrer Zusammenkunft mit anhören.«

In Wielands Gesicht regte sich kein Muskel, nur seine Augen musterten Berg mit einer Mischung aus Neugierde und Abscheu.

»Nicht, dass ich mich in die Glaubensangelegenheiten anderer Leute einmischen wollte«, fuhr Berg fort, nachdem er vergeblich auf eine Erwiderung gewartet hatte. Er musste sich anstrengen, nicht den Faden zu verlieren. Gerade das Ausbleiben jeglicher Reaktion war es, das ihn ganz durcheinanderbrachte. Gleichzeitig fragte er sich, ob es überhaupt einen Sinn hatte, mit diesem Mann zu sprechen. Glaubte er tatsächlich, Wieland zum Nachdenken anregen zu können?

»Jedenfalls nicht, solange sich dieser Glaube nicht zum

Nachteil anderer auswirkt«, fuhr er schließlich fort und versuchte, dem Pastor fest in die Augen zu blicken.
Um Wielands Mundwinkel erschien der Hauch eines Lächelns. »Sprechen Sie sich ruhig aus.« Der Pastor schob einen Messingengel zur Seite, um auf dem Schreibtisch Platz für seine Ellbogen zu schaffen. Er wirkte erschöpft, aber gleichzeitig auch hellwach.
Einen Moment lang rang Berg mit sich, wie viel er Wieland gegenüber zugestehen durfte, ohne alles womöglich noch schlimmer zu machen, doch die Entscheidung fiel plötzlich und ohne sein Zutun. Die Worte sprudelten einfach aus ihm heraus. »Ich spreche von Josua Starnitzke. Sie kennen ihn.« Das war zugleich Vermutung und Angriff. Aber er ging davon aus, dass Wieland zumindest den Namen schon einmal gehört hatte.
Der Pastor nickte langsam. »Ja, ich kenne die Familie. Eine üble Geschichte.«
Die Gleichgültigkeit in seiner Stimme machte Berg wütend. »Welche Geschichte meinen Sie? Das Unglück, das der Familie widerfahren ist, oder die Ablehnung, auf die sie treffen, seit sie hierhergezogen sind?«
»Hören Sie.« Wieland schnitt eine Grimasse, als würde er unter Bergs Begriffsstutzigkeit leiden, dann setzte er wieder die undurchdringliche Maske stiller Höflichkeit auf. »Sie haben Ihre Aufgabe, ich habe meine. Können wir es nicht einfach dabei belassen?«
»Nicht, wenn Unschuldige darunter zu leiden haben. Gerade Sie als Mann Gottes sollten doch einsehen, wie gefährlich es sein kann, die Menschen aufzuhetzen.« Berg starrte die Taube auf dem Kalender an, die Engelsfigur, all diese stummen Symbole des Friedens, mit denen diese Menschen sich umgaben.

Wieland stieß ein Geräusch hervor, das ein Lachen hätte sein können, doch es klang ziemlich verächtlich. »Wenn Sie schon ungefragt unsere Versammlungen belauschen, sollten Sie vielleicht wenigstens richtig hinhören. Ich hetze niemanden auf. Aber ich werde nicht zusehen, wie Fremde in eine Gemeinschaft von Menschen eindringen und den Frieden stören. Das bin ich meinen Gemeindemitgliedern schuldig. Glauben Sie an Gott, Herr Berg?«

Auf diese Frage war er nicht gefasst gewesen, und er hatte auch nicht vor, sie zu beantworten. Was bildete dieser Kerl sich eigentlich ein? Dennoch bemühte er sich, höflich zu bleiben. Wenn er sich seinen Unmut allzu sehr anmerken ließ, hatte er dieses Match verloren, das spürte er ganz deutlich. Und er hasste es, zu verlieren. »Es geht hier nicht um mich, sondern um ein Kind, das Schlimmes erlebt hat.«

»Schlimmes angerichtet, meinen Sie wohl.«

»Ach, waren Sie dabei?« Berg musste sich zusammenreißen. Das lächelnde Gesicht seines Gegenübers reizte ihn immer mehr, seine Manieren zu vergessen.

»Ich glaube«, sagte Wieland mit einem höflichen Nicken, »wir sollten diese Unterredung beenden. Wenn Sie nichts anderes zu tun haben, als mir mit irgendwelchen haltlosen Anschuldigungen zu kommen, kann ich Ihnen leider nicht weiterhelfen. Vielleicht sollten Sie sich lieber darum kümmern, dass es keine weiteren Fälle von Sachbeschädigung auf der Insel gibt. Die Leute werden langsam unruhig.« Er warf Berg einen langmütigen Blick zu und deutete freundlich, aber bestimmt zur Eingangstür. »Seien Sie mir nicht böse, aber ich habe noch zu arbeiten.«

Mittwoch, 24. Oktober, später Abend

Als Berg das Pfarrhaus verließ, hatte es angefangen zu regnen. Auch der Wind hatte aufgefrischt, und das Wetter passte ideal zu seiner Stimmung. Er kam sich vor wie ein Verlierer. Wieland hatte es sich nicht nehmen lassen, ihm noch ein paar gute Ratschläge und einen ungebetenen Segen mit auf den Weg zu geben, und trotz der Wut, die in seinem Bauch tobte, musste er Althuis wieder einmal recht geben: Dieser Mann besaß eine natürliche Autorität, die ihn beunruhigte.

Kurz vor dem Noorderpad kam ihm eine große Gestalt mit hängenden Schultern entgegen, die kaum hörbare Selbstgespräche führte. Erst als der Mann den Schein einer Laterne durchmaß, erkannte Berg seinen Freund Erik Johanssen, der ihm ziemlich durcheinander zu sein schien.

»Hast du ein Problem?«, fragte er ihn.

Obwohl Berg leise gesprochen hatte, zuckte der große Mann heftig zusammen. Anscheinend war er mit den Gedanken ganz woanders. »Ach, du bist es. Ich dachte schon …«

»Was dachtest du?«

»Nichts, ich war nur in Gedanken.«

»Das war nicht zu übersehen.« Berg blieb vor Johanssen stehen und betrachtete ihn nachdenklich von Kopf bis Fuß. Von der Geduld und Ruhe, die der Insulaner stets ausstrahlte, war nicht mehr viel übrig geblieben. »Die Sache am Sonntag tut mir leid. Wir wollten dich nicht auslachen. Wenn du darüber reden willst, ich bin da«, erklärte Berg besorgt. Er gestand sich ein, dass er dieses Angebot nicht ganz uneigennützig machte. Ihm fehlte Johanssens beruhigende Art, die ihm schon über manche unangenehme Situation hinweggeholfen hatte.

Johanssen wand sich sichtlich. Was er zu sagen hatte, war ihm wohl unangenehm, so unangenehm, dass er schon kopfschüttelnd ein paar Schritte weitergehen wollte, sich dann jedoch anders entschied und wieder zu der Kneipe zurückkehrte, vor der Berg auf ihn wartete.

Johanssen suchte in seinen Taschen nach dem Geldbeutel, nickte erleichtert und blickte dann zum Eingang des Lokals. »Gehen wir rein?«

Im Inneren der Gaststätte befanden sich an die fünfzehn Leute, fast ausnahmslos Einheimische, die es sich an den wenigen Tischen gemütlich gemacht hatten. Auf einem Barhocker an der Theke saß ein einzelner Mann, der seine Kapuze tief ins Gesicht gezogen hatte und sich mit seinem Bierglas zu unterhalten schien. Als sich die Kellnerin näherte, fing er an, auf sie einzureden. Berg beachtete den Mann nicht näher. Sie hatten Glück, überhaupt noch einen kleinen Tisch am Fenster zu ergattern. Am Nebentisch diskutierte eine Gruppe älterer Männer bei Bier und Krabbenbrötchen die Ereignisse der letzten Tage. Berg biss sich auf die Lippe, als die Sprache auf den Briefkasten des Pastors kam, und er bemerkte mit Unbehagen einige Blicke, die ihn von der Seite trafen. Ich bin die Polizei, dachte er, und in seinem Mund breitete sich ein bitterer Geschmack aus. Die Polizei, die nicht fähig ist, für Ruhe zu sorgen.

Im Licht der Kerze, die die junge Bedienung auf ihrem Tisch entzündet hatte, wirkte Johanssen weitaus aufgeräumter als noch Minuten zuvor. Er bestellte einen Tee mit Rum und brauchte drei Versuche, um seine Jacke über die Stuhllehne zu hängen. Erik eben. Berg nippte an seinem Weißwein und wartete geduldig, bis sein Freund endlich zu sprechen begann.

»Ich hab übrigens mit Annie gesprochen«, begann Johanssen zögernd.

»Josuas Lehrerin?« Berg rutschte ungeduldig auf seinem Stuhl hin und her. »Und was meint sie?«

Johanssen räusperte sich. »Sie hat nicht bemerkt, dass es Probleme unter den Schülern gibt. Sagt sie jedenfalls.«

»Was meinst du damit?«

»Na ja, vielleicht bilde ich mir das ja auch ein, aber ich hatte den Eindruck, dass sie mich möglichst schnell abfertigen wollte.«

Berg nickte. Vielleicht war es ohnehin ein Fehler gewesen, sich einzumischen. »Und jetzt erzähl endlich, was mit dir los ist.«

Sein Freund blickte einen Moment lang stumm vor sich hin, dann gab er sich einen Ruck. »Du kennst doch die Rita, oder? Rita Kern?« Er nickte Berg hoffnungsvoll zu, aber der musste ihn enttäuschen. Er konnte sich nicht erinnern, diesen Namen jemals gehört zu haben. »Die neue Verkäuferin im Supermarkt«, erklärte Johanssen mit einem schiefen Lächeln. »Die Blonde.«

Berg ließ kurz die drei Verkäuferinnen im Geiste Revue passieren, an die er sich erinnerte, eine Blonde war nicht dabei. Dann fiel ihm die ältere Frau ein, bei der er am Vormittag einen Liter Milch gekauft hatte. »Rita Kern«, wiederholte er und nickte nachdenklich. »Dann stimmt es also doch, was deine Tante vermutet hat?« Er betrachtete den Insulaner und wartete vergeblich auf eine Antwort. Stattdessen färbten sich Johanssens Wangen so dunkelrot, dass es selbst bei diesem Licht problemlos zu sehen war. Berg, der sich in solchen Situationen immer unsicher fühlte, suchte nach Worten. »Du bist … du hast … eine Freundin gefunden?« Er lachte leise auf und verfluchte sich sofort dafür. Erik Johanssen war ein Riese, aber er war auch verdammt empfindlich, das wusste er seit langem. Doch sein Freund schien seine Erheiterung überhaupt nicht mitbekommen zu haben.

»Nicht direkt. Denn eigentlich …« Er griff nach seiner Tasse und drehte sie unschlüssig zwischen den Händen, bis er sich sichtlich die Finger daran verbrannte. »Eigentlich weiß sie noch gar nichts davon.«

Jetzt konnte Berg sich das Lachen nicht mehr länger verkneifen. Wie ein begossener Pudel sah Johanssen aus, am liebsten hätte er ihn in die Arme genommen. Nur mühsam gelang es ihm, ein ernstes Gesicht aufzusetzen. »Dann solltest du wohl dafür sorgen, dass sich das ändert.«

»Ich weiß nicht, meinst du?« Das Spiel mit der heißen Teetasse begann von Neuem. »Und wenn sie mich nicht mag?«

Berg zuckte die Schultern und hatte plötzlich einen Kloß im Hals. Warum war es bei anderen immer so leicht, die Probleme mit Logik zu bekämpfen. »Dann hast du eben Pech gehabt.«

Der traurige Blick seines Freundes schnürte ihm die Kehle zu.

»Hey«, schob er eilig nach, »warum sollte sie dich denn nicht mögen? Hast du dich überhaupt schon mal mit ihr unterhalten?«

Wieder begann Johanssen, sich zu winden. Fast erschien es Berg, als würde sein Freund am liebsten augenblicklich das Thema wechseln, und er fragte sich, ob er ihm diesen Gefallen nicht einfach tun sollte. Sie konnten sich ein andermal darüber unterhalten, vielleicht einfach unter vier Augen, oder vielleicht könnte Althuis ... Er spürte, wie die alte Angst wieder in ihm aufstieg, die Angst, Gefühle zuzulassen. Er war nicht besonders gut darin, andere zu trösten, auch wenn er sich das schon öfters gewünscht hatte.
Erst jetzt bemerkte er, dass Johanssen weitergesprochen hatte. Unsicher folgte er den Gesten des Insulaners, die sich diesmal jemand anderem zuwandten. Berg reckte den Hals und fragte: »Was ist denn?«
Johanssen drehte sich wieder ihm zu. In seinen Augen stand ein hoch konzentrierter Blick, der Berg sagte, dass es hier nicht mehr um Liebeskummer ging. »Ich dachte nur, sie braucht vielleicht Hilfe.« Mit dem Kinn wies er zur Kellnerin an der Theke, die Johanssen dankbar zulächelte.
Der Mann dort hatte aufgehört, sich mit seinem Glas zu unterhalten. Berg konnte ihn nur von hinten erkennen, die hellgraue Jacke, die Kapuze, die er noch immer nicht abgesetzt hatte. Trotzdem erkannte er an der Haltung des Mannes, dass er aufgeregt auf die Kellnerin einredete. Das Mädchen schüttelte den Kopf und entgegnete etwas, das Berg von seinem Platz aus nicht mitbekam. Sie hob abwehrend die Hände, und auf ihrer Stirn bildete sich eine senkrechte Falte. Berg verfolgte, wie einer der älteren Männer am Nachbartisch aufstand und sich lachend von den anderen verabschiedete. Kurzfristig stieg der Geräuschpegel so stark an, dass selbst von der leisen Schlagermusik nichts mehr zu hören war.

»Was hat sie denn?«, rief er, um den Lärm zu übertönen.
Der Insulaner zeigte erneut zur Theke und erwiderte etwas, das Berg nicht verstand. Dann rückte er näher und sprach ihm direkt ins Ohr: »Ich glaube, der Typ da vorne will nicht einsehen, dass er genug hat.«
Berg nickte erleichtert. Wenn es sonst keine Probleme gab. »Ich gehe mal nach vorne.«
Er erhob sich und drängte sich an den Männern vorbei zur Theke, wo der Mann jetzt sein leeres Glas demonstrativ vor sich schwenkte und laut scheppernd auf den Tresen knallen ließ.
»Ruhig, mein Freund.« Bevor das Bierglas zu Bruch gehen konnte, griff Berg danach und hielt es fest. Er betrachtete den Mann, der halbherzig sein Handgelenk umklammerte, doch ein Blick genügte, um sicherzugehen, dass hier keine Gefahr bestand. Der Mann war betrunken, aber nicht aggressiv, zumindest im Augenblick nicht. Trotzdem schien sich das Mädchen hinter der Theke ein wenig vor ihm zu fürchten.
»Er will einfach nicht gehen«, erklärte sie seufzend und zeigte mit der freien Hand auf den Gast. In der anderen balancierte sie zwei Teller mit belegten Broten, die sie wohl soeben an einen der Tische hatte bringen wollen.
Der Betrunkene wollte ihr vehement widersprechen, bekam jedoch sofort einen Schluckauf, und noch während des Sprechens sank sein Kopf auf die Brust herab, so dass Berg kurzfristig vermutete, er sei eingeschlafen.
Nun tauchte auch Johanssen hinter ihm auf. »Vielleicht sollten wir ihn nach Hause bringen«, sagte er heiser. »Ich bin sowieso müde.«

Berg stimmte erleichtert zu. Er war froh, das Gespräch mit seinem Freund vorerst verschieben zu können. Der Gast gab derweil ein lautes Schnarchen von sich und wankte dermaßen auf seinem Barhocker, dass Berg sich genötigt sah, ihn abzustützen, damit er nicht herunterfallen konnte. Johanssen drückte dem Mädchen hinter der Theke einen Geldschein in die Hand und deutete über die Schulter auf den Fremden. »Katja, weißt du, wo er wohnt?«
Die Bedienung schüttelte den Kopf. »Keine Ahnung. Er war schon ziemlich angeheitert, als er hier ankam.«
Berg seufzte und begann mühselig, den Mann von seinem Hocker herunterzumanövrieren. »Dann werden wir ihn wohl selbst fragen müssen. Komm schon, Junge, wir gehen erst mal an die frische Luft.«
Nur mit Johanssens Hilfe gelang es ihm, den Mann unbeschadet die schmalen Stufen zur Straße hinabzuschaffen. Draußen lehnte er ihn erst einmal gegen die nächste Hauswand und rieb sich das Handgelenk, das er sich soeben aufgeschürft hatte. Berg überließ es seinem Freund, die Adresse aus dem Mann herauszubekommen, der zumindest seine Standfestigkeit wiedergewonnen hatte.
»Also, wo wohnen wir denn nun?«, erkundigte sich der Insulaner mit seiner liebevollsten Onkel-Doktor-Stimme. Als er keine Antwort erhielt, pfiff er wenig begeistert vor sich hin. »Von hier ist er jedenfalls nicht.«
Im nächsten Moment hob der Mann den Kopf, machte einen Ausfallschritt zur Seite und geriet dabei so stark ins Wanken, dass Berg ihn gerade noch halten konnte, ohne von der Wucht selbst zu Boden gerissen zu werden. Er hatte in seinem Leben schon häufig mit Betrunkenen zu tun gehabt,

dennoch verwunderte ihn die Reaktion ein wenig; der Mann schien vor ihnen flüchten zu wollen. So langsam hatte Berg genug von diesen Kapriolen.

»Das reicht jetzt. Wenn Sie uns Ihren Namen nicht nennen wollen, nehmen wir Sie am besten mit aufs Revier. Da gibt es eine hübsche Ausnüchterungszelle.« Er dachte an Althuis, die sicherlich nicht gerade in Freudenschreie ausbrechen würde, wenn er ihr den Kerl jetzt anschleppte.

»Also?«, hakte Berg nach.

Er erwartete eigentlich keine Antwort, doch der Mann wirkte auf einmal weniger weggetreten.

Mit einer Hand griff er sich an den Hinterkopf und nahm ruckartig die Kapuze ab. Darunter kamen die blonden Haare eines Mittvierzigers zum Vorschein. Ein Paar wässrig blauer Augen musterte Berg misstrauisch. »Sind Sie von der Polizei?«

Bevor Berg antworten konnte, machte Johanssen einen Schritt auf sie zu. »Herr Uhlen?«

»Bist du sicher?« Berg schaute skeptisch von einem zum anderen, musste dann aber Johanssen recht geben. Es handelte sich tatsächlich um Sebastian Uhlen, Schlagersänger und Frauenschwarm.

»Meinst du, wir sollten einen Arzt rufen?«, fragte Johanssen.

»Kein Arzt«, entgegnete Uhlen mit schwerer Zunge und schlug unvermittelt eine Richtung ein. »Nur … nach Hause.« Vorsichtshalber begleiteten Berg und Johanssen ihn. Uhlen bog in den Melksett ein. Er schwankte ein wenig, schien aber jetzt wieder halbwegs bei Verstand zu sein.

»Kommen Sie zurecht?«, fragte Berg, dem allmählich kalt wurde.

Uhlen musste eine ganze Weile suchen, bis er den Schlüssel gefunden hatte, und würdigte seine beiden Begleiter keines Blickes. »Lass mich in Ruhe.« Er entriss Berg, der ihm behilflich sein wollte, seinen Arm und wandte sich so ruckartig zur Tür um, dass er mit dem Kopf dagegenschlug.
Berg machte keine Anstalten, ihm zu helfen. Sollte der Idiot sich doch ein paar Beulen holen. Auch Johanssen stand nur kopfschüttelnd am Gartentor der Pension.
Ehe Berg den ersehnten Rückzug antreten konnte, wurde drinnen das Licht angeknipst, und die Pensionsbesitzerin tauchte im Türrahmen auf. »Kommen Sie, Herr Uhlen.« Befriedigt registrierte Berg, wie resolut die Dame den Sänger ins Haus zog, ohne viel Aufhebens um seine Person oder seinen Zustand zu machen
»Er hat sicher Probleme mit seiner Frau«, murmelte Johanssen auf dem Rückweg, doch es klang nicht überzeugt. Seine Begeisterung für Uhlen schien in den Grundfesten zu wanken, und Berg tat es beinahe ein bisschen leid. Wann immer das kindliche Glitzern in den Augen des Insulaners auftauchte, fühlte auch er selbst sich stets ein wenig jünger und lebendiger.
»Was ist denn jetzt mit seiner Frau?«, fragte er nachdenklich.
Johanssen schritt weiter aus, sein Gesicht wirkte grüblerisch und verschlossen. »Wenn man den Artikeln in den Zeitschriften glauben darf, hat er's nicht so mit der Treue.«
Berg nickte schweigend. Er hatte kein Bedürfnis, sich weiter über die Eskapaden eines alternden Schönlings auszulassen, der unbedingt seinen Urlaub auf ihrer Insel verbringen musste. An der nächsten Ecke verabschiedete er sich von Johanssen und setzte den Rest des Weges allein fort.

In dieser Nacht konnte Berg nicht einschlafen. Durchgeschwitzt stand er auf, um die Heizung auszumachen. Ohne das Licht einzuschalten, trat er ans Fenster und starrte hinaus auf Frau Petrells Gemüsegarten. Die verwelkten Tomatenstauden wirkten wie dürre Trolle, die ihm mit ihren vielen Armen bösartig zuwinkten. Seitlich der Hauswand wankten ein paar verblühte Sonnenblumen im Nachtwind, skelettartig und verschwiegen. Berg bekam eine Gänsehaut. Er musste an Frau Petrell denken, die morgen früh nicht zwischen den Pflanzen umhergehen würde. Selbst bei Regen hatte sie dort täglich ihre Runde gedreht, und wenn Berg sie von hier oben aus beobachtet hatte, hatte er stets das Gefühl gehabt, dass sie sich mit dem Gemüse sogar unterhielt. Jetzt würde sie das vielleicht nie wieder tun. Der Himmel war bedeckt, dunkelgraue Wolken zogen über einen beinahe vollen Mond hinweg. Alles sah aus wie immer. Von einer plötzlichen Traurigkeit ergriffen, machte sich Berg auf den Rückweg zu seinem Bett.

Donnerstag, 25. Oktober

Im Laufe des Vormittags beschäftigte sich Berg mit den anfallenden Anfragen, ohne sich aus der Ruhe bringen zu lassen. Er sagte sich, dass es vermutlich besser für alle Beteiligten war, wenn er sich einfach seiner täglichen Arbeit widmete und vorerst aufhörte, über seine Befürchtungen zu sprechen. Johanssen war ausnahmsweise schon früh auf dem kleinen Revier eingetroffen, doch auch er wirkte schweigsam und abwesend.

»Noch ein Einbruch in Esens«, sagte Althuis, die gerade die E-Mails kontrollierte. »Gestern hat Lundson noch zu mir gesagt, es hätte wohl aufgehört, und dabei …«

Berg bekam ihre letzten Worte nicht mehr mit. Vor dem Fenster war urplötzlich das bleiche Gesicht eines Jungen aufgetaucht.

Mit diesem Besuch hatte Berg überhaupt nicht gerechnet, eilte jedoch sofort zur Tür.

Josua sah jünger aus als bei ihrem letzten Zusammentreffen, und Berg fiel abermals die rotblaue Verfärbung unter dem Auge des Jungen auf. In Josuas Blick lag eine Mischung aus Angst und Resignation, die ihm überhaupt nicht gefiel.

»Entschuldigung, ich wollte nur … ich dachte …«, stammelte Josua, ehe er verstummte.

Berg wollte auf den Jungen zugehen, denn der sah aus, als würde er im nächsten Moment zusammenbrechen, aber Althuis war schneller und zog den Jungen an den Schultern ins Büro.

»Was hast du denn?«, hörte Berg ihre Stimme, die ausnahmsweise einmal nicht wie ein Reibeisen klang.
Doch der Junge schien nicht darauf aus, sich trösten zu lassen. »Meine Mutter«, japste er nur. Dann verstummte er erneut.
»Was ist denn mit deiner Mutter? Was ist passiert? Brauchst du Hilfe?«, fragte Althuis mit aufgeregter Stimme, erntete jedoch nichts als ein verzweifeltes Keuchen.
Johanssen kam aus der Küche, das Geschirrtuch wie ein Kellner über der Schulter, und legte einen Arm um Josuas Schultern. Ohne ein Wort führte der Insulaner den Jungen ans Fenster, und Berg war ihm unendlich dankbar dafür. Er wartete einen Moment. Althuis, die offenbar verstanden hatte, nickte ihm schweigend zu, dann nahm sie wieder hinter ihrem Schreibtisch Platz. Nach einer kleinen Weile winkte Johanssen ihnen zu, näher zu kommen.
Josua saß auf der Fensterbank und ließ die Blätter der kränklichen Topfpflanze durch die Finger gleiten. Der Junge vermied jeden Blickkontakt und wischte sich verlegen mit dem Ärmel seiner Jacke eine einzelne Träne aus dem Gesicht, aber er hatte seine Fassung wiedergefunden. Berg spielte unentschlossen mit den Knöpfen seines Hemdes und versuchte, an Johanssens Gesicht abzulesen, ob etwas Schlimmes passiert war, doch dessen Augen ruhten ausdruckslos auf dem Jungen.
»Willst du uns nicht doch sagen, wer dich so zugerichtet hat?«, fragte Althuis behutsam.
Diesmal war sich Berg sicher, dass sie eine Antwort erhalten würde. Doch Josua strich sich nur das dunkle Haar aus dem Gesicht, wie um anzudeuten, dass die Schwellung unter dem

Auge sein geringstes Problem war. Peanuts, dachte Berg und begann aus alter Gewohnheit bereits, sich innerlich für diese Gefühlskälte zu verurteilen. Und dennoch genügte ein Blick in Josuas verschlossenes Gesicht, um ihm zu sagen, dass der Junge schon Schlimmeres erlebt hatte.

»Deshalb bin ich nicht hier«, bestätigte Josua auch sofort Bergs Befürchtungen. »Meine Mutter …« Er rutschte ein Stück von Johanssen ab.

»Was ist mit deiner Mutter?«, fragte Berg. Alles um ihn herum schien wie ein grobkörniger Film abzulaufen. In Momenten wie diesem wünschte er, er wäre niemals Polizist geworden. Die Notwendigkeit, immer wieder in die Abgründe des Lebens zu blicken, hatte ihn schon einmal fast zerstört. Dennoch wartete er geduldig, bis Josua weitersprach.

»Sie haben ein Fenster eingeworfen.«

Das war weniger schlimm, als Berg befürchtet hatte.

Für die Hauptkommissarin jedoch schien diese Nachricht vollkommen überraschend zu kommen. Althuis sog scharf die Luft durch die Zähne ein. Hinter ihrer Stirn arbeitete es auf Hochtouren, und die kleinen Augen hinter den Brillengläsern blitzten wütend auf. »Wen meinst du mit *sie?*«

Josua zuckte nur die Schultern und starrte sie aus großen Augen an, aus denen Angst und Scham sprachen. Berg sagte sich, dass es für einen Jungen dieses Alters sehr ungewöhnlich war, öffentlich zu weinen. Er konnte sich an keine einzige Situation erinnern, in der ein Jugendlicher vor den Augen Fremder einfach so in Tränen ausgebrochen wäre, und er fragte sich, ob nicht mehr dahintersteckte.

»Ist jemand verletzt worden?«, machte er seiner Befürchtung Luft.

Althuis bedachte ihn mit einem entsetzten Blick, doch auch sie trat unruhig von einem Fuß auf den anderen.
Josua schien seine Frage zunächst überhaupt nicht verstanden zu haben. Reglos blickte er auf die Straße hinaus, dann endlich schüttelte er leicht den Kopf. »Nur das Fenster«, wiederholte er lahm.
Nachdenklich betrachtete Berg den Jungen. Für ihn macht es keinen Unterschied, dachte er und spürte beim Anblick dieses Kindes einen Stich in der Brust. Sie könnten genauso gut alle tot sein. Der Schmerz ist derselbe.
»Na, na«, ertönte Johanssens beruhigender Bass, der ihn aus seinen Gedanken riss. »Nun mal nicht so trübsinnig. Ein Fenster wird sich doch wohl reparieren lassen.«
Josua versuchte ein zaghaftes Lächeln. Er nickte, schlug die Augen nieder und stand schließlich von der Bank auf. Ein Fenster, dachte Berg und ging zur Garderobe, um seine Jacke zu holen. Nur ein Fenster.

Donnerstag, 25. Oktober, vormittags

Anna Starnitzke war nicht untätig gewesen. Schon von weitem fiel ein großes Stück Pappe auf, mit dem eine der beiden Frontscheiben des Ankers zugeklebt war. Wie auch bei ihren letzten Besuchen war es still im Schankraum. Nur an einem der Ecktische saß ein junges Pärchen, offensichtlich Touristen, und erfreute sich an einem frühen Mittagessen. Auf der linken Seite des Raumes brannten zwei der vielen Deckenlampen, um den Verlust an Helligkeit auszugleichen. Von drinnen wirkte das zugeklebte Fenster fast ein wenig unheimlich, doch die beiden Gäste schienen sich nicht daran zu stören. Leises Lachen drang zu ihnen herüber, als Berg und Althuis an die Theke traten. Von Anna war nichts zu sehen.

»Mama?«, rief Josua mit dünner Stimme.

Johanssen, der sich offenbar für den Jungen verantwortlich fühlte, unterstützte ihn nach Kräften. »Frau Starnitzke, sind Sie da?«

Keine fünf Sekunden später trat Anna Starnitzke in den Schankraum. Obwohl sie nicht anders gekleidet war als sonst, hatte Berg den Eindruck, eine Frau auf der Flucht vor sich zu haben. Einige Strähnen ihres rotblonden Haares waren unter dem Haarreif hervorgerutscht und hingen ihr wirr in die Stirn, in ihren Augen lag etwas Gehetztes. Als sie ihren Sohn zwischen den Polizisten entdeckte, atmete sie sichtlich auf.

»Ich habe mit dem Glaser telefoniert«, sagte sie leise und strich Josua beiläufig über den Kopf. »Nächste Woche wird

die Scheibe ersetzt. Vorher schafft er es leider nicht.« Sie präsentierte ein tapferes Lächeln, das Berg nicht recht überzeugte, und wandte sich dann ihrem Sohn zu. »Du hättest die Polizei nicht wegen solch einer Kleinigkeit belästigen sollen.«
Althuis verlagerte ihr Gewicht und zertrat dabei eine übrig gebliebene Scherbe. »Als Kleinigkeit würde ich so etwas nicht bezeichnen«, erwiderte sie ungehalten. »Es hätte schließlich auch jemand verletzt werden können. Haben Sie gesehen, wer den Stein geworfen hat?«
»Stein?« Anna Starnitzke lachte unbeholfen auf und schüttelte etwas zu heftig den Kopf dabei. »Wir wissen ja nicht einmal, ob es ein Stein war.« Ihre Stimme wurde mit jedem Wort leiser. Sie sah zu den Gästen hinüber, die sich jedoch angeregt unterhielten. »Es könnte genauso gut etwas anderes gewesen sein. Vielleicht hat der Wind einen Ast durch die Scheibe …« Als sie die zweifelnden Blicke der anderen spürte, senkte sie kurz den Kopf. »Möchten Sie vielleicht etwas trinken?«
»Mama!« Obwohl Josua seiner Mutter gerade bis zur Schulter reichte, konnte jeder im Raum sehen, wer von beiden im Augenblick der Stärkere war. Dieses Kind hatte die Kraft, das auszusprechen, was seine Mutter nicht wahrhaben wollte. »Die Leute hier hassen uns. Sie hassen mich!«
»Ich bitte dich.« Entsetzt hob Anna die Hände. »Das ist doch Unsinn. So was darfst du nicht mal denken. Du …«
Althuis sah zu ihrem Kollegen hinüber. Sie ist verrückt geworden, sagte dieser Blick. Ganz so streng fiel Bergs Urteil über die Wirtin zwar nicht aus, doch auch er konnte mit ihrer Reaktion nicht viel anfangen. Wie konnte eine Mutter so leichtfertig mit dieser Situation umgehen?

»Wenn ich Sie recht verstanden habe, haben Sie also nicht gesehen, wer den Stein geworfen hat«, wandte er sich an Anna.

»Gesehen?« Alle Farbe war aus ihrem Gesicht gewichen. Sie klammerte sich an ihren Sohn. »Ich habe nichts gesehen. Überhaupt nichts. Wir haben alle nichts gesehen, nicht wahr, Josua?«

Der Junge nickte.

Es war eine Geste, die Berg im Inneren weh tat, denn sie glich einem Aufgeben. Trotzdem ermahnte er sich, dass es nicht seine Aufgabe war, die Leute zur Vernunft zu bringen. Wenn Anna Starnitzke darauf bestand, dass niemand das Fenster zerschlagen hatte, konnte er nichts dagegen tun, auch wenn er befürchtete, dass mit diesem Steinwurf die Geschichte noch nicht zu Ende war.

»Dann können wir ja wieder gehen«, erklärte Althuis mit gedehnter Stimme. »Wenn hier überhaupt nichts vorgefallen ist. Nicht wahr?«

Anna Starnitzke bekam rote Ohren, aber sie antwortete nicht.

Berg wollte noch einmal mit Josua sprechen, wollte ihn bitten, seine Mutter zur Vernunft zu bringen, aber Annas Sohn hatte sich bereits der Unterhaltung entzogen. Nur die leise klappernde Küchentür zeugte noch von seinem Verschwinden.

»Und Sie?«, wandte sich Althuis im Vorübergehen an die beiden Gäste. »Auch nichts gesehen?«

Der junge Mann blickte mit vollen Backen auf. Er schüttelte betreten den Kopf und stellte auch sonst seine Unwissenheit zur Schau. Seine Begleiterin stocherte fleißig in ihrem Salat.

»Die Herrschaften sind erst später gekommen«, erklärte Anna Starnitzke.
»Ja, sicher!« Althuis winkte ab und verließ kopfschüttelnd das Restaurant, Johanssen und Berg dicht auf den Fersen.
»Und jetzt?«, wandte sich Johanssen draußen ungeduldig an Althuis. Seine Augen blickten hektisch umher, als würde hinter dem nächsten Busch einer der Übeltäter lauern.
Die Hauptkommissarin zuckte mit den Schultern und stapfte los. »Wer nicht will, der hat schon. Schließlich geht es hier nicht um ein Kapitalverbrechen.«
»Mir gefällt das alles nicht«, sagte Berg und bemühte sich, Schritt zu halten.
Althuis betrachtete ihn mit Unverständnis. »Ich habe nichts von gefallen gesagt. Wenn sie sich nicht helfen lassen will, muss sie eben allein zurechtkommen.«
»Alleine mit zwei Kindern.« Berg senkte den Kopf und seufzte. »Hoffentlich passiert nicht noch was Schlimmeres.«
»Unsinn.« Das war Johanssen. Es war rührend, mit anzusehen, wie der Rentner sich um ein Lächeln bemühte. Dann entschuldigte er sich und schlug einen Umweg ein. Berg ahnte, dass er zum Supermarkt wollte.

»Und, was meinst du dazu?« Althuis saß am Schreibtisch und wühlte in einem Stoß von Papieren herum. Offensichtlich suchte sie irgendetwas.
»Eine seltsame Familie ist das«, erwiderte Berg. »Keiner von ihnen scheint ein Interesse daran zu haben, die Täter zu finden. Die Probleme in der Schule, die Fensterscheibe, es kommt mir vor, als wollten sie am liebsten alles verdrängen.«
Althuis hob die Augenbrauen. »So kommt es mir auch vor«,

sagte sie und fluchte leise, als ein Stapel Papier zu Boden klatschte.

In diesem Moment schrillte die Türglocke. Durch die Milchglastür erkannte Berg Johanssens riesige Silhouette. »Das hat ja nicht lange gedauert.« Er brauchte einige Kraft, um die Tür aufzuhalten. Der Wind schien sich an diesem Tag besondere Mühe zu geben.

Mit hochgeschlagenem Kragen stürzte Johanssen in den Flur. Sein Gesicht war gerötet, die Augen zu Schlitzen verengt.

Berg hatte den gutmütigen Insulaner noch nie so wütend erlebt. »Was ist denn los?«

»Ich will eine Anzeige aufgeben. Man hat mich aufs Übelste beleidigt.«

»Was denn?« Althuis stieß ein schrilles Lachen hervor. »Dich? Beleidigt? Das kann ich gar nicht glauben.«

»Dieser Uhlen.« Johanssen verzog angewidert das Gesicht. »Ich werde mir nie wieder eine CD von dem kaufen. So was Unverschämtes.«

Auch Berg konnte das Lachen nur mit Mühe unterdrücken. Diese Art von Melodrama passte einfach nicht zu seinem Freund.

»Und was hat er so Schreckliches zu dir gesagt?«, fragte Althuis und tätschelte ihm den Rücken, denn weiter konnte sie nicht an ihm hinaufreichen.

»Einen Ochsen hat er mich genannt. Dabei wollte ich bloß ein Autogramm von ihm haben. Einen alten Ochsen. Das *alt* war das Schlimmste!«

»Nun komm mal wieder runter«, meinte Althuis lachend. »Ich könnte mir was Angenehmeres vorstellen, als mich mit den Anwälten eines Prominenten herumzuschlagen. Außerdem nehme ich an, dass er im Moment bloß so unleidig ist, weil seine Alte ihn sitzengelassen hat.« In stillem Triumph betrachtete sie ihre Fingernägel.

»Sie hat ihn wirklich …« Jetzt war Johanssen sprachlos.

»Woher weißt du das?«, wollte Berg wissen.

»Das Auge des Gesetzes sieht alles«, bemerkte Althuis grinsend. »Außerdem hab ich seine Vermieterin beim Einkaufen getroffen. Sie meint, dass er seit gestern nicht mehr derselbe ist. Schleicht dauernd allein durch die Gegend und dann dieses griesgrämige Gesicht. Zu saufen scheint er auch wieder. Die hat sich mit dem Kind davongemacht, jede Wette. Hätte ich schon längst getan, wenn ich sie wäre.« Sie ließ ein gehässiges Glucksen vernehmen.

»Damit hätte ich jetzt nicht gerechnet.« Kopfschüttelnd verzog sich Johanssen in die Küche.

Berg fragte sich, was den Insulaner so aufgebracht hatte. Dass es nur die Beleidigung gewesen war, konnte er sich nicht vorstellen. Offenbar machte seinem Freund die Geschichte mit der Verkäuferin mehr zu schaffen, als er geahnt hatte. Aber jetzt war nicht der richtige Zeitpunkt, um darüber zu sprechen.

Er setzte sich an den Schreibtisch und versuchte, die Briefe zu sortieren, die Althuis vom Tisch geworfen hatte. Es fiel ihm schwer, sich zu konzentrieren. Immer wieder tauchte Josua in seinen Gedanken auf, Josua und seine Mutter, die offenbar überhaupt nicht daran interessiert war, ihre Familie zu schützen.

»Der Einbrecher in Esens wird immer dreister«, brummte Althuis, die gerade ihre Mails geöffnet hatte. Sie beugte sich zum Bildschirm, bis sie ihn beinahe mit der Nase berührte. »Letztes Mal ist sogar das komplette Mobiliar verwüstet worden.« Sie blickte auf und sah zu Berg hinüber. »Hörst du mir überhaupt zu?«

Berg seufzte. In Gedanken war er nach wie vor bei Anna Starnitzke, aber er wollte nicht schon wieder davon anfangen.

»Du machst dir Sorgen wegen des Jungen«, erriet Althuis seine Gedanken.

»Der Angriff auf dem Schulweg, das zerbrochene Fenster, irgendwie ist das alles seltsam. Bleibt nur zu hoffen, dass es sich wirklich um Zufälle handelt. Ich bin mir da aber nicht sicher. Andererseits, warum sollten die Leute hier etwas gegen die Familie haben?«

Im selben Moment kam Johanssen mit dem roten Teetablett aus der Küche zurück, gefolgt von dem schnurrenden Kater.

»Redet ihr von den Starnitzkes?«, fragte er und stellte Zuckerdose, Milchkännchen und Tassen auf der Fensterbank ab.

»Den Alten haben sie jedenfalls in den letzten Jahren vor seinem Tod nicht besucht«, sagte Althuis. Sie kaute an ihrer Unterlippe. »Oder habe ich da was verpasst?«

Johanssen schüttelte langsam und bedächtig den Kopf, als müsse er seine Erzählung vorab in Worte fassen. »Der Schwiegersohn war eine ziemliche Enttäuschung für den alten Herrn«, sagte er und reichte Althuis eine dampfende Tasse. »Nicht nur, dass er zu viel getrunken hat. Onno hatte gehofft, Anna und ihr Mann würden später mal die Wirtschaft übernehmen, stattdessen hat sie sich mit ihrem Vater überworfen und ist einfach weggezogen. Viele Leute haben ihr das übel genommen. Ihr und ihrem Mann. Onno war danach nicht mehr derselbe. Er hat sich zurückgezogen. Erst vor ein paar Monaten kam er wieder aus seinem Schneckenhaus, nachdem er sich der Freien Christengemeinde angeschlossen hatte.«

Berg betrachtete skeptisch die grauen Wolken, die sich draußen am Himmel zeigten. »Na, hör mal, das kann doch nicht alles gewesen sein.«

»War es ja auch nicht. Die Leute waren nicht eben gut auf Onnos Schwiegersohn zu sprechen, aber ein solches Ende hat ihm natürlich keiner gewünscht.«

Althuis rührte sich so viel Sahne in den Tee, dass er überlief. Grunzend leckte sie sich die Finger ab und suchte nach einer Serviette.

»Er ist bei einem Feuer umgekommen«, sagte Berg. »Der Christbaum hatte Feuer gefangen.«

Althuis nickte ihm nachdenklich zu. »Natürlich ist das tragisch. Aber dafür kann man doch niemandem die Schuld geben.«

Berg beobachtete, wie der riesige Insulaner sich die Hände rieb, eine Geste der Unsicherheit, die ihn an Anna Starnitzke erinnerte. »Oh doch. Die Leute reden viel, und manchmal wird am Ende etwas ganz anderes daraus, gerade in kleinen Ortschaften.«

»Da erzählst du uns aber was Neues«, erwiderte Althuis gelangweilt.

Sie mussten eine Weile warten, bis Johanssen sich endlich bequemte, mit seiner Erzählung fortzufahren, aber er hatte offenbar den Faden verloren. Immer wieder erging er sich über Gerüchte im Allgemeinen und solche in kleinen Orten

im Speziellen, bis Berg beinahe die Beherrschung verlor. »Würdest du jetzt mal zur Sache kommen?«
»Es ist der Junge.« Johanssen riss die Augen auf. Er schien entsetzt über seine eigenen Worte. »Der Junge war es, und sie wissen es alle.«
»Wie das denn?« Althuis stand vorsichtig von ihrem Schreibtisch auf, um den Tee nicht noch einmal überschwappen zu lassen. »Josuas Mutter hat gesagt, es war ein Unfall.«
Johanssen räusperte sich und flüsterte dann theatralisch: »Das eben weiß niemand so genau.«
Berg wollte schon zu einer tadelnden Rede über Effekthascherei und üble Gerüchte ansetzen, aber als er Johanssens Gesicht betrachtete, wurde ihm klar, dass der sie keineswegs mit seiner Rede beeindrucken wollte. Erik Johanssen, der ehrlichste Mensch, der ihm jemals über den Weg gelaufen war, gab sich keine Mühe, seinen Worten eine bestimmte Färbung zu verleihen. Er gab die ganze Geschichte so wieder, wie er sie selbst begriffen hatte. »Was sagen denn nun die Leute?«, fragte er deshalb nur.
»Oh, da gibt es verschiedene Versionen«, meinte Johanssen, und er sah aus, als sei ihm all das Gerede persönlich unangenehm. »Offiziell war immer von einem Unfall die Rede, aber einige sind der Meinung, dass der Junge gewisse Neigungen an sich habe ...«
»Erik!« Die Hauptkommissarin kam mit einer drohenden Gebärde auf Johanssen zu, der automatisch einen Schritt zurückwich. »Welche Neigungen, bitte?«
Der Insulaner senkte ein wenig verlegen den Kopf. Es dauerte einen Moment, ehe er antwortete. »Er war einige Zeit in Behandlung, sagt Anna«, erklärte er schließlich mit düste-

rem Blick. »Die Ärzte meinten wohl anfangs, dass er zwanghaft zündeln würde.«

Plötzlich hatte Berg das Gefühl, kaum noch Luft zu bekommen. Der Junge ein Pyromane? Und dazu einer, der ein Menschenleben auf dem Gewissen hatte, das des eigenen Vaters? Es gelang ihm nicht, sich vorzustellen, wie dieses Kind sich fühlen mochte.

Althuis dagegen ging die Sache wesentlich nüchterner an. Mit verschränkten Armen lehnte sie am Schreibtisch, in gebührendem Abstand zu ihrer Tasse, und schüttelte nachdenklich den Kopf. »Anfangs, hast du gesagt?«

Johanssen nickte eifrig. »Es hat sich offenbar nicht bestätigt, oder es konnte zumindest nicht richtig geklärt werden, ob Josua die Wahrheit gesagt hat. Auf jeden Fall streitet er ab, das Feuer absichtlich gelegt zu haben. Aber wie es immer bei solchen Gerüchten ist, irgendwas bleibt hängen. Irgendwer redet, und jeder erfindet noch was dazu, und am Ende glaubt jeder, die Wahrheit zu kennen.« Er verstummte und zog sich in die Küche zurück, wie um sich vor jeder weiteren Diskussion zu schützen.

Ganz recht, dachte Berg, während er zwischen Fenster und Tür hin- und herwanderte. Am Ende glaubt jeder, die ganze Geschichte zu kennen. Damit hatten sie zumindest eine Erklärung, aber was nützte ihnen das? Es lag kein Verbrechen gegen die Starnitzkes vor, das sie hätten aufklären können. Nur ein Streit unter Jugendlichen, eine kaputte Fensterscheibe und eine düstere Ahnung, für die er keine richtige Erklärung liefern konnte.

»Wieland hetzt die Leute auf. Und solange er keine Namen nennt, können wir kaum etwas dagegen unternehmen.«

»Das können wir sowieso nicht«, sagte die Hauptkommissarin.
»Wieso nicht?« Berg blickte sie ratlos an.
»Was willst du tun? Seinen Vorgesetzten anschreiben? Der Mann genießt Unterstützung von allen Seiten. Die Leute besuchen endlich wieder die Gottesdienste, da werden sich die Kirchenoberen doch hüten, den Mann zu maßregeln. Und dieser komische Leibwächter, den er da hat …«
»Leibwächter?«
Althuis nickte ihm zu. Ihre Gesichtszüge waren hart geworden, unnachgiebig. »Rennt ständig hinter dem Pastor her. Wie heißt der Kerl, Thomas?«
Berg überlegte. Immer diese Namen. Endlich fiel es ihm wieder ein. »Barrak. Ein Einzelgänger offenbar. Ich glaube, der wohnt irgendwo Richtung Slurpad. Scheint ein großer Fan von Wieland zu sein.«
»O ja, das passt zu ihm!« Johanssen kam kauend aus der Küche zurück, ein Käsebrot in der Hand. Zum ersten Mal an diesem Tag zeigte sich ein Lächeln auf seinem Gesicht.
»Was ist denn mit dem Mann?«, fragte die Hauptkommissarin ungeduldig, und die Neugier brannte in ihren Augen.
»Nichts weiter«, antwortete Johanssen. »Einfach ein Sonderling. Der war schon als junger Mann ein bisschen seltsam, als Kind hab ich mich immer vor ihm gefürchtet. Aber er hat nie jemandem was getan, soweit ich weiß. War eine Zeitlang auf dem Festland verschwunden.« Er zuckte die Schultern. »Jetzt ist er wieder da.«

Freitag, 26. Oktober

Als sein Handy zu klingeln begann, fühlte sich Berg, als hätte er gerade erst eine halbe Stunde geschlafen. Im Dunkeln tastete er nach dem kleinen Mobiltelefon. Noch halb im Schlaf fragte er sich, wem die tiefe Frauenstimme am anderen Ende der Leitung gehören mochte. Sie klang mehr entrüstet als atemlos. »Ist dort das Polizeirevier Spiekeroog?«
Berg drehte sich stöhnend auf die Seite und rieb sich mit dem Handballen über die Stirn. Das Revier liegt eigentlich noch im Bett, dachte er und antwortete stattdessen mit einem verschlafenen Ja.
»Gut, dass ich Sie erreiche.« Das klang ziemlich gereizt, so, als hätte sie schon die halbe Nacht mit dem Hörer in der Hand dagesessen. »Ich möchte nämlich ein ganz abscheuliches Verbrechen melden.«
Irgendwo in Bergs Hinterkopf entstand die Frage, wie die Dame überhaupt an seine Handynummer gekommen war, doch selbst mit seinem morgenmüden Kopf leuchtete ihm die Logik in Sekundenschnelle ein. Althuis und ihre Rufumleitungsexperimente.
»Wer spricht denn da?«, fragte Berg und setzte sich halb auf, um nach irgendetwas zu suchen, worauf er sich Notizen machen konnte. Das Nächste, was sich fand, war der Rand einer Fernsehzeitschrift. Er fluchte leise, als der Kugelschreiber anfangs nicht funktionierte, und atmete unhörbar auf, als sich die ersten blauen Linien auf dem Papier zeigten.
»Simone Rath. Mit TH. Ich rufe vom Gemeindehaus an.«

Nein, schlussfolgerte Berg und notierte sich den Namen. Die Dame mit TH war nicht in unmittelbarer Gefahr. Alles, was er aus ihrer Stimme heraushörte, war eine mittelmäßige Empörung. »Gut, Frau Rath, dann schildern Sie mir bitte kurz, was passiert ist.«

»Was passiert ist?« Sie schnaufte verächtlich. »Nicht einmal vor einem Gotteshaus machen diese Vandalen halt.«

Berg rutschte der Hörer aus der Hand, er hatte nur die Hälfte verstanden. Hurra, da war sein zweiter Hausschuh. Was hatte die Frau gerade gesagt? Gotteshaus? Vandalen? Ein übler Verdacht stieg in ihm hoch, und der Wecker zeigte gerade mal kurz nach fünf.

»Sie wollen mir nicht erzählen, dass Sie um diese Uhrzeit anrufen, um eine vollgekritzelte Hauswand zu melden, oder?« Die Frage hatte ziemlich scharf geklungen, aber das störte ihn nicht. Manche Leute verstanden sonst nicht, dass die beiden Inselpolizisten nicht ihr Eigentum waren. Am anderen Ende war nur ein erschrockenes Keuchen zu hören. Berg warf einen weiteren frustrierten Blick auf den Wecker, dann beschloss er, sich anzuziehen. An Schlaf war nach diesem morgendlichen Schrecken sowieso nicht mehr zu denken. »Ich komme«, sagte er und schaltete das Gespräch weg.

Draußen war es noch dunkel, nur hin und wieder brannte eine einsame Laterne und tauchte ein Stück der Straße in unwirkliches Licht. Berg lief den Noorderloog hinauf, die Häuser zu beiden Seiten tauchten nur als Schemen vor seinen Augen auf. Am Ende des Tranpad schien es immer dunkler zu werden, er konnte die aufragenden Hauswände kaum noch voneinander unterscheiden. Berg schritt schneller aus, diese Dunkelheit machte ihn noch ganz verrückt. Endlich erreichte er das zweistöckige Gebäude. Mehrere Leute standen vor dem Eingang und unterhielten sich mit gedämpften Stimmen im Schein der Hauslaterne. Gerade kam eine junge Frau mit einem Putzlappen aus dem Haus, an ihrem Handgelenk baumelte eine Plastiktüte. Berg trat auf die Frau zu.

»Thomas Berg von der Polizei«, stellte er sich vor und bemerkte im selben Moment, dass er nur eine Jeanshose und seinen Anorak trug; die Uniform hing in seinem Zimmer. Die frühe Anruferin hatte ihn ganz durcheinandergebracht. »Haben Sie mich angerufen?«

Das Mädchen, denn jetzt konnte er erkennen, dass sie höchstens sechzehn Jahre alt sein konnte, schüttelte den Kopf und trat einen Schritt zur Seite. »Schwester Simone hat angerufen, glaube ich. Sie ist da drin.«

Berg betrachtete verwundert ihre äußere Erscheinung, den knielangen Faltenrock und das Kopftuch. Ein junges Mädchen, dachte er, während er zum Eingang lief. In diesem Aufzug hätte sie in einem Film aus den vierziger Jahren mitspielen können.

Am Seiteneingang entdeckte er Niels Barrak, der sich mit einem hochgewachsenen Mann unterhielt. Wieland. Der Pastor sah auch um diese Zeit würdevoll und gepflegt aus, stellte Berg fest und stopfte sich beiläufig das Hemd tiefer in die Hose. Er entschloss sich, nicht länger nach Schwester Simone zu suchen und sich stattdessen direkt an den Verantwortlichen zu wenden. Er trat Wieland gegenüber und nickte ihm so freundlich zu, wie es ihm um diese Uhrzeit nur möglich war. »Guten Morgen. Ich habe einen Anruf erhalten.«

Wieland unterbrach seine Unterhaltung und blickte Berg bekümmert an. »Jetzt hat es auch das Gemeindehaus erwischt«, sagte er tonlos. »Es tut mir leid, dass Schwester Simone Sie um diese Zeit geweckt hat, ich habe schon mit ihr gesprochen. Sie wird sich noch bei Ihnen entschuldigen.«

Entschuldigen? Nun verstand Berg überhaupt nichts mehr. »Also ist gar nichts passiert?«, wollte er wissen und fragte sich gleichzeitig, was dann all diese Leute hier zu suchen hatten.

Wieland schüttelte den Kopf und öffnete die große Holztür. Von drinnen drang warmes Licht auf die Straße. »Wir haben schon wieder weitgehend Ordnung geschaffen«, erklärte er und trat in den breiten Flur.

Berg folgte ihm, mehr verwirrt als ungehalten. An der rechten Seite hingen an einigen Garderobenhaken mehrere Jacken, in einem Bücherregal standen Gebetbücher in Reih und Glied, wie Soldaten in leuchtend roter Uniform. Der Boden wirkte frisch geputzt, an einigen Stellen glänzten noch Spuren von Feuchtigkeit.

»Ein weiterer Fall von Vandalismus«, sagte Wieland, während er die Tür zu einem größeren Raum öffnete und Berg eintreten ließ. »Natürlich sehr ärgerlich, aber sicherlich kein Grund, morgens um fünf fremden Menschen den Schlaf zu rauben.«

Berg erkannte den Raum wieder, in dem der Gottesdienst stattgefunden hatte. Vorne entdeckte er den Altar, geschmückt mit einer weißen, bestickten Decke, die Stuhlreihen bildeten einen ordentlichen Halbkreis, in der Ecke entdeckte Berg weitere Stapel. Stühle, überall Stühle, so klein schien die Gemeinde jedenfalls nicht zu sein, wenn sie die alle benötigten. Er folgte Wieland durch den Gang zwischen den Stuhlreihen nach vorne. »Ich kann hier keinen Vandalismus erkennen.«

Wieland blickte ihm fest in die Augen. »Ich habe aufräumen lassen. Einige unserer Gemeindemitglieder waren dagegen, aber ich sehe keinen Sinn darin, wegen ein paar zerbrochener Blumenvasen Anzeige zu erstatten. Sehen Sie die Metallplatte dort in der Wand?« Er zeigte auf eine kaum zwanzig Zentimeter große Messingplatte mit einem Schlitz in der Mitte. »Das ist unser Opferstock. Als ich kam, lagen über vierzig Euro darin. Der Täter hat das Geld nicht angerührt.«
Berg betrachtete den Kasten und nickte. »Sie hätten uns trotzdem zuerst nach eventuellen Spuren suchen lassen sollen. Vielleicht hätten wir Hinweise auf den oder die Täter gefunden. So kann ich mir überhaupt kein Bild davon machen, wie es hier vor dem Aufräumen ausgesehen hat.« Er blickte nachdenklich zu Wieland, der ein paar Schritte auf den kleinen Altar zugegangen war und ihm nun den Rücken zuwandte. »Und woher wollen Sie wissen, ob so etwas nicht wieder geschieht? Warum haben Sie nicht gewartet?«
Wieland wandte den Kopf und starrte Berg eine Weile schweigend an; in seinen Augen schien ein Feuer zu brennen. »Ich weiß nicht, ob Sie mich verstehen können, wenn ich es Ihnen erkläre. Dies ist ein Haus Gottes. Es tut mir weh, es in einem solchen Zustand zu sehen. Es tut weh, begreifen Sie das?« Er presste eine Hand gegen die Brust, um ihm zu demonstrieren, wovon er sprach. In der letzten Reihe hatten zwei jüngere Männer Platz genommen. Sie konnten gerade erst hereingekommen sein, Berg zumindest hatte sie nicht bemerkt.
»Hier«, sagte der Pastor und ging zu den beiden hinüber. »Bruder Sören hat Bilder gemacht. Ich mag es eigentlich nicht, wenn in einem Bethaus fotografiert wird, aber …« Er brach ab und überreichte Berg eine Digitalkamera.

Auf dem Display erkannte Berg ein Bild des Raumes, in dem sie sich gerade befanden. Das Foto zeigte ein Stück des Altars. Berg konnte sehen, dass das Tuch nicht dasselbe war wie jetzt. Offenbar hatte irgendwer es halb zu Boden gerissen. Auf dem Boden lagen Scherben. Der Tisch glänzte nass, und eine Flüssigkeit schien seitlich heruntergetropft zu sein. »Was ist das?«, fragte er. Wieland drehte sich um, seine Schultern zuckten.

»Jemand hat …«, hob Bruder Sören an, ein kleiner kräftiger Mann mit Händen wie Schaufeln, die nun unablässig seine wenigen Haare durchkämmten. »Der Täter hat auf den Altar uriniert, vermute ich.« Er senkte den Kopf.

»Sie vermuten?«

»Es roch danach.«

Berg schüttelte erneut den Kopf. Was waren das nur für Leute? Er durchquerte den Raum und ging die beiden Stufen zum Altar hinauf, hob vorsichtig eine Ecke der weißen Decke an. Ein angenehmer Zitronenduft schlug ihm entgegen. Natürlich, sie hatten sauber gemacht, und dabei waren sie gründlich vorgegangen.

»Ist die Tür zum Gemeindehaus nachts abgeschlossen?«, wollte er vom Pastor wissen.

»Natürlich, meist schließe ich gegen achtzehn Uhr ab, manchmal macht das auch meine Frau.«

»Und heute hatten Sie zugeschlossen?«

»Das weiß ich genau.«

Berg seufzte, das erweiterte das Ereignis um eine Dimension. »Also hat der Täter zuerst die Tür aufgebrochen?« Er sah in die betretenen Gesichter der drei Männer.

Der jüngere Mann, der neben Bruder Sören saß, erhob sich und begann, ziellos den Raum zu durchqueren. Ihm schien

die ganze Sache mehr als unangenehm zu sein. »Ich habe vor ein paar Wochen meinen Schlüssel verloren«, gestand er mit gesenktem Kopf. »Vielleicht ist er mir ja auch gestohlen worden. Auf jeden Fall ist er seitdem nicht wieder aufgetaucht.«
Berg blickte ihn nachdenklich an. Der Mann, der kaum dem Teenageralter entwachsen war, tat ihm leid, wie er da stand, den Blick zu Boden gerichtet. Die dunkelblonden Haare hingen ihm, im Gegensatz zu den übrigen Gemeindemitgliedern, verschwitzt in die Stirn, und unter seinen Augen zeigten sich die Schatten einer viel zu kurzen Nacht.
»Der Täter hat also aufgeschlossen?«, fragte Berg leise.
In diesem Moment flog die Tür auf, und Barrak stürmte herein. Seine Augen funkelten, während er Berg scharf musterte und sich dann neben dem Pastor postierte.
»Immer noch da, der Herr Hauptkommissar?«, stellte er mit einem zynischen Lächeln fest.
Wieland wollte etwas entgegnen, doch Berg ließ ihn nicht zu Wort kommen. »Guten Morgen«, sagte er freundlich, in der Hoffnung, der Mann möge sich schnell wieder beruhigen. Dann wandte er sich an Wieland. »Wer besitzt denn alles einen Schlüssel für das Gemeindehaus?«
Wieland überlegte kurz. »Einen hatte Bruder Marvin für den Jugendkreis.« Er nickte zu dem dunkelblonden jungen Mann hinüber. »Einen Schwester Bianca. Sie ist für die Dekoration der Räume zuständig. Sie war es auch, die die ganze Bescherung entdeckt hat. Bleiben noch Bruder Niels und ich natürlich.«
»Vier also insgesamt.«
»Vier«, bestätigte Wieland. Er wirkte abwesend, so, als würde er am liebsten in seine Wohnung gehen und die anderen mitsamt ihren Problemen sich selbst überlassen.

Das ging Berg nicht viel anders. »Ich würde gerne die Kamera mitnehmen, um die Fotos zu sichern.«
Bruder Sören reichte ihm das Gerät. Berg fragte sich, ob diese Leute wohl auch Nachnamen besaßen. Nochmals ließ er den Blick über die betretenen Gesichter wandern. Sicher, er kannte einige von ihnen vom Sehen; die junge Frau mit der Kehrschaufel arbeitete in dem kleinen Schuhgeschäft im Wittdün, und dieser Marvin war ihm schon Dutzende Male auf seinem Weg zur Arbeit über den Weg gelaufen. Trotzdem wirkten sie hier ein wenig fremdartig auf ihn. Aber vielleicht bin ich da auch einfach zu verbohrt, überlegte Berg, während er die Kamera in seine Jackentasche gleiten ließ. Vielleicht sind das einfach Menschen, die versuchen, ein anständiges Leben zu führen. Ein anständigeres als die meisten von uns.
Genau in diesem Moment trat Barrak vor. »Sie sollten etwas unternehmen«, sagte er mit einem gefährlich klingenden Unterton in der Stimme.
Berg hob den Kopf, um dem hageren Mann direkt in die Augen zu sehen. »Keine Sorge. Delikte wie dieses hier werden meistens aufgeklärt, und gerade in einem kleinen Ort sehe ich da gute Chancen. Man ist einfach nie allein.«
»So, Chancen sehen Sie also.« Offenbar war Barrak mit dieser Aussage ganz und gar nicht zufrieden. »Schwester Christa hat auch gehofft, sie würden den Schuldigen finden, aber bis jetzt tut die Polizei scheinbar überhaupt nichts, soweit ich das sehen kann.«
Berg brauchte einen Moment, um die Worte zu begreifen. »Sprechen Sie von Frau Garst?« Er sah die alte Frau vor sich, an deren Hauswand die erste Kritzelei aufgetaucht war.

»Ach!« Barrak machte eine wegwerfende Handbewegung. »Wir sind euch doch vollkommen egal. Da muss immer erst was Richtiges passieren, bis ihr euch mal freiwillig bewegt.« Wieland wollte etwas einwenden, aber in Bergs Hirn hatte es bereits zu rotieren begonnen. »Und die Assels gehören auch zu Ihrer Gemeinschaft, nicht wahr?«
»Allerdings«, bekräftigte Barrak. »Und sie sind ganz und gar nicht gut auf die Polizei zu sprechen, das können Sie mir glauben. Aber wie ich schon sagte, ihr glaubt nicht und ihr wisst nicht, ihr gehört zur falschen Seite. Kein Wunder, dass uns niemand hilft, wenn sogar die Polizei im Trüben fischt.«
»Was meinen Sie damit?« Langsam reichte es Berg. Er hatte erwartet, dass zumindest Wieland oder einer der anderen einschreiten und Barrak zum Schweigen bringen würde. Doch trotz der anfänglichen Freundlichkeit schien niemand der Anwesenden etwas dagegen zu haben, auf welche Art der Alte seiner Empörung Luft machte. Barrak bedachte ihn mit einem freudlosen Lächeln, gab jedoch keine Antwort. Ohne ein weiteres Wort verließ er den Raum so plötzlich, wie er gekommen war.
Berg schluckte seine Wut hinunter und seufzte. Vielleicht war es besser so.

Auf dem Weg in den Wüppspoor kam ihm ein älterer Mann auf dem Fahrrad entgegen. Auch wenn er die Mütze tief ins Gesicht gezogen hatte, erkannte Berg den Notarzt sofort. Er winkte Nürnberger zu und trat einen Schritt zur Seite, als der Doktor vor ihm zum Stehen kam. Noch bevor Berg den Mund aufgemacht hatte, schien Nürnberger seine Gedanken erraten zu haben.

»Sie wollen bestimmt wissen, wie es Frau Petrell geht«, sagte er und starrte auf den Lenker seiner Rennmaschine, wie Althuis das uralte Gefährt liebevoll bezeichnete.
»Wird sie wieder nach Hause kommen?«
Nürnberger lächelte gequält. »Normalerweise würde ich Ihnen jetzt erzählen, dass Knochenbrüche in diesem Alter nicht mehr gut verheilen, aber …«
»Aber?«
»Es handelt sich hier um Frau Petrell, das sollten wir nicht vergessen. Die Dame ist zäh.«
»Sie meinen also …« Berg spürte, wie ihm ein Stein vom Herzen fiel.
»Oh, das müsste mit dem Teufel zugehen.« Nürnberger grinste verzückt. »Als ich sie vorgestern besucht habe, war sie jedenfalls beneidenswert fit.« Mit einem Knacken streckte der Arzt die Wirbelsäule durch und rückte seine Mütze gerade. »Aber auch eine Elvira Petrell würde sich sicher über jemanden freuen, der ihr in den nächsten Wochen ein wenig zur Hand geht.«
»Ich danke Ihnen.« Erleichtert machte Berg sich auf den Weg zum Revier. Er war froh, dass er seiner Kollegin nichts von seinen Befürchtungen erzählt hatte. Althuis hätte sich wahrscheinlich nur über ihn lustig gemacht. Er sollte lieber einen Blumenstrauß kaufen und Frau Petrell einen Besuch abstatten, anstatt sich ständig Sorgen um seine eigene Situation zu machen.

Freitag, 26. Oktober, vormittags

Die Nummer kenne ich doch?« Althuis beugte sich kopfschüttelnd über das Telefon und hob den Hörer ab. Berg nahm ihr den Napf mit dem Trockenfutter aus der Hand und stellte ihn in den Flur. Der General schoss laut maunzend zwischen seinen Beinen hindurch und hätte ihn beinahe zu Fall gebracht. Berg schüttelte den Kopf und schaute dem Kater einen Moment beim Fressen zu. Er war müde. Erschrocken fuhr er zusammen, als sich die Stimme der Hauptkommissarin im nächsten Moment plötzlich hob.

»Was denn? Und wie viele sind es jetzt?«

»Ist was passiert?«, erkundigte er sich, doch Althuis schnitt ihm das Wort mit einer einzigen Geste ab.

»Nein, bleiben Sie einfach im Haus. Wir sind gleich da.«

Nachdem sie aufgelegt hatte, fragte sie: »Weißt du, wo Erik steckt?«

Berg schüttelte den Kopf. »Wer war das denn jetzt?« Er zeigte auf den Telefonapparat, während Althuis nach ihrer Jacke griff.

»Schade.« Mit schnellen Schritten ging sie zum Schlüsselbrett, um ihren Fahrradschlüssel zu holen. »Nun beeil dich, wir müssen zum Anker. Da gibt es anscheinend Probleme.«

Eigentlich wollte Berg noch mehr Fragen stellen, aber die Hauptkommissarin war schon zur Tür hinaus. Wenn es darauf ankam, konnte Althuis erstaunlich schnell sein.

Der kalte Wind pfiff ihm um die Ohren, während er seiner Kollegin in halsbrecherischem Tempo durch die schmalen

Straßen folgte. Nur das Blaulicht auf dem Gepäckträger fehlt, dachte Berg und rutschte beinahe aus, als er um eine schmale Ecke bog. Einmal wandte Althuis den Kopf und rief ihm etwas zu, doch er konnte sie nicht verstehen. Er würde früh genug sehen, welcher Art die Probleme waren.

Berg hatte sich schon gefragt, weshalb Althuis nicht den direkten Weg durch den Achter d'Diek genommen hatte, aber inzwischen war ihm klargeworden, dass sie zur Rückseite des Hauses wollte. Auf dem kleinen Platz hinter dem Anker hatten sich mindestens zwanzig Menschen versammelt, darunter viele Jugendliche, zweifellos Mitglieder von Wielands Gemeinde. Ganz vorne an der Tür bemerkte Berg zwei Männer, die ihn abwartend ansahen. Einer von ihnen war Niels Barrak.

»Kommen Sie endlich raus!«, rief ein Junge in einer roten Windjacke und klopfte mit der Faust gegen den Hintereingang, der direkt zu Annas Wohnung führte. Hinter der Fensterscheibe sah Berg, wie sich die Gardine leicht bewegte. Für einen Augenblick wurde ein blasses Gesicht dahinter sichtbar, war jedoch sofort wieder verschwunden. Das war alles, was er von den Starnitzkes zu sehen bekam.

»Guten Tag, die Herrschaften«, durchschnitt Althuis' Stimme das allgemeine Gemurmel. »Darf ich fragen, welchen Zweck ihr mit eurem Besuch verfolgt?«

Der vielleicht fünfzehnjährige Junge warf der Polizistin einen abschätzigen Blick zu und gab sich ansonsten Mühe, sie zu ignorieren. Stattdessen klopfte er erneut gegen die Tür, diesmal so fest, dass das Holz erzitterte. Andere wirkten nicht so überzeugt wie er.

»Man wird doch wohl noch mal reden dürfen«, hörte Berg die Stimme einer jungen Frau. Weiter hinten versuchten zwei Halbwüchsige bereits, den Hof unauffällig zu verlassen.

Jetzt dämmerte es Berg, weshalb ihn seine Kollegin nach Johanssen gefragt hatte. Für solche Fälle war der Insulaner in der Tat wie geschaffen. Schon des Öfteren hatte sich Berg darüber gewundert, wie der Mann es fertigbrachte, Streithähnen mit wenigen Worten den Wind aus den Segeln zu nehmen. »Was wollt ihr denn von Frau Starnitzke?«, wandte er sich an den Jungen in Rot.

In dem pausbäckigen Gesicht las er Angriffslust und Erregung gleichermaßen. Obwohl der Jugendliche sich nicht vom Fleck bewegt hatte, schnaufte er wie nach einem sportlichen Wettkampf. »Können Sie sich das nicht denken?«

»Können wir nicht.« Berg zwang sich, geduldig zu bleiben. Noch war ein hartes Durchgreifen nicht erforderlich.

Plötzlich teilte sich die Gruppe, um einen weiteren Mann durchzulassen. Es handelte sich um Herrn Assel, an dessen Hauswand noch vor einigen Tagen jemand seine Nachricht hinterlassen hatte. »Nun mal langsam.«

Berg spürte, wie sich augenblicklich die Wut in ihm regte. Er hatte die Art nicht gemocht, mit der ihn dieser Mann vor ein paar Tagen hinauskomplimentiert hatte, und er mochte sie auch jetzt nicht. Die Art und Weise, wie Assel ihn betrachtete, so als wäre er ein lästiges Insekt. Mit Unbehagen registrierte Berg, wie der Mann, der ihn um ein ganzes Stück überragte, näher kam. Alle Köpfe drehten sich ihm zu, und auf den Gesichtern der Jugendlichen zeichnete sich eine stille Befriedigung ab. Althuis' Miene blieb ausdruckslos, doch in ihren Augen erkannte Berg dieselbe Anspannung.

»Wir wollen nur reden, sonst nichts«, erklärte der Mann und blickte sich um Zustimmung heischend bei seinen jungen Begleitern um. »Stimmt's, Jungs?«
Ein erfreutes Gemurmel erhob sich.
»Und worüber?«, mischte sich Althuis ein. Sie musste sich recken, um zwischen den hochgewachsenen jungen Leuten überhaupt bemerkt zu werden.
Der Junge in der roten Jacke reckte das Kinn und bedachte auch die Hauptkommissarin mit einem abschätzigen Blick. »Vielleicht sollten Sie das die da drinnen mal fragen.«
Althuis spitzte wenig amüsiert die Lippen. »Ich frage aber diesen Herrn hier.« Sie zeigte auf Assel, der noch immer bewegungslos neben Berg stand, eine Hand lässig in die Hosentasche geschoben. »Und ich hoffe, ich bekomme bald eine Antwort.«
Noch einmal erhob sich ein unzufriedenes Gemurmel unter den Anwesenden, das sofort verstummte, als sie dem Blick des Mannes begegneten. Seine Augen schienen Funken zu sprühen, gleichzeitig verzog er die dünnen Lippen zu einem nachsichtigen Lächeln, als hätte er es mit zurückgebliebenen Kindern zu tun. Auch Berg hielt den Atem an. Die ganze Situation erschien ihm skurril, er konnte nicht einschätzen, wie die Leute reagieren würden. Er hielt es auf jeden Fall für besser, sie nicht unnötig zu reizen.
»Was ist denn jetzt?«, fragte Althuis, die seine Bedenken nicht zu teilen schien. Sie drängte sich durch die Gruppe von Jugendlichen zum Eingang des Hauses hinüber, bis sie Herrn Assel direkt gegenüberstand. Erneut sah Berg drinnen ein Gesicht hinter der Gardine auftauchen, das sofort wieder verschwunden war.

»Wir sind friedliche Menschen«, behauptete der Mann und nickte dazu, als müsse er sie mit Gewalt von der Wahrheit dieser Aussage überzeugen. »Wir haben nie jemandem etwas zuleide getan. Aber auch wir müssen uns nicht alles gefallen lassen. Wenn Mitglieder unserer Gemeinde angegriffen werden, muss es erlaubt sein, zumindest darüber zu reden.«
Berg glaubte nicht, dass das auch nur die halbe Wahrheit war. Die Stimmung war, als sie eingetroffen waren, mehr als feindselig gewesen, und sie war es noch, obwohl sich nun auf manchen der jungen Gesichter Angst und Unentschlossenheit abzeichneten. Es fehlten nur noch die Mistgabeln und Fackeln.
»Und da müssen Sie gleich den ganzen Kindergarten mitschleppen?«, erkundigte sich Althuis mit einem Stirnrunzeln.
Augenblicklich erhob sich lautes Protestgemurmel, und Berg verwünschte seine Kollegin. Musste sie diese Meute ausgerechnet jetzt provozieren?
»Was haben diese Leute denn getan?«, wandte sich Berg an den Mann und deutete auf das Fenster, wo erneut eine schwache Bewegung sichtbar wurde.
Assels Lächeln war verschwunden. Von einem Moment auf den anderen gelang es ihm nicht mehr, seine Wut zu verbergen. »Es geht um den Jungen, und Sie wissen es ganz genau. Er bringt dieser Insel nur Unglück. Uns allen. Und die Polizei weiß Bescheid.«
Plötzlich drängte sich Barrak zwischen sie. Er wandte sich wie ein Prediger seinen Anhängern zu und hob beschwörend die Arme zum Himmel. »Die Polizei ist auf der Seite des Bösen. Weil sie blind sind. Die Welt sieht nicht, was da

über uns kommt, sie will es nicht sehen, ihre Augen sind verblendet.«

Berg starrte den Kerl fassungslos an. Offenbar verstanden diese Leute nur ihre eigene Sprache. »Wenn Sie etwas gegen die Familie Starnitzke vorzubringen haben, hätten Sie zu uns aufs Revier kommen sollen«, erklärte er und bemühte sich, dabei möglichst gelassen auszusehen. In ihm gluckerte das Lachen, das konnte alles nicht wahr sein. Waren die alle verrückt geworden?

Aus heiterem Himmel begann es zu regnen. Einzelne große Tropfen, die unter anderen Umständen wohl schnell dafür gesorgt hätten, dass sich die Gesellschaft auflöste, doch niemand schien sich vorzeitig verabschieden zu wollen. Niemand schien den Regen überhaupt wahrzunehmen.

»Sie reden von den Sachbeschädigungen und von dem Brand im Hühnerstall?«, wollte Althuis wissen und schüttelte hektisch den Kopf. »Oder von der Sache im Gemeindehaus? Hören Sie, wenn Sie wissen, wer dahintersteckt, sollten Sie es uns sagen. Wir haben andere Möglichkeiten, in solchen Fällen vorzugehen.«

O ja, dachte Berg, die haben wir. Er war sich nur nicht sicher, ob sich die Leute mit diesen Möglichkeiten zufriedengeben würden. Warum gingen all diese Menschen nicht einfach nach Hause?

»Was ist denn mit Ihrer vielgepriesenen Nächstenliebe?«, hörte er Althuis die Stimme erheben. »Die gilt hier wohl nicht, was?«

Barrak starrte weiterhin zu Berg hinüber. Vielleicht war er es nicht gewohnt, sich von einer Frau kritisieren zu lassen. »Hören Sie«, sagte er und riss beschwörend die Augen auf.

»Sie glauben, diese Leute da drin beschützen zu müssen. Das ist Ihr Job. Aber Sie erkennen die Wahrheit nicht. Sie stehen auf der falschen Seite, und wenn Sie es erkennen, ist es vielleicht zu spät. Dieser Junge ist nicht unser Nächster. Er hat seinen eigenen Vater getötet. Sie sagen, es war ein Unfall, sie sagen, er hat es nicht gewollt, aber wissen wir das wirklich? Ich sage Ihnen, diese Familie hat Unheil auf unsere Insel gebracht, und Sie verlangen, dass wir zusehen sollen, wie sie alles zerstören, was die Menschen sich hier aufgebaut haben? Wie Sie wollen.« Seine Augen wurden schmal. »Aber beschweren Sie sich hinterher nicht, warum niemand etwas getan hat. Wer weiß, wer als Nächstes brennen wird?« Sein Gesicht wirkte verschlossen, mit düsterem Blick betrachtete er seine Schäfchen. »Gehen wir.«
Kopfschüttelnd sah Berg zu, wie die jungen Leute sich auf den Rückweg machten, gefolgt von den wenigen Erwachsenen. Berg wollte noch etwas sagen, aber ihm fiel nichts ein. Nur der junge Mann in der roten Windjacke hatte sich noch einmal zu ihm umgedreht – voller Abscheu.
Er atmete tief durch, doch wirklich erleichtert war er nicht.
»Was denkst du, hätten die getan, wenn wir nicht gekommen wären?«
»Schwer zu sagen.« Althuis schüttelte sich eine Portion Wasser aus dem Kragen. »Für mich sah es nach einem deutlichen Einschüchterungsversuch aus. Warum hätten sie sonst ihre ganzen Schäfchen mitbringen sollen?«
»Ja, aber warum war Wieland nicht dabei? Ob er überhaupt davon gewusst hat, dass sie hierherkommen würden?«
Althuis blickte ihn einen Moment lang unsicher an, dann trat sie zur Eingangstür und drückte die Klingel. Als sich

nichts tat, ging sie zu dem Fenster hinüber, hinter dem sie Anna Starnitzke vermutete. »Sie sind weg!«, rief sie mit ihrer heiseren Stimme, die sich jetzt beinahe überschlug. Offenbar machte sich auch die Hauptkommissarin mehr Sorgen, als man ihr ansah.

Von drinnen näherten sich leise Schritte, dann wurde die Tür aufgezogen. Anna Starnitzkes Gesicht erschien in dem Spalt, und sie sah aus, als hätte sie geweint. »Alles in Ordnung?« Sie schaute von einem zum anderen.

»Sie sind weg«, wiederholte Berg und versuchte, im Dunkel des Flurs die Kinder auszumachen, aber sie waren nicht zu sehen. »Können wir einen Moment reinkommen?«

»Sicher.«

Anstatt den dunklen Gastraum zu betreten, führte Anna die beiden Polizisten in ihre Wohnung. In einer kleinen, altmodisch eingerichteten Küche nahm Althuis auf der Eckbank Platz. Berg hatte nicht die Ruhe, sich zu setzen. »Können Sie uns erklären, wie das alles angefangen hat?«, fragte er und stellte sich neben den Kühlschrank, um nicht im Weg zu stehen.

Diesmal machte Anna keine Anstalten, ihnen etwas zu trinken anzubieten. Sie schien noch immer vollkommen überwältigt von dem vergangenen Ereignis. »War es dumm von mir, anzurufen?«, meinte sie schließlich, anstatt auf seine Frage einzugehen.

Althuis schüttelte entgeistert den Kopf. »Weshalb sollte es dumm gewesen sein? Sie haben sich bedroht gefühlt, oder nicht? Das hätte ich auch an Ihrer Stelle.«

Anna nestelte an einer Bernsteinkette, die sie um den Hals trug. »Sie wollten nicht reden«, sagte sie schließlich mit fester Stimme. »Ich weiß nicht, was sie getan hätten, wie weit sie gegangen wären, aber zum Reden sind sie nicht hergekommen.«

Hinter ihr öffnete sich die Küchentür. Josua kam herein, seine Schwester an der Hand. Das Kind wirkte als Einzige nicht verängstigt, nur ein wenig erregt. Mit roten Bäckchen stolperte Ria auf ihre Mutter zu, ließ die Polizisten dabei jedoch keinen Moment aus den Augen. Berg winkte ihr vorsichtig zu und erntete ein winziges Lächeln. Er wandte sich Rias Bruder zu. »Alles klar bei dir?«

Josua nickte, er setzte sich auf die andere Seite der Eckbank, so weit weg von Althuis, als litte sie an einer ansteckenden Krankheit, und begann, am Spitzenbesatz der Tischdecke zu zupfen.

»Was wollten die Leute denn von dir?«, fragte Berg.

Der Junge hob langsam die Schultern, seine Unterlippe schob sich ein Stück nach vorn.

Althuis trommelte ungehalten mit den Fingerspitzen auf der Tischplatte. »Du hast also keine Ahnung. Und du kennst auch keinen von diesen Leuten, hab ich recht? Lauter Unbekannte, die es plötzlich auf dich abgesehen haben.« Sie schnaufte laut auf.

Josua war zusammengezuckt. Berg befürchtete schon, dass sie nun überhaupt keine Antwort mehr bekommen würden, doch schließlich hob der Junge den Kopf. Er sah zu seiner Mutter auf, die bleich neben Berg stand und mit einer Hand ein Papiertaschentuch zerknüllte. »Ein paar von ihnen gehen auf meine Schule.«

»Kunststück.« Althuis schien nicht zufrieden. »Da wir hier ja auch so viele Schulen haben.«

»Du weißt also auch nicht, was die Leute von euch wollten?«, mischte sich Berg ein.
Josua spielte weiter an der Tischdecke herum. Eine Antwort gab er nicht.
»Mama«, piepste Ria, und Anna hob die Kleine zu sich hoch. Mit abwesendem Blick begann sie, das Kind in ihren Armen zu wiegen.
Der Regen draußen war stärker geworden. Das Wasser klatschte gegen die Fensterscheibe.
Berg beschloss, nicht länger zu warten. »Sie denken, du warst heute Nacht in ihrem Gemeindehaus.«
»Wie bitte?« Anna Starnitzke sah ihn fassungslos an. »Entschuldigung, aber das ist doch Blödsinn. Josua ist dreizehn, er liegt nachts in seinem Bett. Und was hätte er überhaupt dort machen sollen? Wir waren nicht mehr in einer Kirche, seit …«
Berg überging ihren Einwurf. »Du warst also heute Nacht zu Hause?«
»Natürlich.«
»Und mit den Schmierereien an den Hauswänden hast du auch nichts zu tun? Mit dem Brand in Dierks Hühnerstall? Oder mit dieser Briefkastengeschichte?«
»Was für ein Briefkasten?« In Josuas Augen stieg kindlicher Trotz auf. »Ich weiß überhaupt nicht, wovon Sie reden.«
»Und was denkst du, weshalb diese Menschen dann glauben, dass du dahintersteckst?«, wollte Althuis wissen.
Anna setzte die Kleine ab und ging zu ihrem Sohn hinüber, fasste ihn an den Schultern, was er sich widerstrebend gefallen ließ. »Sie sehen doch, dass er es nicht weiß. Das sind lauter Verrückte, die haben sich irgendwas in den Kopf ge-

setzt, und jetzt glauben sie daran. Mein Vater war auch so ...« Sie brach ab, als habe sie soeben verbotenes Terrain betreten.

Berg horchte auf. »Was war mit Ihrem Vater?«

»Nichts, er war nur ein wenig stur. Das ist alles.«

»Na fein«, murmelte Althuis und erhob sich schwerfällig von der Eckbank. »Anscheinend muss erst etwas passieren, bevor Sie uns die Wahrheit sagen. Aber Sie müssen es ja am besten wissen, nicht wahr?«

Annas Augen wirkten starr, die Haut auf den Wangen war kalkweiß. »Glauben Sie nicht, ich würde alles tun, um meine Kinder zu schützen, wenn ich nur wüsste, wie ich das anstellen soll?«, fragte sie tonlos. »Am liebsten würden wir sofort unsere Koffer packen und diese Insel wieder verlassen. Aber das hier ist alles, was wir besitzen, und wir werden es uns nicht von ein paar Fanatikern zerstören lassen.«

Sie ballte die Fäuste, doch Berg kam es wie ein schlechtes Schauspiel vor. Das Gesicht der jungen Frau zeigte keine Regung, mit hängenden Schultern stand sie da und schwieg alles, was sie wissen mochte, in sich hinein.

»Na denn.« Althuis stöhnte und bog den Rücken durch. »Dann wollen wir mal wieder.«

Unzufrieden mit dem Ergebnis ihres Gespräches folgte Berg ihr durch den dunklen Flur.

Auf dem Rückweg blieb ihnen nichts anderes übrig, als die Räder zu schieben. Der starke Regen hatte nur wenige Minuten gebraucht, um den Boden aufzuweichen, und auf der Straße weigerte Althuis sich vehement, aufzusteigen, weil sie kaum etwas sehen konnte. Berg gab ihr recht, wenn er schon

Probleme mit der Sicht hatte, musste der Regenschleier für einen Brillenträger geradezu undurchdringlich sein.

Die Straßen waren menschenleer, und eine eigenartige Stille lag über der ganzen Insel, nur das Prasseln der Tropfen war zu hören.

Dann bemerkte Berg doch jemanden. In dem Pavillon am Rathaus saß eine Gestalt in nachdenklicher Pose, die Ellbogen auf die Knie gestützt. Als die beiden Polizisten vorbeikamen, hob sie kurz den Kopf, und Berg erkannte ein junges Mädchen mit langen schwarzen Haaren. Er glaubte, Tränen auf ihren Wangen zu sehen, aber der Augenblick war zu kurz, als dass er sich sicher sein konnte.

Erst vor dem Revier fiel ihm ein, wo er das Mädchen schon einmal gesehen hatte. Sie war mit Daniel, Wielands älterem Sohn, zusammen gewesen, hatte ihn auf den Mund geküsst. Aber warum hatte sie geweint? Vielleicht hatte sie Streit mit ihren Eltern gehabt, vielleicht Liebeskummer.

Seine Zähne schlugen unkontrolliert aufeinander, er sehnte sich nach einer Tasse Tee und einer Wolldecke. Althuis brauchte scheinbar ewig, um die Tür in die rettende Wärme aufzuschließen. Er lehnte das Rad an die Wand, hastete die drei Stufen hinauf. Nichts wie raus aus diesem Wetter. Mit klammen Fingern schaltete er die Heizung höher, während Althuis nach oben ging, um ein Handtuch zu holen.

Das Mädchen im Pavillon hatte er längst vergessen.

Freitag, 26. Oktober, abends

Obwohl es nach dem Regenguss vom Vormittag trocken geblieben war, trug Berg auf dem Heimweg den Schirm wie eine Waffe unter dem Arm. Noch einmal wollte er so einen Wolkenbruch nicht unvorbereitet erleben.

Nachdem er sein Zimmer ein wenig aufgeräumt hatte, setzte er sich mit einer Dose Thunfisch vor den kleinen Fernseher, doch er konnte sich nicht einmal auf die Nachrichten konzentrieren. Wieder und wieder gingen ihm die Ereignisse des Tages durch den Kopf. Was war in diese Leute gefahren, und was hatten sie vorgehabt, hätte ihnen Anna Starnitzke die Tür geöffnet? Vielleicht wäre es zu einem Streit gekommen, vielleicht wäre überhaupt nichts passiert. Dass jemand aus Wielands Gemeinde wirklich handgreiflich werden würde, konnte er sich nicht vorstellen. Aber Althuis schien das anders zu sehen. Die Sorgenfalten auf ihrer Stirn waren ihm besonders tief erschienen, als sie ihn an die kaputte Fensterscheibe und Josuas Verletzungen erinnert hatte. Doch davon ließ sich nicht auf das Verhalten der Gruppe im Gesamten schließen. Wenn sie jetzt die Kollegen in Aurich informierten, würden sie sicherlich kein Verständnis ernten.

Er kratzte die letzten Reste aus der Thunfischdose und überlegte, ob er noch einmal hinuntergehen und die leere Dose in den Abfall werfen sollte, entschied sich aber trotz des durchdringenden Geruchs dagegen. Er war müde, und seit Frau Petrell in der Klinik lag, fühlte er sich wie ein Eindringling, wenn er ihre Küche betrat. Er knipste das Licht aus, schlug im Dunkeln die Wolldecke zurück und ließ sich endlich ins Bett fallen.

Die Melodie war nicht wirklich laut, aber sie hörte einfach nicht auf. Berg hob den Kopf und tastete nach seinem Wecker. Dann wurde ihm klar, dass sein Handy klingelte. Sein Handy, das nicht an seinem Platz auf dem Nachttisch lag, weil er vergessen hatte, es am Vorabend aus der Jackentasche zu holen. Schlagartig fiel ihm der Anruf vom Vortag ein, die gehetzte Stimme der Frau, die von der Verwüstung des Gemeindehauses berichtet hatte. Berg schaltete die Nachttischlampe an und tappte barfüßig zum Sessel hinüber, über dem seine Jacke hing. Sein Blick streifte den Wecker, der ihm verriet, dass ihm eigentlich noch beinahe sechs Stunden Schlaf zustanden. Mit heiserer Stimme meldete er sich.
Es war Althuis, und sie klang für diese Uhrzeit bemerkenswert ausgeschlafen. »Eine Schweinerei ist das!«, brüllte die Hauptkommissarin gerade so laut, dass Berg sich das Handy erschrocken vom Ohr riss. Er war nicht einmal sicher, ob sie überhaupt mit ihm redete oder mit jemand anderem, der, zu Recht oder zu Unrecht, anscheinend ihren Zorn erregt hatte.
»Was ist denn?«, fragte Berg und erhielt als Antwort ein verhaltenes Stöhnen. Im Hintergrund raschelte etwas wie Stoff, und Berg musste sofort an die junge Frau mit dem Putzlappen denken, die ihm vor dem Gemeindehaus entgegengekommen war. Er fragte sich, was Althuis da trieb und warum sie ihn überhaupt angerufen hatte, wenn sie nicht gewillt war, mit ihm zu sprechen. »Freda? Bist du noch da?«

Keine Antwort. Oder besser gesagt keine zufriedenstellende, denn er konnte die Hauptkommissarin aus der Ferne fluchen hören, dann knackte es eine Weile in der Leitung.
»Kannst du kommen?«, fragte Althuis, ohne auf seine Frage einzugehen. »Diese verdammten Spinner.« Mehr sagte sie nicht, aber es genügte, um Berg zur Eile anzutreiben.

Er sah die drei Schatten vor dem Revier schon von weitem und beschleunigte seine Schritte. Er hörte sie rufen, lachen, doch gleichzeitig schienen sie es auch eilig zu haben. Dann sah er die Bescherung.
Auf den Stufen vor dem Eingang lagen zerbrochene Eierschalen, selbst das Rosenbäumchen, das Johanssen mit so viel Mühe vor dem Mehltau gerettet hatte, war mit Eigelb verschmiert. An der Hauswand, dem Fenster und der Milchglastür klebten jede Menge zerplatzte Tomaten, und schon wieder hob einer der Täter, deren Gesichter Berg bei diesem Licht nicht erkennen konnte, den Arm, um etwas gegen die Wand zu werfen.
»Schluss jetzt!«, rief Berg.
Der Täter drehte sich zu ihm um, Berg sah in schreckgeweitete Augen, dann verflog der Schreck so schnell, wie er gekommen war, und machte einem bösartigen Grinsen Platz.
Der Schmerz war nicht wirklich stark, aber er kam so plötzlich, dass er Berg beinahe die Tränen in die Augen trieb, dann spürte er, wie ihm Eigelb über die Stirn lief.
»Cool!«, brüllte eine ziemlich junge und ziemlich aggressive Stimme, und das gab den Ausschlag.
Berg stieß einen Wutschrei aus, wie er ihn selbst noch nie irgendwo gehört hatte. Er rannte, bereit, die Kerle um die ganze Insel zu jagen. Aber seine drei Widersacher waren

schneller als er, vermutlich auch jünger. Plötzlich fuhr ihm ein scharfer Schmerz in den Knöchel. Er war über eine Baumwurzel gestolpert, vielleicht auch etwas anderes, er konnte es in der Dunkelheit nicht erkennen. Berg wollte nicht aufgeben, doch bereits der nächste Schritt zeigte ihm, dass eine weitere Verfolgung ausgeschlossen war. Sein Fußgelenk brannte wie Feuer, und während sich die drei Missetäter unerkannt aus dem Staub machten, kehrte er humpelnd zurück zum Ort des Geschehens.

Wer immer sich hier einen Spaß daraus gemacht hatte, das Präsidium mit Lebensmitteln zu bewerfen, er hatte sich wirklich Mühe gegeben. Noch immer zitternd vor Wut, wischte Berg sich den Rest Eigelb von der Stirn, der ihm in die Augen zu rinnen drohte. Die Hauswand sah widerlich aus. Zwar würde es vermutlich nicht viel Arbeit sein, die Flecken wieder zu entfernen, aber die Verachtung, die aus dieser Tat sprach, machte ihn dennoch fassungslos. Vorsichtig setzte er den Fuß auf die nächste Stufe und zog sich hinauf zur Eingangstür. Es dauerte eine Ewigkeit, bis er das Schlüsselloch getroffen hatte.

Die Tür wurde Berg jählings aus der Hand gerissen. Vor ihm stand Althuis, noch im Morgenrock, und in ihren Augen funkelte eine Mordlust, wie er sie noch nie bei ihr gesehen hatte. »Hast du so was schon mal erlebt?«, fragte sie, ohne eine Antwort abzuwarten. Kopfschüttelnd ging sie ins Büro und ließ sich auf ihren Schreibtischstuhl fallen.

Berg betrachtete ihre Haare, die an einzelnen Stellen senkrecht zu Berge standen, und fragte sich, wie er selbst wohl aussah. Hatte er eigentlich daran gedacht, sich zu kämmen? Jetzt, da die Jungen, und er war sich sicher, dass es sich um jugendliche Täter handelte, verschwunden waren, empfand er nur noch eine bleierne Müdigkeit. Er ging ein paar Schritte im Zimmer auf und ab und stellte fest, dass zumindest der Schmerz in seinem Knöchel nachgelassen hatte. »Hast du einen von ihnen erkannt?«, fragte er hoffnungsvoll.

»Es war zu dunkel, und ich wollte zuerst auch nicht rausgehen, weil ich gedacht habe, die werfen mit Steinen.« Sie betrachtete Bergs Stirn, und ein Hauch von Schadenfreude schlich sich in ihren müden Blick. »Zum Glück haben sie sich für die weichere Variante entschieden.«

»Ich hätte beinahe einen von denen gehabt«, murmelte Berg und starrte auf die düstere Straße hinaus. »Den mit der roten Jacke.«

Althuis zuckte die Schultern. Manchmal beneidete er sie um ihre Gleichmütigkeit. So sehr sie auch fluchen und toben konnte, war einmal etwas passiert, versuchte sie stets, nach vorne zu schauen. Abgesehen von den Spuren war diese Nacht für seine Kollegin bereits wieder Geschichte. »Ich habe ein paar Fotos gemacht«, sagte sie jetzt und zog bedeutungsvoll die Augenbrauen nach oben.

Berg nickte. »Kluges Kind.«

»Nicht ganz so klug. Irgendwie hatte ich aus Versehen den Blitz ausgeschaltet.« Sie griff nach der Kamera und ließ ihn einen Blick auf die undeutlichen Gestalten werfen, die auf den Bildern zu sehen waren. Anscheinend hatte sie auch die Kamera nicht besonders still gehalten, denn die Fotos waren verwackelt und auf den meisten waren lediglich ein paar Arme und Beine zu sehen.

Althuis' Wangen färbten sich rosig. »Sieh mich nicht so an, immerhin musste ich gleichzeitig telefonieren.« Sie seufzte

und ließ sich erschöpft in ihrem Stuhl zurücksinken. »Also wissen wir mal wieder gar nichts.«
Das sah Berg anders. »Wir wissen schon etwas, wir können es nur nicht beweisen. Aber was soll's, ist ja zum Glück nur Eigelb.« Er betastete seine verklebten Haare und schüttelte sich.
»Du denkst, es waren welche von den Gemeindeleuten. Die von heute Vormittag.«
»Gestern Vormittag.« Er sah auf die Uhr und unterdrückte ein Gähnen. »Das ist naheliegend, oder?«
»Aber ich verstehe den Sinn nicht. Was haben die gegen uns?«
»Wir stehen auf der falschen Seite«, wiederholte Berg den Satz von Barrak. Er hob die Arme und streckte sich. Plötzlich fühlte er sich uralt. »Wir haben uns in ihren Kleinkrieg eingemischt, das ist alles.«
»Denkst du, die ganze Gemeinde hat es sich in den Kopf gesetzt, die Starnitzkes von hier zu vertreiben?« Althuis sah ihn ungläubig an.
Das klang geradezu absurd.

Samstag, 27. Oktober

Trotz der nächtlichen Aufregung hatte Berg geschlafen wie ein Stein. Nur mit Mühe gelang es ihm, sich überhaupt aus den Kissen zu quälen, und trotz größter Eile kam er mit einigen Minuten Verspätung im Wüppspoor an. Seine Augen brannten. Er hätte nichts dagegen gehabt, noch ein paar Stunden zu schlafen, stattdessen dachte er mit Grausen an die verklebte Hauswand, die vollgeschmierte Tür, von der das Eigelb entfernt werden musste. Er würde noch einmal mit dem Pastor reden müssen. Auch wenn sie nicht wussten, um wen es sich bei den Tätern handelte, war es Wielands Aufgabe, seinen Schäfchen einmal gründlich ins Gewissen zu reden. Berg fragte sich nur, wie er den Mann davon überzeugen sollte. Als er um die Ecke bog, sah er von weitem einen Wasserstrahl, der auf die Hauswand gerichtet war. Ein kleiner Regenbogen hatte sich gebildet, und nun trat auch der Mann hinter der Hecke hervor, der für dieses Schauspiel verantwortlich war. Johanssen begrüßte ihn nicht, er war vollkommen in seine Arbeit vertieft. Fasziniert sah Berg zu, wie sich die angetrockneten Speisereste vom Putz der Mauer lösten und unter dem Druck des Wassers zu Boden rutschten. Durch lautes Rufen machte er sich bemerkbar, damit der Insulaner ihn nicht versehentlich mit dem Strahl erwischte.

Johanssen drehte den Schlauch zu und wandte sich anschließend Berg zu. »Warum haben die das gemacht?«, fragte er. Er wirkte bekümmert, und Berg tat der Anblick in der Seele weh.

»Ich weiß es nicht«, sagte er, um sich Zeit zum Nachdenken zu schaffen. »Ich glaube, es hatte etwas mit der Geschichte gestern Vormittag zu tun.«

»Als ihr bei Anna wart?« Johanssen war offenbar schon informiert.

Berg nickte. »Sie denken, dass Josua für die Verwüstung in ihrem Gemeindehaus verantwortlich ist und dass wir ihn schützen, anstatt ihnen zu helfen.«

»Aber wie kommen die darauf, dass der Junge etwas damit zu tun hat?«

»Das wüssten wir auch gern.« Das war Althuis, die gerade aus der Tür getreten war, um sich das Ergebnis anzusehen. Sie nickte anerkennend Johanssen zu, der soeben eine Leiter aufstellte. »Das ist lieb von dir, Erik. Ich würde mir wahrscheinlich den Hals brechen.« Ihre Haare standen nicht mehr zu Berge, aber sie wirkte dennoch übernächtigt und erschöpft. Ihr Blick wurde wieder schärfer, wie immer, wenn sie nachdachte. »Vielleicht halten sie es für eine Art Racheakt.«

»Rache wofür?«, fragte Berg. Er hielt die Leiter und reichte Johanssen den Schrubber hinauf, mit dem er das kleine Vordach über dem Eingang bearbeitete. Dabei reckte er sich gefährlich weit nach vorne und stieß Worte aus, die Berg noch nie aus seinem Mund gehört hatte.

Althuis stützte die Hände in die Hüften und ließ den Blick über den Himmel gleiten. Sie überlegte einen Moment. »Die Starnitzkes ziehen hierher«, erklärte sie schließlich ihre Gedankengänge. »Offenbar ist einiges über ihre Vergangenheit schon vorher auf der Insel bekannt geworden, dass Josuas Vater bei einem Feuer umgekommen ist und der Junge etwas damit zu tun gehabt haben soll.«

»Natürlich«, sagte Johanssen und holte erneut mit dem Schrubber aus, um auch die letzte Eierschale vom Vordach zu fegen. »Das weiß hier jeder. Onno war völlig fertig, als sein Schwiegersohn ums Leben gekommen ist. Auch wenn er vorher kein gutes Haar an ihm gelassen hat, die Sache mit dem Feuer hat ihm schwer zu schaffen gemacht.«
Berg zog den Kopf ein, als eine aufgeplatzte Tomate knapp neben seiner Schulter zu Boden klatschte. Nach der letzten Nacht fröstelte er wieder und hätte es eindeutig vorgezogen, drinnen weiter zu diskutieren, aber er hatte ohnehin ein schlechtes Gewissen, weil Johanssen mal wieder die ganze Drecksarbeit alleine erledigte. Er griff nach dem leeren Farbeimer, den der Insulaner aus dem Schuppen mitgebracht hatte, und bückte sich, um den gröbsten Dreck zu beseitigen. »Es hat also von Anfang an ein gewisses Misstrauen geherrscht«, überlegte er laut. »Es wurde nie ganz geklärt, wie es wirklich zu dem Feuer gekommen ist, und ein Rest bleibt ja bekanntlich immer hängen. Die Starnitzkes ziehen nach Spiekeroog, und plötzlich kommt es hier zu Sachbeschädigungen, für die wir bisher keinen Schuldigen haben. Nicht zu vergessen natürlich der Brand im Hühnerstall. Manche Leute brauchen nicht viel Fantasie, um da eine Verbindung herzustellen. Immerhin ist es nicht auszuschließen, dass Josua ein Pyromane ist. So jemanden auf der Insel zu haben, das ist sicherlich kein gutes Gefühl.«
»Annas Sohn ein Feuerteufel? Daran habe ich aber nie geglaubt«, dröhnte Johanssen empört von oben.
Berg schüttelte den Kopf. »Ich sage ja nur, wie die Leute denken. Sicherlich nicht alle, aber doch genügend, dass es spürbar ist.«

Althuis rieb sich demonstrativ die Hände. »Erik, was hältst du davon, wenn wir drinnen weiterreden? Es sieht doch schon ganz gut aus«, säuselte Althuis in ihrer süßesten Stimme.

Sie hat auch ein schlechtes Gewissen, dachte Berg und musste lächeln. Dennoch war er ihr dankbar für den Einwand, den er selbst nicht vorzubringen gewagt hatte.

Zögernd stieg Johanssen von seiner Leiter herunter und klappte sie zusammen. Zweifelnd betrachtete er das Ergebnis seiner Arbeit und folgte den beiden Polizisten schließlich ins Haus.

Althuis setzte Teewasser auf, und Berg holte die Tassen aus dem Schrank.

»Die Familie zieht also hierher«, spann er den Faden weiter. »Und was passiert dann?«

»Sie werden gemieden«, sagte Althuis. »Ein ziemliches Problem, wenn man eine Gastwirtschaft betreiben will.«

»Aber ist das alles?« Er reichte ihr den Zucker und sah zu Johanssen hinüber, der in der Tür lehnte und hoch konzentriert auf seine Fingernägel starrte. »Vielleicht dauert es auch einfach nur ein wenig, Anschluss zu finden«, brummte er unsicher.

Berg glaubte nicht, dass es nur daran lag. »Josua wird hier eingeschult und bekommt bald Probleme.«

»Mit wem?«, fragte Althuis.

»Mit seinen Mitschülern natürlich.«

»Aber mit welchen Mitschülern?« Althuis sah geistesabwesend durch ihn hindurch, während sie weitersprach. »Es hat hauptsächlich mit dieser Gemeinde zu tun, Thomas, da bin ich mir sicher.«

Berg bückte sich, um den Computer zu starten. »Vielleicht sollte ich ja noch einmal persönlich mit Josuas Lehrerin reden«, murmelte er vor sich hin, doch Althuis hob beschwichtigend die Hände. Sie wirkte leicht genervt.
»Jetzt mach bitte nicht die Pferde scheu, vielleicht sehen wir die Sache auch viel zu schwarz. Ich wäre auch froh, wenn wir endlich wüssten, wer für die ganzen Sachen verantwortlich ist, die sich im Dorf ereignet haben. Kein Wunder, dass die Leute langsam die Geduld verlieren. Und im Grunde ist den Starnitzkes ja bisher nicht viel passiert. Ein zerbrochenes Fenster, ein Streit unter Jugendlichen. Es wäre Aufgabe der Mutter, da für Klarheit zu sorgen.«
»Was sie anscheinend anders sieht.« Berg seufzte und öffnete den E-Mail-Account. Wahrscheinlich hatte Althuis recht.

Montag, 29. Oktober, mittags

Als Berg nach der Mittagspause zurückkam, fand er Althuis über einen Computerausdruck gebeugt. Die Hauptkommissarin sah bleich aus, als hätte sie sich eine Erkältung eingefangen. »Komm mir bloß nicht zu nahe. Mein Schädel steht kurz vorm Explodieren.«

»Hast du was genommen?« Besorgt beugte sich Berg über ihre Schulter, um zu sehen, was für ein Dokument sie in Händen hielt.

Althuis schloss für einen Moment mit leidender Miene die Augen. »Alles, was die Apotheke vorrätig hatte.« Sie nickte Richtung Fenster. »Vollmond-Migräne oder so was.«

Berg betrachtete sie zweifelnd. Das war eine typische Freda-Diagnose, die man besser unkommentiert ließ. »Was hast du da?«, fragte er stattdessen und beugte sich noch näher, weil er immer noch nichts lesen konnte.

»Du solltest mal zum Augenarzt gehen«, bemerkte Althuis spöttisch und hielt ihm den Ausdruck hin. »Ich hab mir mal einen Auszug aus der Starnitzke-Akte kommen lassen.«

»Der Tod des Vaters?«

»Hm.« Mit zusammengekniffenen Augen massierte Althuis sich die Schläfen, während Berg das Schreiben las.

So langsam konnte er sich vorstellen, was an jenem Weihnachtsfest vor zwei Jahren tatsächlich geschehen war. Als er fertig war, legte er das Blatt zur Seite und sah seiner Kollegin fest in die Augen. »Der Junge hat heimlich die Kerzen angezündet? Warum?«

Althuis verzog das Gesicht. »Wahrscheinlich weil er sie schön fand.«

Berg griff nochmals nach dem kurzen Bericht. So einfach war das also. Oder doch nicht. »... schlich sich der elfjährige Sohn heimlich ins Wohnzimmer und entzündete, während die Eltern schliefen, die Christbaumkerzen mit einem Streichholz. Danach legte er sich auf die Couch, um nach eigenen Angaben den Weihnachtsbaum zu betrachten, und schlief dabei ein. Der Mutter, die vom Prasseln der Flammen geweckt wurde, gelang es, ihre beiden Kinder in Sicherheit zu bringen, ihren Mann, der am Vorabend stark getrunken hatte, bekam sie nach eigener Aussage nicht wach. Als sie mit einem Nachbarn zurückkehrte, um ihren Mann aus dem an das Wohnzimmer angrenzenden Schlafzimmer zu retten, hatten bereits die Gardinen und weitere Einrichtungsgegenstände Feuer gefangen. Die alarmierte Feuerwehr konnte Christian Starnitzke nicht mehr retten.«

»Übel«, bemerkte Berg und schüttelte langsam den Kopf. »Was die Leute mitgemacht haben. Und jetzt noch diese Unterstellungen.«

Althuis nahm ihm das Blatt aus der Hand und legte es zurück auf einen Aktenstapel. »Wir wissen ja nicht einmal, wer hier etwas unterstellt«, sagte sie und rieb sich abermals die Schläfen. »Abgesehen von dem Brief haben wir nichts in der Hand.«

Berg schaute betreten auf seine Turnschuhe. »Ich war übrigens noch einmal bei Wieland.«

»Warum das denn?« Althuis' tadelnder Blick machte ihn verlegen.

Er erzählte ihr von der Besprechung der Männer, die er belauscht hatte, und von der anschließenden Begegnung mit dem Pastor.

»Und er hat nicht einmal versucht, es abzustreiten?« Jetzt wirkte sie mehr als verblüfft.

»Warum sollte er? Er glaubt sich schließlich vollkommen im Recht. Wobei ich nicht sagen will, dass Wieland ein schlechter Mensch ist.«

»Nein!« Seine Kollegin vollführte eine demonstrativ wegwerfende Handbewegung. »Wie könnte ein Mann, der öffentlich zu einer härteren Kindererziehung aufruft und einem Dreizehnjährigen das Leben zur Hölle macht, auch ein schlechter Mensch sein?« Sie funkelte ihn wütend an. »Solche Typen bringen mich zum Kotzen.«

»Wenn du schon so fleißig warst«, erklärte Berg mit einem Blick auf den Bericht über den Unfalltod von Christian Starnitzke, »wie wäre es, wenn du dich mal über Barrak ein wenig schlaumachst?«

»Wen meinst du?«

»Diesen Kerl, der immer um den Pastor herumschleicht wie ein Hund.«

»Barrak.« Althuis runzelte die Stirn. Ihre neue Brille, mit der sie wie eine alternde Lateinlehrerin aussah, rutschte gefährlich weit auf ihre Nasenspitze hinab. »Denkst du, es gibt eine Akte über den? Johanssen meinte ...«

»Ich weiß, was Johanssen meinte«, unterbrach Berg sie. »Und vielleicht hat er ja recht damit, aber es kann doch nicht schaden, oder?«

»Schon gut.«

»Gut, und ich gehe mal nach dem Rechten sehen.« Ohne eine Antwort abzuwarten, zog Berg seine Jacke an und ver-

ließ das Revier. Sie hatten sich angewöhnt, mindestens dreimal täglich ihre Runden zu drehen, aber für gewöhnlich blieben diese Streifengänge an ihm hängen.
An einer der letzten Eisdielen, die in diesem Jahr noch geöffnet hatten, sah er eine kleine Gruppe Kinder, die miteinander herumalberten. Die erste Woche der Herbstferien war bereits zu Ende gegangen, und Berg beschlich ein dumpfes Gefühl von Trauer, als er die ausgelassenen Jungen und Mädchen beobachtete. Wie würde wohl Josua seine Ferien verbringen? Hinter dem Tresen in einer dunklen Gaststätte mit einer Mutter, die sich am liebsten vor dem Rest der Welt verstecken wollte?
Als er in den Noorderloog einbog, wäre er beinahe gegen den Briefkasten gelaufen, der neuerdings hier stand. Berg blieb stehen und kratzte sich am Kopf. Den Brief seines Vaters hatte er noch immer nicht beantwortet. Er wusste, wie sehr sein Vater darauf hoffte, ihn endlich wiederzusehen. *Du weißt ja, dass ich den Laden nicht einfach zumachen kann.* O ja, er wusste es nur zu gut. Nach dem Tod seiner Schwester war niemand mehr da, um im Geschäft zu helfen, niemand, der sich auch nur im Geringsten um den älteren Herrn kümmerte.
Nein, dachte er, ich muss damit aufhören. Diese Art der Selbstzerfleischung nützte niemandem, also sah er zu, dass er weiterkam.
Aus der Ferne sah er die Baustelle am Slurpad, an der noch immer drei Männer arbeiteten. Einer von ihnen grüßte ihn und rief ihm irgendetwas zu.
Als er den Drinkeldodenkarkhof passierte, ließ ihn irgendetwas innehalten. Hier auf diesem kleinen Friedhof hatten die

Einheimischen vor ein paar hundert Jahren die Opfer eines Schiffsunglücks begraben. Seitdem kamen nur selten Menschen hierher, hin und wieder ein paar Touristen, doch die meiste Zeit über lag das kleine Stückchen Land verwaist. Nun sah er einen Mann auf der Parkbank hinter den Gräberreihen sitzen. Berg kniff die Augen zusammen, als ihn die Sonne einen Moment lang blendete, dann war er ganz sicher. Der Mann dort drüben war Uhlen. Er überlegte kurz, ob er zu dem Sänger hinübergehen sollte, aber eigentlich hatte er keine Lust dazu. Die letzte Begegnung hatte ihm vollkommen gereicht. Im Schutz des dichten Gebüsches ging Berg nur wenige Meter an der Parkbank vorbei und wollte gerade wieder auf den Noorderloog einbiegen, als er ein unverkennbares Geräusch vernahm. Uhlen schluchzte.

Vorsichtig schritt Berg hinter dem Busch hervor und kam den kurzen Weg hinauf. Zunächst schien Uhlen ihn gar nicht zu bemerken, dann zuckte er zusammen und wischte sich mit einer fahrigen Geste über das tränenverschmierte Gesicht.

»Guten Tag«, sagte Berg und betrachtete den Schlagersänger eingehend.

Uhlen sah mitgenommen aus. Er trug dieselben Sachen wie an jenem Abend, als er und Johanssen ihn nach Hause gebracht hatten. An Berg schien er sich überhaupt nicht zu erinnern. Berg hob eine Hand wie zum Gruß und ließ sie langsam wieder sinken, als er Uhlens ablehnendem Blick begegnete. »Kennen Sie mich nicht mehr?«

Uhlen hob mühsam den Kopf und betrachtete ihn aus wässrigen Augen. »Sollte ich?« Von der goldgefärbten Tenorstimme war nichts zu hören, er krächzte fürchterlich.

»Ich habe Sie letzte Woche nach Hause gebracht«, erklärte Berg und wartete geduldig, bis sich in Uhlens Gesicht ein Hauch von Verstehen zeigte.

»Sie waren das.«

Berg fühlte sich unschlüssig, auf welche Weise er das Gespräch fortführen sollte oder ob überhaupt. Einen Moment lang überlegte er, den Sänger um ein Autogramm für Johanssen zu bitten, dann verwarf er diese Idee wieder. »Ich dachte, Sie brauchen vielleicht jemanden, mit dem Sie reden können.« Im selben Augenblick kam er sich töricht vor. Warum sollte er sich in die Angelegenheiten dieses Mannes mischen?

»Reden wollen Sie, ja? Von welchem Schmierblatt kommen Sie denn?« Sebastian Uhlen stieß ein bitteres Lachen aus, aber es klang nicht wirklich wütend, nur resigniert.

Berg roch die Bierfahne des Mannes und seufzte. »Sehe ich aus wie ein Journalist?«, entgegnete er mit harter Stimme. »Ich wollte nur helfen, aber wenn Sie kein Problem haben, werde ich jetzt …«

»Warten Sie.« Uhlen war halb aufgestanden und machte eine einladende Geste. Berg sah, wie der Sänger seine Uniform fixierte, er schien seine Gedanken erst ordnen zu müssen. »Ich könnte … ich sollte … Ach was, es hat ja alles keinen Zweck.« Er ließ den Kopf hängen und sah nun mindestens zehn Jahre älter aus. Und zerbrechlich, schrecklich zerbrechlich.

Berg erschrak geradezu über die Veränderung.

»Was ist denn los?«, fragte er leise und setzte sich neben Uhlen auf die Bank.

»Ich kann nicht. Ich darf nicht.« Uhlen begann abermals zu schluchzen. Seine Schultern zuckten heftig, und Berg war dankbar, dass in diesem Moment niemand vorbeikam.

»Weshalb dürfen Sie nicht?«, erkundigte sich Berg.
»Weil sie ihnen sonst etwas antun, verstehen Sie? Nein, das verstehen Sie natürlich nicht, wie sollten Sie auch?«
Jetzt wurde Berg hellhörig. Aus seinem ursprünglichen Mitgefühl heraus erwuchs eine plötzliche Anspannung, und der Polizist in ihm erwachte zum Leben. »Wer tut wem etwas an?« Er sprach leise und ruhig, in der Hoffnung, Uhlen werde sich nicht sofort wieder in sein Schneckenhaus zurückziehen.
Der Sänger schlug die Arme um den Leib und wiegte sich vor und zurück, als hätte er Schmerzen. Mit abwesendem Blick wandte er sich dem Gedenkstein der Ertrunkenen zu. »Sie werden sie umbringen«, schluchzte er.
Berg musste sich überwinden, um nicht seine Geduld zu verlieren »Wen meinen Sie denn?«
Uhlen schüttelte wild den Kopf und wischte sich mit dem Ärmel seiner schmutzigen Jacke über die Nase. »Vicky und die Kleine.«
»Sie sprechen von Ihrer Frau, richtig?«
»Und die Kleine«, schniefte Uhlen, der jetzt kaum noch zu verstehen war. »Die arme Kleine.«
In Bergs Kopf überschlugen sich die Gedanken. Er sah Althuis, sah Johanssen und das lachende Gesicht der Verkäuferin, die ihm und Althuis von Uhlens Familienangelegenheiten berichtet hatte. Sie alle hatten gelacht, nach seinen letzten Eskapaden hier auf der Insel gab es kaum noch jemanden, der Uhlens Frau nicht verstanden hätte. »Ihre Frau hat Sie nicht verlassen?«, kombinierte Berg vorsichtig.
Der Rücken des Sängers zuckte, das lange Haar hing ihm nun ins Gesicht. Wieder schüttelte er den Kopf, diesmal mit einer langsamen und kraftlosen Geste. »Ich weiß nicht, wo sie

sind«, sagte er düster. »Sie haben versprochen, sie freizulassen. Gestern sollten sie sich bei mir melden, aber das haben sie nicht getan. Und Sascha ist auch nicht mehr zu erreichen.«

»Wer ist Sascha?« Berg spürte, wie seine Hände vor Aufregung zuckten. Er musste jetzt sehr vorsichtig sein, damit Uhlen sich nicht wieder verschloss.

Doch der Sänger schien ganz von seiner Angst überwältigt, als er weitersprach. »Mein Manager. Er hat das Geld übergeben. Ich durfte die Insel nicht verlassen. Ich habe ihm die Vollmacht erteilt, und er hat den Rest übernommen. Und gestern sollten sie sich melden.«

Berg stöhnte innerlich. »Das heißt, Ihre Frau und Ihre Tochter sind entführt worden. Hier auf der Insel? Wann war das?«

»Am Mittwoch. Sind einfach nicht von einem Spaziergang zurückgekommen. Dann steckte der Brief im Kasten, Frau Karabruck hat ihn mir gegeben.« Uhlen fischte mit zitternden Fingern eine Zigarette aus der Schachtel, die neben ihm lag, und versuchte vergeblich, sie anzuzünden. »Sie haben sich nicht gemeldet«, wiederholte er. »Und ich sitze hier in diesem Scheißkaff fest!«

Berg wollte den Arm des Mannes berühren, wollte irgendetwas tun, um ihn ein wenig zu beruhigen, aber er wagte es nicht. »Wie viel Geld haben Sie Ihrem Manager anvertraut?«

»Fünf Millionen.«

»Mein Gott!«, stieß Berg hervor. »Warum sind Sie nicht sofort zur Polizei gegangen?«

Der Blick des Sängers gab ihm Antwort genug. »Sie haben geschrieben, sie würden sie umbringen.« Jetzt schluchzte er nicht mehr, und etwas wie Wut oder Verzweiflung war in seinen hellblauen Augen zu lesen, vielleicht auch beides.

Berg erhob sich und zog den Mann unsanft am Handgelenk in die Höhe. »Kommen Sie, wir müssen sofort aufs Revier. Wo haben Sie den Brief der Erpresser gelassen? Den sollten wir zuerst holen.«

»Ja, ja.« Uhlen wirkte jetzt lahm, beinahe lethargisch. Sein Blick wanderte ziellos zwischen den Gräberreihen hin und her. »Halt. Den hab ich doch dabei.« Er begann unendlich langsam, seine Taschen zu durchsuchen. Endlich förderte er ein zerknittertes Stück Papier zutage und reichte es Berg.

Mit spitzen Fingern faltete er den Zettel auseinander und schüttelte ein paar Tabakkrümel ab. An manchen Stellen war die Schrift verschmiert, beinahe unleserlich. Daran würde die Spurensicherung ihre helle Freude haben. Mit zusammengekniffenen Augen überflog er die wenigen Zeilen.

Wir haben Ihre Frau und Ihre Tochter in unserer Gewalt. Weisen Sie Ihren Manager Sascha Frahn an, die Übergabe zu organisieren. Kontaktieren Sie den Mann und weisen Sie die Auszahlung von fünf Millionen Euro an. Die genauen Daten für die Übergabe wird Herr Frahn von uns in den nächsten Tagen erhalten. Sprechen Sie mit niemand sonst über diese Sache. Sollten Sie die Polizei einschalten oder versuchen, Ihren Urlaubsort vorzeitig zu verlassen, sehen Sie Ihre Frau und Tochter nicht lebend wieder.

»Sie haben also das Geld an Ihren Manager auszahlen lassen?«, fragte Berg, während er Uhlen den Noorderloog entlangführte.

»Es hat alles geklappt«, versicherte Uhlen ihm und wirkte zum ersten Mal seit den letzten Minuten wieder ein wenig lebhafter. »Sascha hat das Geld bei der Bank abgeholt und übergeben. Er hat auch einen Brief bekommen mit den Angaben, wo und wann er das Päckchen hinterlegen sollte.«

»Und wo war das?« Bergs Kopfhaut brannte vor Aufregung.

»In der Nacht von Samstag auf Sonntag in einem Abfalleimer am Bahndamm.«

»Welcher Bahndamm?«

»Gleis sieben.«

»Nein, ich meine den Ort.« Er glaubte sich zu erinnern, dass Uhlen in einem Vorort von Remagen wohnte.

»Oberwinter.«

»Und danach hat er sich gemeldet und gesagt, dass alles glatt gelaufen ist? Hat er die Täter gesehen?«

»Er hat mir eine SMS geschickt.«

»Sonst nichts?«

Uhlen senkte beschämt den Kopf. »Seitdem ist sein Telefonanschluss tot. Ich weiß, was Sie jetzt denken. Aber ich konnte doch nicht wissen, ob er mit drin steckt. Klar wollte ich ihn suchen lassen, falls er wirklich mit dem Geld durchgebrannt ist. Aber ich musste doch erst einmal abwarten, bis Vicky und die Kleine in Sicherheit sind. Mein Gott, was soll ich nur tun?«

Montag, 29. Oktober, 15:00 Uhr

Die Hauptkommissarin telefonierte gerade, als sie das Revier betraten.

»Klar doch«, sagte sie, nickte Berg lächelnd zu und wandte sich wieder ihrem Gesprächspartner zu. »Vielleicht sollten wir da noch mal nachhaken. Äh, Moment mal bitte … Thomas?« Sie hielt inne und drehte sich erneut zu Berg um. Das Lächeln erstarb. Offenbar hatte sie erst jetzt seinen Begleiter entdeckt. »Ist was?«

Berg machte ihr ein Zeichen, woraufhin sie das Gespräch augenblicklich beendete.

Er war Althuis dankbar, dass sie die Befragung übernahm. Ohne größere Pausen berichtete Uhlen abermals, was vorgefallen war. Seine Frau Viktoria hatte am Mittwochnachmittag mit der zweijährigen Tochter die Ferienwohnung verlassen. Etwa eine Stunde später hatte seine Vermieterin an der Wohnungstür geklopft und den Brief abgegeben. Sie behauptete, niemanden in der Nähe des Hauses gesehen zu haben, was aber auch keine Kunst war. Frau Karabruck war über neunzig und erkannte Personen nur noch, wenn sie ihr direkt unter die Augen kamen.

»Was haben Sie dann getan?«, wollte Althuis wissen.

Berg betrachtete den Sänger, der wie ein Häufchen Elend auf dem blauen Besucherstuhl hockte, und überlegte, ob er ihm wenigstens etwas zu trinken anbieten sollte. Doch er wollte das Gespräch nicht unterbrechen. Der Sänger schaute die Hauptkommissarin verwirrt an, dann schien er sich zu erin-

nern. »Zuerst habe ich das Ganze für einen schlechten Scherz gehalten. Ich bin stundenlang durch den Ort gelaufen, in der Hoffnung, sie würden irgendwann lachend hinter einem Busch hervorspringen. Irgendwann bin ich zurück in die Wohnung und habe mit meiner Bank gesprochen.«
Bei diesen Worten griff sich Althuis beiläufig an die Schläfe, ließ die Hand jedoch sofort wieder sinken. »Wie heißt Ihre Tochter?«
Uhlen atmete schwer bei der Erwähnung seiner Tochter. »Cindy, sie ist erst zwei. So ein hübsches kleines Mädchen ... Warten Sie.« Er kramte seinen Geldbeutel aus der Gesäßtasche und zog ein kleines Foto hervor, auf dem ihnen ein blondes Mädchen mit einer Eiswaffel in der Hand fröhlich entgegenlachte. Mit zittrigen Fingern zog er ein weiteres Foto heraus, das Passbild seiner Frau. Mit einer ruhigen, beinahe zärtlichen Geste nahm Althuis ihm die Bilder ab und betrachtete sie einen Moment schweigend. Sie fühlt mit ihm, dachte Berg, und er fühlte sich mies dabei. Bisher hatte er nur Aufregung empfunden, die möglichen Folgen dieses Falles für ihn und die gesamte Insel waren ihm in wirren, blassen Bildern durch den Kopf geschwirrt, aber nun bekam der Schrecken zum ersten Mal ein Gesicht, das Gesicht eines blondgelockten Kindes, das sie finden mussten. Das sie schnell finden mussten!
»Cindy Uhlen, zwei Jahre«, murmelte Althuis und machte sich ein paar Notizen. »Und Ihre Frau?«
»Viktoria Uhlen. Vierundzwanzig.« Der Sänger blickte bekümmert von einem zum anderen, und wieder standen Tränen in seinen Augen. »Was werden Sie jetzt tun?«
Berg trat vor und überflog die wenigen Worte, die Althuis aufgeschrieben hatte. »Als Erstes werden wir die Kriminal-

polizei informieren. Es wird eine Sonderkommission geben, die sich der Sache annimmt. Die beiden hätten gestern freigelassen werden sollen?«

Uhlen räusperte sich, er brachte kaum einen Ton heraus. »So stand es in dem Brief, den Sascha bekommen hat.«

»Falls er einen Brief bekommen hat.«

»Ja.«

»Genau, der Manager«, sagte Althuis. »Nach dem müssen wir als Erstes suchen lassen. Und Sie waren also in der Wohnung, als die beiden verschwunden sind. Die ganze Zeit?«

»Ja.« Der Sänger nickte lahm. »Ich habe gelesen …« Er hielt mitten im Satz inne und warf einen verwirrten Blick aus dem Fenster.

»Um wie viel Uhr ungefähr haben Sie Ihre Frau zum letzten Mal gesehen?«

»Warten Sie.« Uhlen zog die Stirn kraus. »Halb zwei war das, ungefähr.«

»Und da ging es Ihrer Frau und Ihrer Tochter gut.«

»Ja.«

»Es gab keinen Streit, nichts Ungewöhnliches. Ihnen ist nichts aufgefallen, richtig?«

»Richtig.«

»Wohin wollte Ihre Frau denn?«

Uhlen betrachtete sie aus trüben Augen. »Das weiß ich nicht. Vielleicht an den Strand oder auf den Spielplatz. Sie hat nie gesagt, wohin sie ging.«

»Ich rufe jetzt in Aurich an«, sagte Althuis und wedelte leicht mit den Fingern. »Gehen Sie erst einmal nach Hause, Herr Uhlen. Aber halten Sie sich bitte bereit. Wir werden Sie sicher heute noch brauchen.«

Nachdem der Sänger das Büro verlassen hatte, schwiegen sie beide einen Moment, dann griff Althuis zum Hörer.
Berg verfolgte schweigend das Gespräch.
»Wie lange?«, fragte er, als sie endlich aufgelegt hatte.
»Die nächste Fähre geht erst heute Abend. Sie kommen mit dem Hubschrauber. Im Moment ist aber keiner frei. Außerdem müssen sie schließlich erst eine Soko gründen. Ein paar Stunden kann es schon dauern.« Sie schluckte und schlug betroffen die Augen nieder. »Ein zweijähriges Kind. Glaubst du die Geschichte?«
Berg konnte ihr darauf keine klare Antwort geben. Er wusste selbst nicht, was er glauben sollte. »Woran denkst du?«, fragte er. »Doch nicht etwa an einen PR-Gag?«
»Blödsinn! So doof ist nicht einmal Uhlen, das würde ihm das Genick brechen. Aber wenn jemand eine Entführung geplant hat, hätte er dafür nicht das ganze Jahr über Gelegenheit gehabt? Warum ausgerechnet hier auf Spiekeroog?«
»Vielleicht, weil Uhlen zu Hause oft von Leibwächtern umgeben ist?«, überlegte Berg.
Althuis schüttelte den Kopf. »Soweit ich weiß, nur bei offiziellen Auftritten. So berühmt ist er auch wieder nicht. Wohin gehst du?«
Berg zog den Reißverschluss seiner Jacke zu. »Wir können nicht warten, bis die Kollegen aufkreuzen. Ich werde zumindest mal bei der Zimmerwirtin anfangen.« Er hob hilflos die Hände. »Wo ist eigentlich Johanssen?«
Althuis rollte mit den Augen. »Lass ihn in Ruhe, der hat im Moment andere Sorgen. Ich schätze, er treibt sich wieder bei seiner Angebeteten vor dem Supermarkt herum.«
»Hat er dir das etwa auch erzählt?«

Althuis lächelte ihm mitleidig zu. »So etwas braucht mir keiner zu erzählen. Als Frau hat man ein Gespür für solche Sachen. Außerdem ist es vielleicht auch besser, wenn er nichts mit der Sache zu tun bekommt.«

Berg dachte daran, wie sehr ihnen der Insulaner bei der Aufklärung ihres letzten Falles behilflich gewesen war. Er fand Althuis' Bemerkung nicht eben freundlich, aber er sagte nichts dazu. Vielleicht war es tatsächlich besser, Johanssen nicht in den Fall einzubeziehen, falls das überhaupt möglich sein würde. Er würde sich wahrscheinlich viel zu sehr aufregen, befürchtete Berg. Er dachte an die Geschichte mit der Kassiererin und daran, wie sehr sein Freund unter der ganzen Situation zu leiden schien. Er traute sich nicht zu, wirklich einschätzen zu können, wie sehr Erik eine Kindesentführung emotional mitnehmen würde. Zudem hatte Althuis recht. Wenn die Polizisten aus Aurich hier eintreffen würden, war es besser, wenn sie hier keinen Zivilisten vorfanden, der sich mit ihrer Arbeit beschäftigte.

»Was soll ich als Nächstes machen?«, fragte ihn plötzlich Althuis in die Stille hinein. Beinahe erschreckte ihn diese Frage, dann fing er ihren verzweifelten Blick auf. »Es geht um ein Kind, Thomas. Wir müssen doch was tun«, flüsterte sie.

Berg nickte unsicher. »Ruf auf der Fähre an, ob die in den letzten Tagen irgendetwas Ungewöhnliches bemerkt haben. Gib ihnen die Beschreibung der beiden Vermissten«, schlug er vor. Er wartete, bis sie den Hörer in der Hand hatte, dann machte er sich auf den Weg zu Uhlens Vermieterin.

* * *

Liebe Sarah,
ich schreibe, um dir zu sagen, dass wir uns nicht mehr sehen können. Er hat es verboten, und dabei bleibt es. Du kennst ihn, du weißt, dass wir auf diese Weise keine Chance haben. Nicht hier und nicht jetzt. Er versteht es nicht, er hat nie irgendwas verstanden. Alles, was ihn interessiert, ist sein bescheuertes Bild von Zucht und Ordnung, eine ganze Gesellschaft, die nach seiner Pfeife tanzt. Nicht nach Gottes Pfeife, nur nach seiner. Wahrscheinlich ist er Gott. Wenn nicht er, wer sollte es sonst sein? Gestern hat er den Zettel gefunden, den du mir geschrieben hast. Ich dachte, ich hätte ihn gut genug versteckt, aber ihm ist nichts heilig. Ich habe ihn lange nicht mehr so toben sehen. Er hatte schon das Glas in der Hand, das er nach mir werfen wollte, ich war sicher, dass er mich umbringen würde, genau in diesem Moment, und du wirst lachen, es wäre mir sogar recht gewesen.
Es tut mir leid, für dich, für uns beide. Ich hab dich lieb, das weißt du, aber es ändert nichts. Es ist eine Schande, etwas wogegen ich mich auflehnen sollte, aber ich kann nicht. Am besten wird sein, du vergisst mich. Ein Schlappschwanz wie ich ist es überhaupt nicht wert, dein Freund zu sein. Ja, vergiss mich einfach, da war nie etwas, und es bleibt nichts zurück. Versuch nicht, mich anzurufen oder mir zu mailen, er würde es merken. Ich möchte nicht, dass du auch noch Schwierigkeiten bekommst. Am besten verbrennst du diesen Brief, verbrenne ihn und schau nicht mehr zurück. Sie werden uns keine Chance geben. Wir sollten sie uns nehmen.

Wir sollten einfach abhauen und alles hinter uns lassen, ganz gleich, was kommt. Aber ich kann nicht. Du darfst mich hassen, wenn dir das hilft, doch am besten wäre es, wenn du mich einfach aus deinem Leben streichst. Versuch es einfach. Es wird nicht schwer sein.

Montag, 29. Oktober, 16:10 Uhr

Er hätte das Mädchen beinahe über den Haufen gerannt. Sie war jung, höchstens sechzehn, und ihre Augen waren weit aufgerissen, als sie auf ihn zukam. Die schneeweißen Hände zitterten, während sie etwas aus der Tasche holte. »Haben Sie vielleicht einen Augenblick Zeit für mich?«

Berg betrachtete sie nur einen Moment lang. »Ist etwas passiert?«

»Ja. Nein. Eigentlich nicht.« Sie sah auf ihre Schuhe, wippte auf den Fersen, wischte sich immer wieder das lange Haar aus dem Gesicht.

»Was denn nun?«

»Ich … ich weiß nicht. Ich wollte nur gern einmal mit Ihnen reden.«

Was sollte das werden? Berg betrachtete sie ein wenig eingehender, er sah Tränen in ihren Augen schimmern und hatte das Gefühl, ihr schon einmal begegnet zu sein.

»Aber wenn es gerade nicht passt …«, fügte sie hastig hinzu, als er nicht sofort antwortete.

Berg atmete unmerklich auf. Offenbar war es wirklich nichts Dringendes. Und er hatte es eilig, eine leise Stimme in seinem Kopf verkündete das Ende der Welt, wenn er noch lange hier herumstand. »Wie wär's, wenn du aufs Revier gehst und mit meiner Kollegin redest?«, schlug er vor und bemerkte nur am Rande, wie das Mädchen leicht zusammenzuckte.

Sie hielt einen Zettel in der Hand, liniertes Papier, mit Tinte beschrieben.

Er zeigte darauf, berührte beinahe das Blatt, bevor sie panisch die Hand zurückriss. »Geht es darum?«
»Ja.« Sie sah ihn aus großen Augen an, machte einen vorsichtigen Schritt zurück und stieß mit der Schulter fest gegen die Hauswand. Es musste weh getan haben, aber sie schien es kaum zu bemerken. In ihren Augen konnte Berg sehen, wie die Kraft nachließ, die sie aufgeboten hatte, um ihn anzusprechen. Er ahnte, dass es sie einiges an Überwindung gekostet hatte, sie war keine, die einfach so auf fremde Menschen zuging, schon gar nicht auf Polizisten. Obwohl er nicht einmal ihren Namen kannte, war er sich sicher, dass es sich so verhielt.
»Ja, vielleicht sollte ich zu Ihrer Kollegin gehen«, sagte das Mädchen und faltete den Brief mit fliegenden Fingern immer weiter zusammen, schob ihn als winziges Päckchen in die Tasche ihrer Jeans. Sie lächelte ihm gequält zu. »Später vielleicht.«
Das würde sie nicht tun, dachte Berg, als sie sich entfernte. Er hatte die Angst in ihren Augen aufblitzen sehen, als er den Vorschlag gemacht hatte. Wahrscheinlich kannte sie Althuis zumindest vom Sehen. Jeder kannte sie. Und so sympathisch die Hauptkommissarin auch sein mochte, auf Fremde, speziell auf ängstliche Menschen, konnte ihre manchmal ziemlich rauhe Art doch abschreckend wirken. Er starrte dem Mädchen hinterher und wollte ihr noch etwas nachrufen, aber sie war schon um die nächste Ecke verschwunden. Was sie auf dem Herzen hatte, würde nicht so eilig sein. Das hoffte er jedenfalls.
Außerdem hatte er keine Zeit zu verlieren, schließlich ging es um zwei Menschenleben, und jeder Hinweis konnte lebensrettend sein.

Montag, 29. Oktober, 16:40 Uhr

Frau Karabruck?« Es dauerte eine Weile, bis ein Geräusch im Haus darauf schließen ließ, dass jemand da war.
Berg hoffte, dass Uhlen ihn nicht gehört hatte; der Sänger würde ein ruhiges Gespräch sofort zunichtemachen.
Als die alte Dame endlich an die Tür geschlurft kam, verzichtete er darauf, seinen Ausweis herauszuholen. Die Augen wirkten riesig hinter der dicken Brille, eine knorrige Hand stützte sich schwerfällig auf das Geländer zur Kellertreppe. Er kannte die Dame vom Sehen her, sie schien sich gemeinsam mit Johanssens Tante den Titel der ältesten Inselbewohnerin zu teilen.
Trotz seiner Uniform beugte sich Frau Karabruck ein Stück nach vorne, um sein Gesicht genauer studieren zu können.
»Sie sind nicht Herrlich«, stellte sie mit Befriedigung fest.
Berg räusperte sich. »Mein Name ist Berg, Herr Herrlich ist schon seit beinahe zwei Jahren nicht mehr hier auf Spiekeroog.«
»So, und Sie sind der Neue, ja?«
Er trat von einem Bein aufs andere. »Sozusagen.«
Damit schien die Neugier der alten Dame fürs Erste erschöpft. Sie winkte ihn mit einer eiligen Geste durch den dunklen Flur in eine Art Vorzimmer, in dem sich außer einem alten Flügel zwei Korbsessel und eine Bodenvase mit vertrockneten Zweigen befanden. Es roch nach Gurkensalat und einem leichten Parfüm, das nicht zu der rustikalen Einrichtung passen wollte. Er überlegte, weshalb ein Mann wie

Uhlen sich ausgerechnet hier eingemietet hatte. Spiekeroog hatte durchaus bessere Unterkünfte zu bieten, davon war er überzeugt, auch ohne die Ferienwohnungen gesehen zu haben. Aber wer wusste schon, was im Kopf eines anderen vorging. Vielleicht war es ganz einfach eine kurzfristige Entscheidung gewesen, und vielleicht, diesen Umstand gab Berg nur ungern zu, hatte Uhlens Wahl auch etwas mit dem Wunsch nach Anonymität zu tun. Dafür hätte er durchaus Verständnis gehabt. Hier wies nichts darauf hin, dass die Dame überhaupt Zimmer vermietete, und die beiden Ferienwohnungen befanden sich, nach allem, was Uhlen ihm erzählt hatte, nach hinten raus, so dass man von der Straße aus nicht gleich darauf stieß.

Ohne ihn zu etwas aufzufordern, ließ sich Frau Karabruck in einen der beiden Sessel sinken und kreuzte seufzend ihre geschwollenen Füße. »Ich weiß nichts, junger Mann«, erklärte sie, noch ehe Berg den Mund aufgemacht hatte. »Ich höre nichts, ich sehe nichts. Und wenn ich doch mal etwas sehe, dann geht das niemanden was an.«

»Da liegen Sie leider falsch«, erwiderte er ohne Schärfe. »Wenn es sich um ein Verbrechen handelt, dann sind Sie sogar verpflichtet, zu sagen, was Sie wissen.«

»Ein Verbrechen?« Sie nahm die Brille ab und fing an, sie an dem weißen Hauskittel zu reiben, den sie über dem Kleid trug. Ihre Augen blinzelten ihn ungläubig an. »Davon weiß ich aber nun wirklich nichts. Herr Uhlen hat mich nur gebeten, nichts über sein Privatleben auszuplaudern. Hat wohl Angst vor schlechter Presse. Obwohl es da wirklich nicht viel auszuplaudern gibt. Und seine Frau habe ich ja nur ein paarmal zu Gesicht bekommen.«

Berg musterte sie nachdenklich. »Am Mittwoch«, fragte er. »Haben Sie Frau Uhlen am Mittwoch gesehen? Oder das Kind?«

Die alte Frau senkte den Blick und schüttelte langsam den Kopf hin und her. »Mittwoch, sagen Sie. Moment, heute ist Sonntag.«

»Montag«, berichtigte Berg sie höflich. »Heute ist Montag.«

Frau Karabruck sah ihn ungläubig an, dann stieß sie ein leises Lachen aus. »Da haben Sie es. Schon wieder Montag, und ich habe noch nicht einmal eingekauft. Ich werde wirklich alt.«

Eine kleine Weile, die Berg wie eine Ewigkeit vorkam, saß sie so da und schwieg, und er überlegte schon, ob sie seine Frage am Ende wieder vergessen hatte, als sie derart plötzlich den Kopf hob, dass sich eine Haarsträhne aus ihrem sorgfältigen Knoten löste und ihr in die Stirn fiel. »Sie haben recht, am Mittwoch war es. Da habe ich sie gesehen. Mit dem Kind.«

Ob die Dame sich an den richtigen Tag erinnerte? »Sind Sie sicher?«, hakte er deshalb vorsichtig nach.

»Aber natürlich bin ich mir sicher«, erklärte sie empört. »Es hat geschüttet. Deshalb ist sie ja auch wieder reingegangen. Wollte eigentlich mit der Kleinen raus, aber als sie gesehen hat, dass der Regen immer stärker wurde, da ist sie wieder zurück aufs Zimmer.«

Berg versuchte, sich an den Mittwoch zu entsinnen, doch unter dem erwartungsvollen Blick der Alten konnte er sich kaum konzentrieren. Richtig, dachte er und erinnerte sich daran, wie er mit einem Schirm bewaffnet in den Supermarkt gerannt war, um sich einen Liter Milch zu besorgen. Es war

Vormittag gewesen, Frühstückspause. »Morgens hat es geregnet«, sagte er und sah, wie sie ihm zunickte. »Den ganzen Morgen. Später hat es aufgehört.«

»Ganz genau.«

»Sie haben Frau Uhlen also vormittags gesehen? Danach nicht mehr?«

Frau Karabruck schüttelte bedauernd den Kopf, und die einzelne Haarsträhne tanzte vor ihren Augen hin und her. »Nachmittags war ich bei der Fußpflege. Und vorher bei meiner Tochter im Friederikenweg. Die Greta, die kennen Sie bestimmt, die arbeitet in der Metzgerei da vorne.« Sie zeigte in eine unbestimmte Richtung.

Berg spürte, wie ihm die Geduld abhandenkam. Am liebsten hätte er drei Fragen auf einmal gestellt. »Sie waren also den ganzen Nachmittag außer Haus? Um wie viel Uhr haben Sie das Haus denn verlassen?«

»So ab zwölf war ich fort.«

»Und wann kamen Sie zurück?«

»So gegen drei oder halb vier, glaube ich.«

»Und da haben Sie einen Brief für Herrn Uhlen im Briefkasten gefunden?«

Sie runzelte die Stirn und zögerte einen Moment. »Richtig, der Brief. Den hab ich ihm gleich gegeben.«

Berg spähte zurück zu der schweren Eingangstür. Hatte sich der Entführer tatsächlich bis hierher gewagt, um den Brief einzuwerfen? Oder waren es mehrere, schließlich hatte irgendwer offenbar das Lösegeld in Empfang genommen. »Trug der Brief eine Briefmarke?«

Frau Karabruck musterte ihn missbilligend. Anscheinend war sie ein höflicheres Benehmen gewohnt. »Hören Sie, junger Mann, wollen Sie mir nicht erst einmal erklären, was passiert ist? Hier wurde nichts gestohlen, und was Herrn Uhlen angeht …«

»Ja?«

»Nun, ich weiß, dass er in der Vergangenheit Probleme hatte, aber seit das Kind auf der Welt ist, schien doch alles in Ordnung zu sein, oder nicht? Abgesehen von ein paar Streitigkeiten.«

Er fragte sich, aus welchem Klatschmagazin sie diese Information hatte, auf jeden Fall schien sie nichts von dem Verschwinden der Ehefrau mitbekommen zu haben. Wäre es um jemand anderen gegangen, hätte er keine Bedenken gehabt, sie über seinen Verdacht zu informieren. Aber er kannte die Dame nicht gut genug, um zu wissen, wie geschwätzig sie war, und wenn sich die Geschichte von der Entführung herumsprechen würde, bevor die Familie des Sängers gefunden war, gliche das einer Katastrophe.

»Ich kann Ihnen leider im Augenblick nichts Näheres sagen«, erklärte er beschwichtigend. »Aber ich muss Sie trotzdem bitten, meine Frage zu beantworten. Es ist wirklich sehr wichtig, glauben Sie mir.«

Frau Karabruck setzte ihre Brille wieder auf und spitzte unzufrieden die Lippen. »Eine Briefmarke, hm, ich glaube nicht.«

»Wo befindet sich denn der Zugang zu den Ferienwohnungen?«

Seufzend zeigte sie auf eine Glastür, hinter der sich das Treppenhaus befand. »Es gibt insgesamt drei Wohnungen, eine unten, die beiden anderen oben, aber da ist im Moment niemand. Außer den Uhlens natürlich. Bei dem Wetter wird

wohl dieses Jahr auch niemand mehr kommen. Und außerdem …« Ihre Gesichtzüge bekamen etwas Listiges, das Berg nur schwer mit dem alten Mütterchen in Verbindung bringen konnte, das ihm gegenübersaß. »Außerdem frage ich mich, was es die Polizei angeht, wenn eine Frau im Urlaub ihren Mann sitzenlässt.« Sie wurde blass. »Er hat sie doch nicht etwa … Doch nicht in meinem Haus!«
Berg schüttelte abwehrend den Kopf. »Im Moment kann ich leider nicht mehr sagen. Ich müsste noch mit Herrn Uhlen sprechen. Wissen Sie, ob er da ist?«
Sie nickte leicht und richtete sich auf. »Ich glaube schon. Vorhin hab ich mal was rumpeln gehört. Kommen Sie.« Die Alte quälte sich aus ihrem Korbstuhl.
Der Flur war hell gestrichen und fensterlos. An der Wand standen mehrere kleine Kommoden sowie ein Schirmständer. Berg musste aufpassen, nicht irgendwo anzustoßen.
Durch die Zwischentür gelangten sie in das kühle Treppenhaus. Dieser Abschnitt des Hauses wirkte sehr viel freundlicher und auch moderner. Berg fragte sich, ob er erst nachträglich angebaut worden war. An den Wänden hingen ein paar Landschaftsdrucke, das Meer bei Vollmond, Fußspuren am Strand. Drei Türen führten zu den verschiedenen Wohnungen, vor der mit dem Türschild Nummer 3 blieb Frau Karabruck stehen. Sie schaute unsicher zu Berg auf, den Finger bereits auf dem Klingelknopf. »Ist das denn wirklich nötig?«, fragte sie zögernd. »Das wird dem Herrn Uhlen aber gar nicht recht sein. Zu mir hat er gesagt, er will auf keinen Fall gestört werden. Er braucht seine Ruhe, wissen Sie.«
»Die kann er anschließend wieder haben«, sagte Berg und klopfte zweimal fest gegen die Tür. Er dachte daran, wie

Frau Karabruck und ihr Mieter erst reagieren würden, wenn die Spurensicherung sich der Wohnung annahm, aber er würde sich hüten, davon schon jetzt etwas zu erwähnen. Irgendwie tat ihm die alte Frau leid, trotzdem konnte er nicht zulassen, dass sie ihn bei seiner Arbeit behinderte, wenn auch mit den besten Absichten. Er hatte gehofft, sie würde sich diskret zurückziehen, doch bis jetzt machte sie keine Anstalten, sich zu entfernen.

»Wer ist da?«, fragte eine Männerstimme durch die geschlossene Tür.

Die Vermieterin zuckte leicht zusammen.

»Ich bin es«, antwortete Berg. »Thomas Berg, Polizeirevier Spiekeroog. Ich muss noch einmal mit Ihnen sprechen.«

»Sind Sie allein?«

Die Frage war nicht ganz leicht zu beantworten. Er wäre es gerne gewesen, das stand fest. Berg warf der alten Dame einen strengen Blick zu. »Ja«, sagte er. »Ich bin allein.«

Endlich schien die Vermieterin zu bemerken, dass ihre Anwesenheit nicht erwünscht war. Mit eingezogenem Kopf machte sie sich laut seufzend auf den Rückweg zum Wohnhaus. »Falls Sie mich brauchen, ich bin in der Stube«, murmelte sie kaum hörbar.

Endlich öffnete Uhlen die Tür. Er sah schrecklich aus, schien jedoch nüchtern zu sein, was Berg ihm hoch anrechnete. In einer solchen Situation hätten wohl die meisten Männer versucht, sich zu betäuben.

»Haben Sie Fragen?«, erkundigte sich der Sänger lahm. Seine Augen waren gerötet und verquollen, darin stand eine schreckliche Angst, wie sie Berg schon häufig in den Gesichtern von Angehörigen gelesen hatte. Es war ein Gefühl, das

sich allzu leicht auf einen selbst übertrug, wenn man nicht aufpasste, gerade wenn es, wie hier, um ein Kind ging.
»Sobald die Soko vom Festland eingetroffen ist, werden ein paar Leute zu Ihnen kommen, um sich alles noch mal ganz genau schildern zu lassen.«
Uhlen sah ihn reglos an. »Werden sie sie finden?«
»Es wäre natürlich besser gewesen, wenn Sie direkt zur Polizei gekommen wären.« Berg senkte den Kopf, um Uhlen nicht direkt in die Augen sehen zu müssen. Es tat ihm weh, er wollte diesen Mann nicht quälen, aber er glaubte, ihm die Wahrheit schuldig zu sein. Versprechungen hatte er nicht zu bieten. »Wir werden alles tun, was in unserer Macht steht«, fügte er leise hinzu.« Das musste genügen. »Ist Ihnen denn in den Tagen vor ihrem Verschwinden irgendetwas an Ihrer Frau aufgefallen? War sie anders als sonst? Hat es vielleicht Streit gegeben?« Er dachte an den Tag, an dem er mit Johanssen die Straße entlanggekommen war.
Uhlen presste die Lippen zusammen. »Wir hatten öfter Streit. Und ich war daran nicht ganz unschuldig, wenn ich ehrlich sein soll. Aber wir haben uns jedes Mal wieder versöhnt.« Seine Stimme versagte.
Berg warf einen Blick in die Wohnung. Das Zimmer machte einen netten Eindruck, abgesehen von der Schmutzwäsche, die Uhlen unter dem Schreibtisch deponiert hatte, und einer Plastiktüte voll leerer Bierdosen. Die Möbel waren aus hellem Holz, eine blaugemusterte Couch nahm die Hälfte des Raums ein. Der kleine Fernseher in der Ecke flimmerte stumm vor sich hin. Plötzlich kam Berg ein Gedanke, der ihn schon die ganze Zeit umgetrieben hatte. »Ihre Frau hat in den Tagen vor ihrem Verschwinden im Supermarkt eingekauft.«

»Ja, und?« Uhlen schien nicht zu verstehen, was er sagen wollte.
»Eine Kassiererin hat sich erinnert, dass sie ungewöhnlich große Mengen eingekauft hat. Haben Sie eine Erklärung dafür?«
»Große Mengen?« Uhlen verzog den Mund zu einem verwunderten Lächeln. »Davon habe ich aber nichts mitbekommen. Wir hatten außer Brot und Butter kaum etwas im Kühlschrank. Meine Frau kocht nicht besonders gerne.«
»Sind Sie sicher?«
»Natürlich. Sie können gerne nachsehen.« Uhlen führte ihn um die Ecke und riss die Kühlschranktür auf, dann nacheinander die weiteren Schranktüren. »Da muss sich die Dame geirrt haben.«
»Ja«, sagte Berg und betrachtete die beiden Joghurtbecher, die sich ein einsames Kühlschrankfach teilten. »Vielleicht hat sie das.« Er beschloss, sich zu verabschieden. »Wir melden uns gegen Abend bei Ihnen«, sagte er und reichte Uhlen die Hand. Dann wandte er sich eilig ab und verschwand durch die Glastür.

Die alte Dame saß wieder in ihrem Korbsessel. Die Illustrierte, die sie auf dem Schoß hielt, hatte sie noch nicht einmal aufgeschlagen. Berg drängte sich das Bild auf, wie sie mit vorgebeugtem Oberkörper vergeblich versuchte zu verstehen, worüber er und Uhlen sich unterhielten. Er schob den Gedanken beiseite. Natürlich war sie neugierig, vielleicht auch besorgt. Schließlich hatten sich die Leute bei ihr eingemietet.

»Ich muss jetzt gehen, Frau Karabruck. Und ich muss Sie wirklich bitten, mit niemandem über unser Gespräch zu reden«, sagte er mit Nachdruck.
Frau Karabruck warf ihm einen teilnahmslosen Blick zu. »Ich sehe nichts, ich höre nichts«, wiederholte sie, während sie ihn zur Tür geleitete.
Berg hoffte, dass sie seine Worte trotzdem beherzigen würde.

* * *

Die Gedanken, die sie seit gestern Abend umtrieben, waren dieselben. Etwas war schiefgegangen, war fürchterlich schiefgegangen, und sie hatte keine Möglichkeit, es zu überprüfen. Er hatte sich melden wollen, hatte anrufen wollen, hatte ihr sagen wollen, dass alles gut war. Das silberne Handy lag wie ein giftiges Insekt in ihrer Hand.
»Es ist doch ganz einfach«, hatte er gesagt und dabei nicht geahnt, wie schwer es wirklich sein würde.
Und sie hatte die Gedanken zu kleinen Stücken zerbissen, hatte nicht geglaubt, dass es irgendetwas geben könnte, das diesen Kreislauf je wieder unterbrechen würde. Das Kind, der kahle Raum, die schmutzige Liege, auf der sie beide kaum Platz hatten, und ein kleines Radio, das sie nur einmal eingeschaltet hatte, um festzustellen, dass es nicht mehr funktionierte. Sie hatte Probleme, ja, einen ganzen Sack voll davon, auch wenn die Hoffnung überwogen hatte. Aber jetzt war es anders. Vorsichtig berührte sie Cindys Wange, um sie nicht aufzuwecken.
Sie bemerkte einen Hustenreiz, der sich nicht einfach so vertreiben ließ. Das Atmen fiel ihr schwer. Sie würde doch nicht

ausgerechnet jetzt krank werden? Aber das war es gar nicht, sie konnte es riechen, die Luft hatte sich verändert. Im nächsten Moment begannen die Geräusche, ein Knistern und Krachen, das sie nicht sofort einordnen konnte, nicht sofort, aber doch ziemlich bald. Es kam von oben, und es war verdammt nah. Sie drehte sich um und sah, dass Cindy sich die Augen rieb. Sie war wieder aufgewacht, aufrecht saß sie am Rand der schäbigen Matratze und warf ihr einen vorwurfsvollen Blick zu. Der kleine Mund verzog sich ein wenig, begann zu zittern.
»Nicht weinen«, sagte sie. »Pst. Wir sind bald wieder zu Hause, es dauert nicht mehr lange.«
Jetzt konnte sie es auch riechen, unter der Falltür wand sich dunkler gekräuselter Rauch herein, nur ein wenig, aber er verkündete, was oben vor sich ging. Sie schüttelte wild den Kopf, und ihre Augen tränten. Warum jetzt, warum hier? Cindy wimmerte eine Weile, dann schwoll das Weinen an, und sie schrie, schrie aus Leibeskräften. Das verzweifelte Schreien ihrer Tochter weckte sie aus ihrem Selbstmitleid, ganz gleich, was geschehen würde, was schiefgegangen war, sie mussten hier raus. Sie konnten nicht warten.
»Ich gehe vor«, sagte sie zu dem Kind, das in heller Panik nach ihrem Pullover griff. Sie machte sich los und ließ ihre schreiende Tochter auf dem Bett zurück. »Ich hole dich. Gleich hole ich dich. Mama muss nur erst nachschauen, was draußen los ist.«
Cindy schlug um sich, wollte sich festklammern. Erst als die Frau die Stimme erhob, gab sie ihre Versuche auf und rollte sich auf dem Bett zusammen. Auch sie hustete jetzt.
Hastig entfernte sich die Frau von der Matratze und machte ein paar Schritte, die Kellerwände waren glatt und warm,

wärmer als heute morgen. Sie legte die Hand auf den Stein und zog sie sofort wieder zurück. Etwas stimmte nicht. Hier draußen im Flur wurde der Rauch stärker. Durch die Ritzen der Holzdecke konnte sie den Feuerschein sehen. Das Krachen im Gebälk des alten Hauses war laut. Die Stimme ihrer Tochter drang von weit weg an ihr Ohr und sagte ihr, dass sie etwas tun musste. Sie musste zurück, musste die Kleine holen. Aber zuerst musste sie herausfinden, ob es gefährlich sein würde, die Leiter nach oben zu nehmen. Mühsam schleppte sie sich weiter auf das Feuer zu.

Montag, 29. Oktober, 17:10 Uhr

Als Berg das Haus verließ, hatte der Wind nachgelassen, aber kalt war es dennoch. Das Tageslicht hatte in der letzten halben Stunde rapide abgenommen, die ersten Laternen brannten schon. Berg schaute zu dem großen Balkon im Obergeschoss hoch. Wenn ihn nicht alles täuschte, war das die Ferienwohnung von Uhlen. Er hätte zurückgehen und Frau Karabruck noch einmal befragen können, vielleicht hätte er sich auch die Wohnung genauer ansehen sollen. Tausend Fragen tauchten plötzlich auf, die er noch hätte stellen sollen, doch er sagte sich, dass die Verstärkung in vermutlich weniger als zwei Stunden vor Ort sein würde, um den Fall eingehend zu bearbeiten. Es gab nichts, das er im Augenblick für den Sänger und seine Familie tun konnte. Trotzdem hatte er keine Ruhe. Unentschlossen schlug er den Weg in Richtung Süderloog ein, ging immer weiter, bis er schließlich den Friederikenweg hinter sich gelassen hatte. Die Ruhe der Dünen hatte ihn schon immer zu neuen Gedanken inspiriert. Als er die Hände fröstelnd in die Hosentaschen schieben wollte, vibrierte plötzlich sein Handy. Es war Althuis.

»Und?«, fragte er. »Bist du weitergekommen?«

Die Stimme der Hauptkommissarin wurde von einem starken Knistern untermalt, er hatte Schwierigkeiten, sie überhaupt zu verstehen. »… gab nicht besonders viele Passagiere in den letzten Tagen«, hörte er und fuchtelte mit dem Gerät herum, in der Hoffnung, ein besseres Netz zu bekommen. »… erinnern.«

»Was hast du gesagt?« Er ging ein paar Schritte, drehte sich um und hatte endlich einen klaren Empfang.
»Sie können sich nicht an eine Frau mit Kleinkind erinnern«, wiederholte Althuis. »Aber das will nichts heißen. Außerdem hatte am Mittwoch jemand anders Dienst.«
»Warum rufst du den nicht an?«
»Hab ich ja.« Sie schnaufte genervt. »Da erreiche ich aber keinen. Wo steckst du überhaupt?«
Das war eine gute Frage. Berg spürte, wie sich sein Gewissen meldete, trotzdem ging er noch ein Stück weiter den schmalen Weg an den Dünen entlang in Richtung Strand. In der Ferne erhob sich der Utkieker, eine Skulptur, die ihn jedes Mal anzusprechen schien, wenn er daran vorbeikam. »Ich bin in den Dünen, muss mich kurz sammeln, aber ich habe eben mit der Vermieterin gesprochen. Sie hat nichts mitbekommen. War auch nicht zu Hause, als Frau Uhlen verschwunden ist.«
»Ich hab's geahnt. Also bis gleich«, sagte Althuis und legte auf.
Berg blickte zum Horizont und dachte an das Kind. Was es wohl gerade durchmachen musste? Und die Mutter – ging es den beiden gut? Schließlich stellte ein erwachsenes Entführungsopfer eine große Gefahr für die Täter dar. Und wo hatten die Täter, denn in seiner Vorstellung mussten es mindestens zwei gewesen sein, ihre Opfer abgefangen? Wohin wollte Viktoria Uhlen mit ihrer Tochter, als die Entführer ihr aufgelauert hatten? Hatten sie die Insel tatsächlich verlassen an jenem Tag?
Er kickte einen Kiesel zur Seite und betrachtete den hölzernen Hund, der den Vorbeikommenden erklärte, dass dieses Gelände kein Hundeklo sei. »Zu viele Fragen«, sagte er zu

dem Hund und schob endlich das Handy wieder in die Tasche. »Viel zu viele Fragen.«
Er wollte gerade umkehren, als er einen Mann auf sich zuhasten sah. Trotz der hereinbrechenden Dunkelheit erkannte Berg Johanssen, dessen Gesicht eine Röte angenommen hatte, wie er sie selten an ihm beobachtet hatte.
»Was machst du denn hier?«, fragte er im Plauderton, doch dem Insulaner war offensichtlich nicht nach Plaudern zumute.
»Da hinten«, keuchte er nur, griff nach Bergs Ärmel und zog ihn kurzerhand hinter sich her. »Hast du den Rauch gesehen?«
Berg hatte überhaupt nichts gesehen. »Vielleicht ein Schornstein«, versuchte er abzuwehren, doch sein Freund ließ ihn nicht los.
»Ruf die Feuerwehr an«, sagte er atemlos. »Du hast doch bestimmt so ein Ding zum Telefonieren dabei.«
»Jetzt mal langsam. Hast du denn gesehen, dass es brennt?«
Johanssen schüttelte den Kopf, und in seine Augen trat ein Hauch von Verlegenheit. »Aber da ist Rauch«, beharrte er. »Du kannst es dir selbst ansehen.«
»Na gut, dann komm.« Berg beschleunigte seinen Schritt. Er vermutete, dass sein Freund wieder einmal übertrieben reagierte – es wäre nicht das erste Mal gewesen. Dennoch wollte er sichergehen, dass wirklich alles in Ordnung war.
Das Gebäude war von weitem nicht zu sehen gewesen, und Berg konnte sich nicht erinnern, es überhaupt jemals bei einem seiner Spaziergänge wahrgenommen zu haben. Nach einem Wohnhaus sah es zum Glück nicht aus, eher nach einem uralten Schuppen. Aber tatsächlich drang dunkler Rauch zwischen den Balken hervor, sogar eine ganze Menge Rauch.

»Wohnt da jemand?«, erkundigte er sich und atmete erleichtert auf, als Johanssen den Kopf schüttelte.
»Das war früher mal eine Lagerhalle oder so, aber die benutzt schon seit Ewigkeiten keiner mehr. Sollte schon vor Jahren abgerissen werden, wegen Einsturzgefahr. Ich glaube, Theo wollte sich damals darum kümmern.«
Berg seufzte. Noch eine Sache, die der ehemalige Revierleiter versäumt hatte. Er wollte nicht wissen, was Theo Herrlich noch alles unter den Teppich gekehrt hatte. »Na, wenigstens kein Wohnhaus.«
»Trotzdem, wir sollten unbedingt die Feuerwehr rufen. Nicht, dass sich das Feuer ausbreitet.«
»Gleich.« Berg angelte nach seinem Handy und trat näher an das Gebäude heran. Tatsächlich, nur ein Lagerraum. Hier wohnte sicherlich niemand. Trotzdem fragte er sich, wie das Heu oder was immer sich drinnen befinden mochte, hatte in Brand geraten können. »Kennst du den Eigentümer?«
»Soweit ich weiß, gehört das Gebäude dem alten Herbolds«, brummte Johanssen. »Der lebt schon länger sehr zurückgezogen. Vielleicht weiß die Tochter etwas darüber. Die große blonde Frau, die beim Fahrkartenschalter arbeitet«, half er Berg auf die Sprünge.
Berg nickte, obwohl er nicht sicher war, ob er die richtige Person vor Augen hatte. »Na gut, dann rufen wir jetzt erst einmal die Feuerwehr«, sagte er mehr zu sich selbst. Er würde Köhler verständigen und dann schnellstmöglich zurück aufs Revier gehen. Die Verstärkung konnte schließlich bald da sein.
»Hätte schlimmer kommen können«, brummte Johanssen und legte ein schiefes Grinsen auf, das Berg nur allzu gut an ihm kannte. In diesem Moment erklang ein Schrei.

Montag, 29. Oktober, 17:35 Uhr

Der Schrei klang panisch, schrill und anhaltend, dann ging er in ein verzweifeltes Weinen über.

Berg spürte, wie sich auf seinen Armen eine Gänsehaut bildete. Dort drinnen weinte eindeutig ein Kind.

»Ruf du an«, sagte er mit unsicherer Stimme.

Johanssen ließ das Handy beinahe fallen. »Du willst doch nicht …«

Berg blickte seinen Freund verzweifelt an, dann starrte er zu dem brennenden Gebäude. Er würde nicht warten können. Ihnen lief die Zeit davon. Mit schnellen Schritten rannte er über den dünnen Rasenstreifen, direkt auf das Feuer zu.

Die Tür hing schief in den Angeln und ließ sich nur mit einigem Kraftaufwand öffnen. Sobald es ihm gelungen war, drang rußige Luft in seine Lungen und verursachte dort ein unangenehmes Brennen. Berg hustete unter Schmerzen. Am liebsten wäre er sofort wieder umgedreht. In seinen Augen sammelten sich Tränen. Ungeduldig fuhr er sich über das Gesicht, um überhaupt etwas erkennen zu können.

Die gesamte Fläche war mit Heu ausgefüllt; links entdeckte er eine kleine Ausbuchtung, in der vielleicht einmal ein Schweinestall gewesen sein mochte. Das ganze Heu war in Brand geraten, nur nicht zu seiner Rechten. Schwarzer Rauch stieg von den brennenden Ballen auf, doch einen Menschen konnte Berg nicht entdecken. »Ist dort jemand?«, rief er in die Schwärze hinein und erhielt keine Antwort.

Das laute Knistern der Flammen machte ihn verrückt. Er hatte sich kaum zwei Meter vorgekämpft, als es neben ihm knackte. Entsetzt hielt er inne und starrte auf die morschen Bodenbretter. Nach Johanssens Beschreibung hatte er ein einsturzgefährdetes Dach vor Augen gehabt, doch nun wurde ihm klar, was der Insulaner gemeint hatte. Durch den eindringenden Regen war der Holzboden mit den Jahren stark verfault, links von ihm klaffte ein großes Loch, durch das Berg in einen dunklen Gang hinabsehen konnte. Jede Menge brennendes Heu war wohl hindurchgerutscht, und der Rauch verteilte sich auch dort unten in alle Richtungen. Berg zuckte entsetzt zusammen. Er hatte nicht damit gerechnet, dass diese Hütte einen Keller besaß.

»Hallo?«, rief er nach unten und erhielt außer dem Knacken der brennenden Balken keine Antwort. Er fragte sich, wo der Zugang zum Keller sein mochte. An das eingebrochene Holz wagte er sich nicht heran, auch die restlichen Dielen knackten bedrohlich unter seinen Füßen.

Mit langsamen Bewegungen tastete er sich vor. Und noch immer war von der Sirene des Feuerwehrwagens nichts zu hören. Stattdessen erklang erneut das Weinen, es klang erschreckend nah, aber auch leiser, schwächer als zuvor. Inmitten der Hitze musste Berg plötzlich frösteln. Er war nicht zum Helden geboren, aber er würde auch nicht tatenlos abwarten können. Er wusste nicht viel über Brände, möglicherweise waren die Personen im Keller sogar bis auf weiteres vor den Flammen geschützt, doch er war sicher, dass ihnen die Luft zum Atmen knapp werden musste.

Er stieß auf eine Eisenklappe im Boden, ging in die Knie und bekam den grob gefertigten Eisenring zu fassen, mit dem

sich die Tür öffnen ließ. Das Metall fühlte sich unangenehm heiß an, immer wieder zuckte er mit den Händen zurück und hasste sich gleichzeitig für seine Empfindlichkeit.
Das Kind schrie in Panik.
»Keine Angst«, antwortete Berg und unterdrückte einen neuen Hustenanfall. »Keine Angst, ich komme. Ich hole dich da raus.«
Berg riss sich die Jacke vom Leib, wickelte sie schützend um seine Hand und zog, so fest er konnte, an dem Ring. Endlich bewegte sich die Tür. Die Hitze drang durch den Stoff und versengte ihm auch jetzt noch die Finger, aber er ließ nicht los, bis es ihm gelungen war, die Eingangsplatte ein Stück zur Seite zu schieben. Mit dem Fuß vergrößerte er den Spalt, bis er groß genug schien, um ihn durchzulassen.
Eine hölzerne Leiter führte in die Tiefe. Das ist Wahnsinn, schoss es ihm durch den Kopf, als ihm eine weitere Wolke schwarzer Rauch entgegendrang, doch dann hörte er erneut das hilflose Weinen, und alle Zweifel waren vergessen.
In der rußgeschwängerten Luft wurde jeder Schritt zur Qual. Durch dichte Schwaden konnte er nun auch das Flackern der Flammen erkennen, die sich bis ganz nach unten gefressen hatten. Vermutlich war ein Teil der Kellerdecke bereits vor Jahren durchgebrochen, überlegte Berg, und die Flammen gaben den verfaulten Brettern jetzt den Rest. Das morsche Gebälk war auf der linken Seite teilweise eingestürzt, dicke Balken versperrten an zwei Stellen den Weg. Es war nur eine Frage der Zeit, bis das ganze Haus über ihm zusammenbrechen würde.
Berg zog sich den Kragen seines Pullovers über Mund und Nase, er konnte kaum noch atmen. Von oben hatte es nicht

so schlimm ausgesehen, doch nun konnte er das ganze Ausmaß des Feuers überblicken. Die gesamte linke Seite des Flurs stand in Flammen, wenn sie die Leiter erreichten, gab es für ihn kein Zurück mehr.
Als das Weinen erneut erklang, wollte er irgendetwas rufen, um dem Kind klarzumachen, dass es keine Angst haben musste. Dass er unterwegs war, um es aus dieser Hölle herauszuholen, aber er brachte außer Husten keinen vernünftigen Ton zustande.
Mühsam kämpfte er sich weiter vor, immer darauf bedacht, dem brennenden Heu auszuweichen, bis der Flur eine Biegung machte. Aus dieser Richtung war das Weinen gekommen. Über ihm standen die Stützbalken an einigen Stellen in Flammen. Er musste sich ducken, um unter einem schwelenden Holzbrett heil hindurchzukommen. Und als er die Stelle erreichte, an der der Durchgang durch das heruntergebrochene Holz erschwert war, wurde ihm übel. Mit einem Schlag wurde ihm bewusst, in welche Gefahr er sich begeben hatte. Trotzdem bückte er sich, um einen der schweren Gerüstbalken anzuheben und ein Stück beiseitezuschieben. Das Holz war schwerer, als er angenommen hatte. Endlich, nach dem dritten Versuch, gelang es ihm, das Kantholz ein kleines Stück zur Seite zu bewegen und somit einen schmalen Weg freizuräumen. Hier, direkt unterhalb des Brandherdes war die Hitze beinahe unerträglich. Er hatte das Gefühl, seine Kleider fingen auf der Haut zu schmelzen an. Berg wollte schon weiter, als er den Arm entdeckte. »Oh, mein Gott«, murmelte er und wandte sich ab, als der Husten ihn erneut schüttelte.
Der Arm gehörte zu einer Frau, die unter den Balken begraben lag. Berg ging in die Knie und zerrte an dem Holz, bis er

den Kopf der Frau befreit hatte. Eine breite Platzwunde verlief vom Scheitel bis zum linken Ohr, das dunkle Haar war blutgetränkt. Als er nach ihrem Puls tastete, flatterten ihre Lider kurz. Die Frau gab einen leisen Seufzer von sich. Berg spürte Panik aufsteigen. Er brauchte Hilfe. Allein würde er nicht in der Lage sein, sie von den zentnerschweren Balken zu befreien.

»Ich komme wieder«, sagte er zu der reglos daliegenden Frau und stieg mit zittrigen Schritten über das Holz hinweg. Eine düstere Verzweiflung überschwemmte ihn, während er sich schrittweise vorwärtsschleppte. Hinter ihm schlugen die Flammen höher, wenn er sich nicht beeilte, würde er den Rückweg nicht mehr rechtzeitig schaffen.

Er gelangte zu einer Abzweigung, die in einem kleinen Raum mündete. Und da lag es, ein Kind von höchstens zwei oder drei Jahren. Zusammengekrümmt auf einer alten Matratze wimmerte es leise. Die Arme hatte es um ein grünes Kissen geschlungen. Als Berg sich bückte, schrie das Mädchen hysterisch auf. Sie schlug um sich und traf ihn unsanft am Auge. Berg ließ von dem Kind ab, rieb sich die schmerzende Stelle, dann griff er erneut zu.

»Ich hole dich hier raus«, raunte er der Kleinen ins Ohr, während er sie mitsamt dem Kissen in die Höhe hob. Sie wand sich in seinen Armen, und er konnte einen Blick in ihre panischen Augen werfen, der ihm fast das Herz zerriss. Zum Zureden fehlte ihm die Zeit. Das Feuer von jenseits des Ganges kämpfte sich weiter in ihre Richtung vor, über die Hälfte der Kellerdecke stand jetzt in Flammen. Gewaltsam klemmte er dem Kind die Arme fest, so dass es sich nicht mehr wehren konnte, und schleppte sich zurück in Richtung Leiter.

In seinen Armen erlahmte der kleine Körper, und Berg wagte nicht nachzusehen, wie es der Kleinen ging. Die Luft hier unten war merklich dünner geworden, das Feuer fraß den Sauerstoff und ließ nichts übrig als giftigen Qualm. Berg taumelte vorwärts. Erst als er wieder an der Stelle ankam, an der die Frau unter den Balken begraben lag, erwachte das Mädchen erneut zum Leben. Winzige Füße traten gegen seinen Bauch.
»Wir holen sie«, sagte er fast unhörbar und kletterte keuchend über das Holz hinweg, ohne seinen Griff auch nur einen Moment zu lösen. »Gleich holen wir sie.«
Plötzlich drehte sich alles um ihn herum. Die Flammen über seinem Kopf glichen Irrlichtern, die verschwanden und erneut aus der Schwärze auftauchten.
Ich schaffe es nicht, war sein erster Gedanke. Ich werde hier unten krepieren, zusammen mit dem Kind in meinen Armen.
Er konnte sich nicht einmal mehr auf seine eigenen Schritte konzentrieren, seine Füße schienen auf den hölzernen Leitersprossen festgewachsen. Er blieb stehen, um Atem zu schöpfen, aber da waren nur die Hitze, eine unbeschreibliche Hitze, und der Geruch nach Verbranntem, der ihm langsam die Kehle zerfraß. Berg schloss die Augen und lehnte sich schwer gegen die Wand. Seine Kräfte versagten.

Ein Geräusch weckte ihn aus seiner Lethargie. »Geben Sie schon her, Mann.« Über ihm stand eine Gestalt, die er nur mit Mühe als den Feuerwehrchef ausmachen konnte.
Köhler riss ihm die Kleine aus den Armen und eilte mit ihr nach draußen. Kaum eine Minute später war er zurück, um Berg die restlichen Leitersprossen hinaufzuhelfen. »Sie sind ja verrückt«, erklärte er kopfschüttelnd.

»Die ... Frau ...«, stammelte Berg, der unter Schmerzen nach Luft rang.
Sie standen auf dem Rasenstreifen vor dem Gebäude, und soweit er beurteilen konnte, hatten Köhlers Männer das Feuer schon weitgehend unter Kontrolle gebracht. Ein Arzt war nicht anwesend, aber einer der Männer telefonierte hektisch und zeigte dabei auf das kleine Mädchen, das sich inzwischen bei Johanssen befand.
Der Feuerwehrchef erstarrte in der Bewegung. »Ist noch jemand drin?«
»Links ... im Gang. Sie ist ... ist eingeklemmt.« Berg setzte sich ins Gras. Mit einem Seitenblick vergewisserte er sich, dass es dem Mädchen gutging. Der riesige Insulaner hatte sie auf seine Arme gehoben und flüsterte ihr irgendetwas zu, aber die Kleine lehnte vollkommen apathisch an Johanssens Brust und starrte mit leerem Blick in die Dünen. Kein Weinen nach ihrer Mutter. Berg fragte sich, ob das Kind vielleicht unter Schock stand, aber er hatte nicht die Kraft, mit jemandem darüber zu sprechen.
Er schreckte auf, als der Krankenwagen mit Vollgas in den schmalen Weg einbog. Undeutlich erkannte er, wie sich die Türen öffneten und Dr. Nürnberger mit wehendem Kittel aus dem Wagen sprang. Er war offenbar direkt aus seiner Sprechstunde hierhergeeilt. Noch während der Arzt versuchte, sich einen Überblick über die Situation zu verschaffen, bog eine weitere Gestalt auf einem Rennrad in den Weg ein und hielt knapp hinter dem Krankenwagen. Die Frau, die atemlos auf Berg zukam, war ein wenig korpulent und trug eine Uniformjacke.
»Na, du Held?«, fragte Althuis in ihrem flapsigen Tonfall und ging vor ihm in die Hocke. Auf ihrem Gesicht las Berg,

dass sie sich große Sorgen um ihn gemacht hatte. »Du Verrückter«, sagte sie mit einem Blick auf das Kind in Johanssens Armen. »Das hast du verdammt gut gemacht.«
Berg hob den Kopf, um ihr zuzulächeln. Dann wandte er sich zur Seite und erbrach sich auf das welke Oktobergras.

Montag, 29. Oktober, 18:15 Uhr

Es schien endlos zu dauern, bis die drei Feuerwehrleute wieder nach oben zurückkehrten. Die Lichtkegel mehrerer Taschenlampen durchschnitten das Dunkel in einem unregelmäßigen Rhythmus. Immer wieder war das Krachen und Splittern der Kellerdecke zu hören, und als Berg sich umsah, bemerkte er, dass sie längst nicht mehr allein waren. Eine Menschenmenge hatte sich inzwischen versammelt. Am Wegrand wartete eine kleine Gruppe Schüler mit ihren Fahrrädern. Sein Blick fiel auf blasse, starre Gesichter; niemand sprach ein Wort, nur die Stimmen der Feuerwehrmänner waren hin und wieder undeutlich zu hören. Das Kind hatte Johanssen in den Krankenwagen gebracht, wo Dr. Nürnberger sich um das kleine Mädchen kümmerte. Berg hoffte, dass es unverletzt geblieben war. Endlich öffnete sich die Holztür wieder, und einer der Männer tauchte mit rußgeschwärztem Gesicht im Freien auf.

»Die Trage«, sagte er laut und wartete am Eingang, bis die beiden Sanitäter die fahrbare Trage herbeigeschafft hatten.

Althuis trat näher heran. »Lebt sie?«, fragte sie mit einem maskenhaften Gesichtsausdruck.

Der Mann betrachtete seine Schuhe, als hätte er ihre Worte nicht verstanden. Vielleicht hatte er sie nicht verstanden. Althuis trat zur Seite, und zwei der Feuerwehrleute nahmen das Metallgestell in Empfang und verschwanden damit in Richtung der Falltür.

Dunkelgraue Wolken ballten sich über ihren Köpfen zusammen. Ein abnehmender Mond spendete kaltes Licht.
Berg fröstelte und stand schwerfällig auf. Ein scheußlicher Husten schüttelte ihn minutenlang. Er ließ den Blick über die Jugendlichen wandern. Harmlose, erschreckte Gesichter, kindlich noch, rosige Wangen und glänzende Augen. Sie hatten zu tuscheln begonnen. Berg dachte an Josua. Wenn sie nicht schnell eine Brandursache präsentieren konnten, würden die Leute wieder anfangen zu reden, da war er sich sicher. Er konnte sich nicht vorstellen, dass der Junge etwas mit dem Feuer zu tun hatte, aber wem nützte seine persönliche Meinung schon? Und immerhin musste er sich eingestehen, dass auch ihm dieser Gedanke als Erstes gekommen war. Berg schluckte und wandte den Blick zur Tür, die eben wieder aufschwang. Zuerst sah er den Rücken eines uniformierten Mannes, dann die Trage, die ruckelnd über das Gras geschoben wurde. Der Körper darauf war größtenteils mit einer feuerfesten Decke bedeckt.
»Eine Frau und ein Mädchen«, flüsterte Althuis, die sich neben Berg auf die Zehenspitzen gestellt hatte, um besser sehen zu können. »Ein blondes Mädchen.«
Berg zuckte zusammen. So weit hatte er noch gar nicht gedacht. »Hast du schon was vom Festland gehört?«
Sie wiegte bedauernd den Kopf. »Die Hubschrauber sind immer noch im Einsatz wegen der Überschwemmung. Wie es aussieht, werden sie doch auf die Fähre ausweichen müssen.«
»Wann kommt die?«
»Ich glaube, gegen halb neun.«
Berg beobachtete, wie Nürnberger sich über die Frau beugte und nach ihrem Puls tastete. Jemand machte ein Foto.

Das Gesicht des Arztes verfinsterte sich, dann wandte er sich an Althuis. »Könnten Sie vielleicht dafür sorgen, dass die Leute ein bisschen Abstand halten? Das ist doch nicht zu glauben!«

Ohne eine weitere Aufforderung zogen sich die meisten Leute ein Stück zurück. Berg war erleichtert. Gemeinsam mit Althuis ging er hinter den Krankenwagen. »Wie geht es ihr?«

»Sie lebt«, brummte Nürnberger, der die Patientin gerade im Wagen für den Transport befestigte. Er schob ihr einen Sauerstoffstöpsel in die Nase und streifte sich die Handschuhe ab. »Noch lebt sie. Aber es sieht nicht gut aus. Wir werden sie schnellstmöglich in eine Klinik verlegen.« Der Arzt stieg aus dem Wagen und knallte die Türen hinter sich zu. In seinen Augen stand eine tiefe Traurigkeit. »Wenigstens dem Kind scheint nichts passiert zu sein.«

Als Berg sich umdrehte, wäre er beinahe mit einem Passanten zusammengeprallt. Es war der junge Mann, der das Foto geschossen hatte. »Können Sie mir etwas über den Zustand der Verletzten sagen?«, fragte er und hielt Berg seinen Presseausweis hin. »Oder über ihre Identität? Ist sie eine Touristin?« Erwartungsvoll blickte er zu Nürnberger auf, der aussah, als würde er ihm gleich den Hals umdrehen.

Althuis sah den Mann finster an. »Auf welchem Baum sind Sie denn so plötzlich gewachsen, Herr …« Sie bückte sich, um den Namen auf dem Ausweis besser lesen zu können. »Martinson«, fügte sie lahm hinzu.

Der Journalist lächelte zerknirscht. »Ich mache eigentlich Urlaub auf Ihrer schönen Insel, aber wenn schon mal etwas passiert, wäre es vielleicht ganz praktisch, wenn …«

»Nein!«, herrschte Althuis den Mann an, der daraufhin verdutzt zurücktrat. »Es ist weder praktisch noch sonst irgendwas. Und jetzt lassen Sie diesen Herrn«, sie wies auf Dr. Nürnberger, der mit geballten Fäusten dastand, »bitte durch, oder wollen Sie dafür verantwortlich sein, dass die Patientin nicht rechtzeitig in die Klinik kommt.«
»Gibt es denn eine Klinik auf Spiekeroog?« Er lächelte schief, während der Arzt an ihm vorbeieilte und sich in das Fahrerhaus schwang.
Althuis antwortete nicht, stattdessen winkte sie Nürnberger zu, der den Motor anließ und den Wagen einige Zentimeter rollen ließ. Erst im letzten Moment wich Martinson dem Wagen aus und stolperte zur Seite. Beinahe hätte er sich auf den Hosenboden gesetzt.
Berg machte keine Anstalten, dem Mann zu helfen. Er wusste, dass der Journalist im Grunde nur seine Arbeit tat, aber in diesem Moment und an diesem Ort war ihm das gleichgültig. Reglos sah er zu, wie der Rettungswagen den schmalen Weg entlangfuhr und sich immer weiter entfernte, dann wandte er sich zu Althuis um. Die Hauptkommissarin hatte sich zu Johanssen gesellt, der schweigend vor sich hin starrte.
Berg trat zu ihnen. »Was ist denn?«, fragte er und befand die Frage, noch während er sie aussprach, für unsäglich dumm.
»Ich hätte reingehen müssen«, erwiderte sein Freund mit seltsam matter Stimme, ohne ihn anzusehen. »Ich hätte reingehen und dir helfen müssen. Du hättest da drin umkommen können. Und die Frau …«
Berg schüttelte verwirrt den Kopf und berührte ihn an der Schulter. »Ich bin froh, dass du es nicht getan hast«, sagte er

und dachte, dass das tatsächlich die Wahrheit war. »Es war verrückt, da reinzugehen, aber ich konnte einfach nicht anders.«
»Aber die Frau«, wiederholte Johanssen.
»Sie war unter den Balken eingeklemmt. Wir hätten sie zu zweit auch nicht viel schneller rausholen können.«
Einen Augenblick lang starrte er gedankenverloren über die Dünen.
»Denkst du, das waren die beiden?«, sprach Althuis endlich seine Gedanken aus.
»Welche beiden?« Johanssen sah von einem zum anderen.
Althuis gab keine Antwort, stattdessen betrachtete sie ihren Kollegen streng von oben bis unten. »Du solltest dich besser auch von Nürnberger untersuchen lassen.«
Berg stopfte sich das Hemd in die Hose und unterdrückte einen neuen Hustenanfall. »Nein danke, mir geht's gut.«
»Bist du dir da sicher? Besonders frisch siehst du nicht gerade aus.« Sie wartete noch einen Moment, dann setzte sie sich langsam in Bewegung. »Gehen wir.«
Berg war froh, als sie endlich den Wüppspoor erreichten, und als Erstes trat er den Weg ins Badezimmer an. Johanssen wühlte in einem Schrank und brachte ihm einen ganzen Stapel Handtücher. Seine Augen brannten entsetzlich. Der Kater strich ihm pausenlos um die Beine, als würde er ihn trösten wollen, doch Berg hatte im Moment nicht die Kraft, sich mit dem Tier zu beschäftigen.
Gerade als er sich Gesicht und Hände abtrocknete, hörte er Althuis' Stimme.
»Was hast du gesagt?« Er trat in den Flur und lehnte sich erschöpft gegen den Türrahmen.

»Das war Köhler«, rief seine Kollegin aufgeregt. »Es handelt sich tatsächlich um die Uhlens. Einer der Feuerwehrleute hat im Keller ihre Handtasche gefunden.«
Berg nickte ihr zu, das hatte er schon geahnt. Damit war zumindest eines der Rätsel gelöst. In diesem Moment klingelte sein Handy. Mit steifen Fingern fischte er es heraus und betrachtete die Nummer. Es war Nürnberger.
»Sie ist aufgewacht«, sagte der Arzt in seiner kurz angebundenen Art.
Berg zuckte zusammen. »Die Frau aus dem Schuppen?«
»Ich dachte, dass Sie vielleicht mit ihr sprechen wollen, bevor sie ins Krankenhaus verlegt wird.« Nürnbergers Räuspern drang hart aus dem Lautsprecher. »Sofern sie in der Lage ist, zu sprechen, natürlich.«
Berg spürte, wie seine Kräfte weiter nachließen. Die Rettungsaktion hatte ihn wesentlich mehr mitgenommen, als er sich eingestehen wollte. »Es ist Dr. Nürnberger«, erklärte er Althuis, die mit fragender Miene neben ihm stand. »Die Frau ist zu sich gekommen.« Er hob das Handy erneut ans Ohr. »Wir könnten natürlich auch jemanden ins Krankenhaus schicken«, murmelte er mehr zu sich selbst und zuckte unwillkürlich die Schultern.
»Ich an Ihrer Stelle würde nicht warten. Außerdem …«
»Was ist los?«
Nürnbergers Stimme zitterte, das hatte Berg bei dem alten Mediziner bisher noch nie erlebt. »Sie besteht darauf, mit Ihnen zu reden. Vorher wird sie dem Transport in die Klinik nicht zustimmen, fürchte ich.«
Berg erinnerte sich an den Moment in dem brennenden Schuppen, an den Anblick des leblosen Körpers, begraben

unter schwelenden Holzbalken. Durch den vielen Rauch war er sich zuerst gar nicht sicher gewesen, ob er tatsächlich einen Menschen vor sich hatte. Auf seinen Armen bildete sich Gänsehaut, er spürte, wie ihm der Schweiß auf die Stirn trat. »Wie geht es ihr wirklich? Wird sie es überstehen?«

»Ich …« Nürnberger stockte, für einen Moment war nur sein rasselnder Atem in der Leitung zu hören. »Ich weiß es nicht.«

Berg erstarrte. »Wir sind unterwegs«, antwortete er und sah gleichsam in Zeitlupe, wie Althuis ihm das Handy aus der Hand nahm.

»Warten Sie«, bellte die Hauptkommissarin. »Wie geht es ihr denn?« Sie verzog das Gesicht und reichte das Gerät an Berg zurück. »Aufgelegt.«

Montag, 29. Oktober, 18:55 Uhr

»Dich kann er gleich hierbehalten, so wie du aussiehst«, stellte Althuis fest, während sie in den Noorderloog einbogen.
Berg, der seine Füße kaum noch spürte, folgte ihr. Er hatte noch immer leichte Atembeschwerden, trotzdem hatte er darauf gepocht, Althuis zu begleiten. Er dachte an Johanssen, der darauf bestanden hatte, auf dem Revier auf sie zu warten. Sein Gesicht war starr wie eine Maske gewesen, doch Berg ahnte, dass hinter der breiten Stirn einiges in Aufruhr geraten war.
Von der silbrigen Scheibe des Mondes war inzwischen überhaupt nichts mehr zu sehen, nur ein schwaches Blinken hinter den Wolken zeigte ihm, dass er nicht ganz verschwunden war.

Nürnbergers dunkle Augen blickten sie ernst an, als er die Tür öffnete.
»Es sieht schlecht aus, hab ich recht?« Althuis blieb abwartend in der Tür stehen.
Der Arzt nickte ihr mit bedauernder Miene zu und trat zur Seite, um die Polizisten einzulassen. Mit ausladenden Schritten ging er vor ihnen her. »Deshalb habe ich Sie angerufen. Sie besteht darauf, mit Ihnen zu sprechen.« Vor einer der weißen Türen machte er halt, öffnete sie jedoch noch nicht.
»Ist sie denn richtig ansprechbar?«, fragte Berg.

»Vorhin war sie es. Sie ist allerdings schwer zu verstehen.«
»Und das Kind?« Althuis runzelte besorgt die Stirn.
»Schläft im Nebenzimmer. Die Kleine hat großes Glück gehabt.«
Zögernd betraten sie nun das Krankenzimmer, stockten kurz, als sie die leblose Person unter der weißen Bettdecke erblickten.
Berg fragte sich, ob es richtig war, einen Menschen in diesem Zustand zu befragen, und auch Althuis schien Bedenken zu haben, so vorsichtig und leise, wie sie sich bewegte.
Als Berg sah, dass die Verletzte die Augen öffnete, schob er behutsam den Tropfständer ein Stück zur Seite und versuchte ein Lächeln. »Wie geht es Ihnen?«
Die Antwort war ein Stöhnen, das unter dem weißen Verband zu ihm hervorkroch. Der Kopf war beinahe vollständig mit Mullbinden bedeckt. Die wenige Haut, die er erkennen konnte, war krebsrot verfärbt. Die Frau bewegte wie in Trance eine ihrer Hände, spreizte die Finger und klopfte unbeholfen auf die Bettdecke.
»Können Sie uns sagen, was geschehen ist?«, fragte Berg, bekam jedoch keine Antwort. Er wiederholte seine Frage und wartete eine Weile, wollte die Hoffnung schon aufgeben, als Frau Uhlen schließlich zu sprechen begann.
»Wo … wo ist meine Tochter?«
»Im Nebenzimmer. Sie schläft jetzt, aber es geht ihr gut.«
»Gut. Das ist … gut.« Sie schloss die Augen und atmete hörbar auf. »Ich bin so dumm gewesen.«
Berg runzelte die Stirn. Hatte er sie richtig verstanden?
Auch Althuis blinzelte ungläubig. »Wer hat Sie denn in diesen Keller gebracht?«, fragte sie leise.

Viktoria Uhlen hustete rasselnd. Das Geräusch war für Berg beinahe unerträglich. Als sich die schmale Frau dabei kraftlos hin und her zu wälzen begann, bekam er es mit der Angst zu tun. Doch bevor er sich entschließen konnte, Nürnberger zu rufen, war es wieder vorbei. »Keiner.« Sie gab ein verächtliches Geräusch von sich.

»Keiner? Sie sind freiwillig dort hinuntergegangen? Aber warum?«

Seine Vermutung bestätigte sich mit dem nächsten Wort, das sie unter Mühen herauspresste: »Sascha.«

Er wagte nicht zu atmen.

»Es war seine Idee«, fuhr sie mühsam fort. »Ich habe meinen Mann nicht wegen des Geldes geheiratet. Ich möchte nicht, dass Sie das denken.« Sie stöhnte leise. »Als Sebastian und ich damals geheiratet haben, wollte er, dass ich einen Ehevertrag unterschreibe. Und mir war das nur recht, ich wollte um keinen Preis der Welt, dass er meine Gefühle anzweifeln könnte. Ihm zuliebe habe ich auf alles verzichtet. Ich war so dumm.«

»Das ist doch eine ehrenhafte Entscheidung«, erklärte Althuis mit Nachdruck.

Die junge Frau schluchzte verzweifelt auf. »Es wäre in Ordnung gewesen, wenn mein Mann sich nicht so rücksichtslos verhalten hätte.«

Berg nickte ihr traurig zu. »Also stimmen die Geschichten in den Klatschmagazinen, die über ihn geschrieben wurden?«

»Ich kenne die Geschichten nicht. Ich habe vor Jahren aufgehört, sie zu lesen. Ich kann nur sagen, dass Treue nicht zu seinen Stärken gehört.« Sie sah aus, als würde sie im nächsten Moment wegdämmern.

»Und wie ging es weiter?«, erkundigte sich Althuis vorsichtig.
»Mit Cindys Geburt wurde es noch schlimmer. Er trieb sich nachts in Kneipen herum, anstatt sich um seine Tochter zu kümmern. Wir waren nur noch Ballast für ihn. Dann vor einem Jahr stellte er mir Sascha vor. Er nannte ihn einen Freund, und er vertraute ihm. Kurz danach übernahm Sascha den Managerposten. Er ging bei uns zu Hause ein und aus.« Laut keuchend ließ sie den Kopf auf das Kissen zurücksinken. »Verzeihen Sie, mein Kopf …«
»Lassen Sie sich Zeit.« Berg zwang sich, ruhig zu bleiben, was ihm von Minute zu Minute schwerer fiel.
»Wissen Sie, Sascha nahm sich Zeit für mich. Mit ihm konnte ich über alles reden. Ich hatte niemals vor, meinen Mann zu betrügen. Irgendwann ist es einfach passiert, verstehen Sie?«
»Dieser Sascha«, warf Althuis ein, »hat Sie also überredet, die Entführung vorzutäuschen.«
Frau Uhlen schloss für einige Zeit die Augen.
Hinter Berg öffnete sich die Tür, und der blonde Kopf einer Krankenschwester erschien. »Nicht zu lange, bitte«, sagte sie bestimmt.
Keiner der beiden Polizisten reagierte drauf, stattdessen fragte die Hauptkommissarin: »Und wie ist es zu dem Feuer gekommen?«
Berg hoffte inständig, dass der Brand sich bei ihrer Erklärung als ein Unfall herausstellen würde.
Doch Frau Uhlen schien überhaupt nicht darauf antworten zu wollen. »Gestern wollte Sascha mich anrufen, um mir Bescheid zu geben, dass er das Geld hätte und ich mich zeigen könnte.«

»Sie waren also überhaupt nicht eingeschlossen?«, folgerte Berg. Er dachte an die Kassiererin, mit der Althuis über Frau Uhlens Einkäufe gesprochen hatte, über all die Dinge, die sie im Supermarkt gekauft, aber nie in die Ferienwohnung gebracht hatte. »Sie sind ganz allein in Ihr Versteck gegangen, Sascha war nie hier auf der Insel.«
»Vor ein paar Wochen war er hier, um nach einem geeigneten Versteck zu suchen.«
Berg schüttelte den Kopf. So wenig Sympathie er auch für Uhlen aufbringen konnte, das hatte der Mann sicherlich nicht verdient. »Und Sie hatten überhaupt kein schlechtes Gewissen Ihrem Mann gegenüber?«, wollte er wissen und biss sich im selben Moment auf die Lippe. Es war nicht seine Aufgabe, diesen Fall von der moralischen Seite her zu beleuchten. Trotzdem ließ es ihm keine Ruhe. Er hatte selten wirkliches Verständnis für die Menschen aufbringen können, die er im Laufe seiner Jahre bei der Polizei überführt hatte. »Das war ganz schön grausam«, fügte er schwach hinzu.
Die Verletzte stieß ein bitteres Lachen aus. »Grausam«, wiederholte sie. »Sie wissen ja nicht, was Sie da reden.«
»Wie war das jetzt mit dem Feuer?«, wiederholte Althuis ihre Frage, diesmal eindringlicher. »Wie konnte das passieren?«
»Das weiß ich nicht.«
»Moment.« Mit Schaudern erinnerte Berg sich an die schwelenden Deckenbalken »Der Brand war kein Unfall?«
»Das haben wir gleich«, erklärte Althuis und begab sich zur Tür, wo sie fast die Krankenschwester umgerannt hätte.
»Sie müssten jetzt wirklich …«, hob das Mädchen erneut an und verstummte, als die Hauptkommissarin wortlos ihr Handy zückte. Althuis tätschelte der jungen Frau die Schul-

ter und quetschte sich an ihr vorbei auf den Flur. Wenige Minuten später kam sie zurück.
»Und?«, erkundigte sich Berg.
»Ich habe mit Köhler gesprochen. Er meint, das Feuer hat eindeutig an der Fensterseite angefangen. Sie haben einen Feuerwerkskörper gefunden, der offensichtlich nicht richtig explodiert ist. Die brennende Zündschnur hat jedoch ausgereicht, um das Heu zu entzünden.«
»Was heißt das?«, fragte Frau Uhlen. Ihre Stimme war mittlerweile sehr leise geworden.
Berg antwortete ihr nicht gleich. In seinem Kopf rasten die Gedanken. Ein Feuerwerkskörper, genau wie in Wielands Briefkasten. Ihm wurde übel. Er konnte sehen, dass es Althuis nicht viel besser ging. »Das Seitenfenster?«
»War zerbrochen«, antwortete seine Kollegin. »Vermutlich schon längere Zeit. Kleinigkeit, den Knallkörper durch das Loch in der Scheibe zu werfen.«
»Heißt das, jemand wollte uns umbringen?«, stöhnte Frau Uhlen.
Wieder öffnete sich die Tür, und diesmal war es Nürnberger persönlich, der mit verschränkten Armen im Türrahmen lehnte.
Althuis blockte ihn mit der Hand ab. »Das glaube ich nicht«, versuchte sie, die Verletzte zu beruhigen. »Wer könnte denn von Ihrem Versteck gewusst haben?«
»Wir müssen jetzt gehen«, wandte Berg ein. Er warf dem Arzt einen entschuldigenden Blick zu und lenkte Althuis mit einer auffordernden Bewegung in Richtung Ausgang.
»Gute Besserung«, gelang es der Hauptkommissarin gerade noch zu murmeln, dann eilte sie hinter Berg den Flur ent-

lang. »Denkst du, es handelt sich wirklich um einen Mordversuch?«
Berg schüttelte den Kopf. »Das kann ich nicht glauben. Es sei denn …« Er starrte sie entgeistert an. »Das ist nicht dein Ernst, oder? Der Manager?«
»Ich weiß nicht«, brummte Althuis. »Er hätte einfach mit dem Geld verschwinden können. Es hätte sowieso jeder vermutet, dass er hinter der Entführung steckt. Wozu hätte er jemanden beauftragen sollen, seine Geliebte aus dem Weg zu räumen?«
»Und wenn mich nicht alles täuscht, ist er bereits durchgebrannt«, bemerkte Berg.
»Gehen wir zu Uhlen«, meinte Althuis seufzend. »Der weiß schließlich noch gar nichts von der ganzen Geschichte.«

Montag, 29. Oktober, 19:35 Uhr

Althuis blieb so abrupt stehen, dass Berg sie beinahe angerempelt hätte. »Ich muss die Kollegen in Aurich anrufen!«, rief sie aus.

Berg stöhnte. »Kannst du das nicht erledigen, wenn wir wieder auf dem Revier sind?«

Die roten Locken stoben durch die Luft, als sie den Kopf schüttelte. »Das wird zu spät. Ich muss Martin Bescheid geben, dass wir keine Soko mehr wegen Kindesentführung brauchen, nur noch eine für den Brand.« Sie tippte eifrig Zahlen ein, fluchte leise und tippte erneut. »Hallo, hier ist Freda ...« Sie drehte Berg den Rücken zu und erklärte, was sich in den letzten Stunden ereignet hatte.

Als sie endlich das Gespräch beendete, fror Berg wie ein Schneider. Der kalte Wind, der Schreck und die Anstrengung machten ihm zu schaffen. Daher beschloss er, als sie das Revier passierten, sich eine wärmere Jacke zu holen.

»Aber beeil dich«, meinte Althuis nur, die draußen stehen blieb. »Ich schiebe so was nicht gerne vor mir her.«

Johanssen wartete tatsächlich noch im Büro auf sie. Als Berg hereintrat, fragte er sofort mit besorgter Miene: »Was ist mit der Frau? Wie geht es ihr? Und war das wirklich Viktoria Uhlen?«

Berg nickte bedächtig. »Ja, die Entführung war nur vorgetäuscht, sie hatte sich mit dem Kind dort versteckt, als das Feuer ausbrach.«

Johanssen atmete auf und zeigte ein zerknirschtes Lächeln. »Dann habt ihr den Fall wohl aufgeklärt.«

»Leider nicht ganz«, erwiderte Berg. »Bei dem Feuer scheint es sich um Brandstiftung zu handeln.« Einen Sekundenbruchteil lang fiel ihm ein, dass Johanssen kein Polizist war und eigentlich nicht in die Interna seiner Arbeit hätte eingeweiht werden dürfen, dann schob er die Bedenken zur Seite. Es war ja auch nicht das erste Mal.

»Das wusste ich nicht«, seufzte Johanssen, der ganz blass geworden war.

»Deswegen sag ich es dir ja«, gab Berg leicht verärgert zurück, dann hielt er kurz inne. »Wolltest du mir noch etwas sagen?«

»Ich weiß nicht, ob es was zu bedeuten hat«, begann Johanssen zögernd.

Draußen tauchte Althuis' Gesicht an der Fensterscheibe auf.

»Was ist denn nun?«, rief sie und klopfte heftig gegen das Glas.

»Nicht jetzt«, knirschte Berg lautlos durch die Zähne und machte ihr ein Zeichen, das sie von ihrer Warte aus vermutlich nicht einmal sehen konnte.

»Als ich dir heute Nachmittag entgegenkam …«

»Ja?«

»Auf dem Weg in die Dünen, weißt du? Als ich den Rauch bemerkt hatte.«

»Erik, bitte!« Berg rang schon wieder darum, nicht die Geduld zu verlieren. »Mach es kurz.«

Johanssen sah kurz zu Althuis am Fenster, die inzwischen wild gestikulierte, und wandte sich danach eilig wieder Berg zu. »Ich war schon ungefähr zwanzig Minuten vorher da vorbeigekommen, als ich … Na ja, und da hab ich ihn gesehen. Aber wie gesagt, sicher war es nur ein dummer Zufall.«

»Wen hast du gesehen?«
»Den Jungen. Ich hab den Jungen gesehen, verstehst du?«
»Mein Gott, welcher Junge denn jetzt schon wieder?«, fuhr er den armen Johanssen an. Doch dann wurde ihm schlagartig klar, wovon sein Freund redete. »Du meinst nicht Josua, oder?« Der Gedanke löste eine ganze Kette weiterer Schlüsse in ihm aus, Befürchtungen, die er am liebsten weit von sich gewiesen hätte. Josua war am Tatort gewesen. Josua, der schon einmal ein Feuer verursacht hatte. »Und das sagst du mir erst jetzt?«
»Ich wollte ... ich dachte ...« Johanssen war sichtlich durcheinander. »Ich hatte es vergessen.«
»Ist doch in Ordnung«, sagte Berg, dem seine Ungeduld nun mehr als unangenehm war. »Wahrscheinlich hat es überhaupt nichts zu bedeuten.« Er nickte seinem Freund beschwichtigend zu, griff nach seiner dickeren Jacke. »Aber wir müssen jetzt los, zu Herrn Uhlen.«

Die paar Meter bis in den Melksett legten er und Althuis beinahe im Laufschritt zurück.
Frau Karabruck öffnete die Tür. Sie wirkte fahrig und aufgeregt. »Hat es Verletzte bei dem Feuer gegeben? Meine Tochter hat mich angerufen.«
Berg widerstand dem Verlangen, die alte Frau schlichtweg beiseitezuschieben, stattdessen erklärte er, dass er im Augenblick nicht darüber sprechen dürfe.
»Dann war es also tatsächlich Brandstiftung, was?« Sie funkelte ihn mit wichtiger Miene an.
Berg erinnerte sich, sie sonntags ebenfalls im Gottesdienst gesehen zu haben. Wer wusste schon, was Wieland sonst noch al-

les von sich gegeben hatte, um seine Schäfchen aufzuwiegeln. Er seufzte leise. »Hat Ihnen das auch Ihre Tochter erzählt?«

»Das hat die Frau im Gemüsegeschäft gesagt, aber Genaueres konnte sie mir auch nicht sagen. Sie meinte, wir müssen abwarten.«

»Abwarten«, wiederholte Althuis mit einem süßlichen Lächeln. »Das ist eine gute Idee, und bis dahin wären wir Ihnen dankbar, wenn Sie uns unsere Arbeit machen ließen. Ist Herr Uhlen da?«

Das Funkeln in Frau Karabrucks Augen hatte seine Begeisterung verloren, mit spitzen Fingern öffnete sie die Tür, hinter der sich der Zugang zu den Ferienwohnungen befand. »Woher soll ich das wissen?«, erwiderte sie und musterte Althuis beleidigt. »Es gehört nicht zu meinen Aufgaben, meine Gäste zu kontrollieren.«

Berg atmete auf, als sich die Vermieterin endlich zurückgezogen hatte. Bevor er die Hand hob, um anzuklopfen, fiel ihm jedoch noch etwas ein. »Wolltest du dich nicht nach diesem selbst ernannten Heiligen erkundigen?«

Althuis spitzte die Lippen. »Barrak, genau. Er ist wohl vor einiger Zeit mal auffällig gewesen, war ein paar Jahre in der Psychiatrischen.«

Berg nickte, das passte zu dem Bild, das er von diesem Mann bekommen hatte. »War er auch gewalttätig?«

Althuis öffnete den Mund und schloss ihn wieder, als Schritte auf der Treppe hörbar wurden, dann öffnete jemand von innen die Tür. Vor ihnen stand Sebastian Uhlen. Man konnte ihm ansehen, wie sehr ihn die Situation belastete.

»Sie sind das.« Seine Augen weiteten sich vor Schreck. »Bringen Sie Neuigkeiten?«

»Wir haben Ihre Frau und die Kleine gefunden«, sagte Althuis. In ihrer Stimme schwang keinerlei Regung mit, doch Berg kannte sie gut genug, um zu wissen, wie schwer ihr diese Erklärung fiel. »Es hat ein Feuer gegeben. Ihrer Tochter geht es gut, aber Ihre Frau ist schwer verletzt worden. Beide befinden sich im Augenblick auf der Krankenstation, aber Ihre Frau wird in ein Krankenhaus verlegt.« Sie brach abrupt ab und schnappte nach Luft.

Berg sah ihr an, dass sie am liebsten gegangen wäre, ihre Aufgabe war hiermit erledigt; mehr konnte niemand von ihr verlangen. Aber das war natürlich nur die halbe Wahrheit, und sie wussten es beide. Reglos stand er neben seiner Kollegin und wartete darauf, dass der Sänger die Worte begreifen würde. Im Augenblick sah es nicht danach aus. Uhlen stand eine Weile da und schluckte nur, dann liefen auf einmal die Tränen über seine Wangen. »Kann ich sie sehen?«

»Natürlich.« Berg tat der Mann leid, trotzdem stießen ihn die Tränen ab. Nach allem, was Viktoria Uhlen angedeutet hatte, hatte er ihr das Leben zur Hölle gemacht. »Ich glaube, Sie sollten sich beeilen«, fügte er mit leiser Stimme hinzu.

»Wie ist das passiert? Haben Sie den Mistkerl geschnappt, der ihr das angetan hat?« Uhlen ballte die Fäuste, sein Gesicht verfärbte sich vor ehrlicher Wut.

»In der Lagerhalle, in der sich die beiden versteckt hatten, ist es zu einem Feuer gekommen.«

Im Hintergrund hörten sie den Gong der Türglocke, und kurz darauf erschien Frau Karabruck.

»Besuch für Sie.« Ihre Mundwinkel hingen missgünstig herab.

Berg entschuldigte sich und folgte der kleinen Frau auf den Flur hinaus, während Althuis dem Sänger in einer bemer-

kenswert ruhigen Art beizubringen versuchte, was sich draußen in den Dünen ereignet hatte.
In einem der Korbsessel saß Johanssen.
»Was machst du denn hier?«
»Tut mir leid, wenn ich störe.« Der Insulaner erhob sich und strich die Häkeldecke glatt, die er beim Aufstehen halb heruntergezogen hatte. »Ich weiß nicht, ob es wirklich so dringend ist, und ihr habt bestimmt genug anderes zu tun«, begann er, und Berg verdrehte die Augen. »Aber auf dem Revier ist gerade ein Notruf eingegangen. Ich habe versucht, dich auf dem Handy zu erreichen, doch es hat nicht funktioniert.«
Fantastisch, dachte Berg. Althuis' Rufumleitung schien wahre Wunder zu vollbringen. »Und worum geht es?«
»Im Anker scheint es Probleme zu geben.« Er knirschte so laut mit den Zähnen, dass Berg es hören konnte. »Wahrscheinlich nur ein kleiner Familienstreit, aber man kann ja nie wissen, nicht wahr? Die Frau von gegenüber meinte jedenfalls, ihr solltet besser mal nachsehen.«
Berg schluckte einen Fluch hinunter. Hatten sich jetzt auch die Nachbarn vorgenommen, Anna und ihren Kindern das Leben schwerzumachen? »Hast du sie gefragt, ob sie auch zu Wielands Gemeinde gehört?«
»Wie meinst du das?«
»Schon gut«, erwiderte er und registrierte am Rande, wie hinter der Gardine der Durchgangstür ein Kopf auftauchte. Frau Karabruck nahm ihre Verpflichtungen als Vermieterin anscheinend sehr genau. »Wahrscheinlich sehe ich schon Gespenster. Entschuldige, wir kümmern uns gleich darum. Kein Problem.«

In dem Moment betrat die Hauptkommissarin den Raum. »Worum kümmern wir uns?«, fragte sie überrascht.
Berg schüttelte den Kopf. »Nichts Besonderes, nur ein wenig nach dem Rechten sehen. Im Anker scheint es einen Familienstreit zu geben.«
»Eigentlich würde ich lieber alles für die Soko vorbereiten. Denkst du, du kommst alleine klar?«
Berg nickte ihr zu. Er sah keinen Grund, weshalb er nicht allein gehen sollte, doch Althuis schien mit dieser Lösung nicht zufrieden zu sein. »Erik könnte dich begleiten.«
Das war eine gute Idee, und sofort erschien das Leuchten in Johanssens Augen, wie jedes Mal, wenn er gebraucht wurde.
»Gut, dann sollten wir jetzt los.«

Montag, 29. Oktober, 20:15 Uhr

Als sie sich auf den Weg in Richtung Anker machten, hatte Berg nur noch den Wunsch, dieser Tag möge bald zu Ende gehen. Die Straße, die zu der alten Gastwirtschaft führte, lag verlassen im schwachen Licht der beiden Laternen. Er betrachtete prüfend die Fenster der umliegenden Häuser, konnte jedoch niemanden hinter den Scheiben entdecken. Die Frau, die angerufen hatte, hieß Eva Stiegler und wohnte in Nummer 4, aber er ging an dem Haus vorbei, ohne zu klingeln. Noch mehr Vorurteile hätten ihn nur in Rage gebracht, und er brauchte jetzt einen kühlen Kopf.

Johanssen zeigte auf das eingeschlagene Fenster, das nach wie vor mit einem Stück Pappe zugeklebt war. »Mit der Reparatur hat sie es wohl nicht eilig. Wahrscheinlich reicht das Geld nicht. Kein Wunder, wenn die Gäste ausbleiben.«

Vielleicht lag es tatsächlich am Geld, überlegte Berg, der Gedanke war natürlich naheliegend. Aber möglicherweise hatte Anna auch nur zu viel um die Ohren, um sich um so etwas kümmern zu können.

Während sie sich näherten, erklang ein langgezogenes Heulen, das in schrilles Geschrei überging. Der Stimme nach musste es das kleine Mädchen sein. Ria, erinnerte er sich, die Kleine, die er meist nur als Anhängsel am Bein der Mutter wahrgenommen hatte. Nun, vielleicht war das ja vollkommen normal für dieses Alter, er hatte einfach zu wenig Ahnung von Kindern.

»Die Tür ist offen«, riss Johanssen ihn aus seinen Gedanken. Er öffnete einen Flügel der schweren Holztür und wartete, bis Berg eingetreten war.
Auf einmal wurden von drinnen Stimmen laut. Die von Anna Starnitzke klang schrill, panisch, doch was sie rief, konnte er nicht verstehen. Eine heisere Stimme antwortete ihr, leiser und ruhiger, dennoch spürte er, wie sich dabei seine Nackenhaare aufrichteten. Er blickte zu Johanssen, der hinter ihm stand und den Kopf schief legte. Sooft der Rentner ihm auch mit seiner ruhigen Art schon auf die Nerven gegangen war, in diesem Augenblick liebte er ihn dafür.
»Na, dann wollen wir mal«, sagte Johanssen.
Bergs erster Gedanke war, dass jemand alle Lichter ausgeschaltet haben musste, so düster kam ihm der Innenraum vor. Lediglich eine der Lampen über dem Tresen brannte und tauchte die unmittelbare Umgebung in ein warmes, gelbliches Licht. Auf einem der Tische warteten noch ein Teller mit den Resten einer Mahlzeit und ein halbleeres Glas Bier darauf, dass sich jemand ihrer erbarme. Dieses Bild gefiel Berg ganz und gar nicht.
Johanssen zuckte nur die Schultern. Er öffnete den Mund, um nach Anna zu rufen, doch Berg hielt ihn in letzter Sekunde davon ab. Solange sie nicht wussten, was hier vor sich ging, war es besser, leise zu sein, auch wenn er für diesen Gedanken keine rationale Erklärung hatte.
Plötzlich verstummte alles Gemurmel, das sie soeben noch aus der Küche gehört hatten, selbst das Kind war still geworden. Langsam durchquerte Berg den Raum, Johanssen immer einen Schritt hinter sich. Er trat hinter die Theke und warf einen Blick durch die schmale Tür, die zur Küche führ-

te. Dort stand Anna Starnitzke, die mit bleicher, unbewegter Miene jemanden anstarrte. Ihre Rechte hielt sie auf den Bauch gepresst, mit der anderen umfasste sie den Kopf ihrer kleinen Tochter, die beinahe unter dem Rock der Mutter verschwand.

Johanssen war im Flur stehen geblieben und sah ihn fragend an. Anstatt zu antworten, schüttelte Berg den Kopf und wich einen Schritt zurück, in der Hoffnung, wer immer sich außer Anna in der Küche befand, hatte sie nicht kommen hören. Aber diese Hoffnung erwies sich als falsch.

»Wer ist da?«, fragte die heisere Männerstimme, die ihm auf unangenehme Weise vertraut vorkam, doch er konnte sich beim besten Willen nicht erinnern, wem sie gehörte.

Berg machte ein Zeichen zu Johanssen, sich noch nicht blicken zu lassen, dann betrat er die Küche.

Was er sah, ließ ihm augenblicklich das Blut gefrieren. Dort neben der Spüle stand Barrak. Mit einem Arm hatte der Alte Josua gepackt und hielt ihn gewaltsam umklammert. Mit schreckgeweiteten Augen erkannte Berg das Messer, dessen Schneide sich so fest gegen die Kehle des Jungen drückte, dass die Haut bereits an einer Stelle aufgerissen war und ein dünnes Rinnsal Blut den Hals hinabsickerte. Josua hatte die Lippen aufeinandergepresst, die Augen waren halb geschlossen.

»Lassen Sie den Jungen los«, forderte Berg den Alten auf.

Barrak war beinahe genauso blass wie Anna Starnitzke, auf seiner Stirn standen winzige Schweißperlen. Er atmete stoßweise, als würde es ihn eine gewaltige Anstrengung kosten, Josua gepackt zu halten. Es wäre ein Leichtes gewesen, ihn in dieser Verfassung zu überwältigen, wenn nur nicht das Messer gewesen wäre.

»Immer hereinspaziert«, erwiderte Barrak im Plauderton, doch seine Augen funkelten wild.
Anna Starnitzke sah hilflos zu ihm hinüber, eine winzige Kopfbewegung, dann erstarrte sie wieder, eine Statue mit einem verängstigten Gesichtsausdruck.
Berg hoffte inständig, Johanssen würde draußen bleiben. Außerhalb der Gefahrenzone konnte er ihm eher von Nutzen sein, auch wenn er im Augenblick nicht die geringste Ahnung hatte, was er tun sollte, um die Situation zu entschärfen. Vielleicht sollte er ein Gespräch anfangen, ja, reden war immer gut.
»Ganz ruhig«, sagte er, obwohl sich niemand bewegt hatte. »Wir können über alles sprechen. Was hat Ihnen der Junge getan?« Das war dümmlich, unter anderen Umständen wäre er vermutlich errötet, doch Barrak schien seine Worte ohnehin überhaupt nicht wahrzunehmen. Er starrte eine Weile auf den Boden, dann verzog sich das hagere Gesicht zu einem fratzenhaften Grinsen. »Ist das wichtig?«, fragte er heiser. »Ist es für sie wichtig?«
Berg wollte schon zu einer Erwiderung ausholen, als Barrak mit süßlicher Stimme fortfuhr: »Nein, für sie spielt es überhaupt keine Rolle, für keinen von ihnen, denn die Hure hat bereits ihre Hand nach ihnen ausgestreckt. Sie zappeln wie Fische im Netz und wissen es noch nicht einmal. Weil sie gefangen sind, gefangen in ihren lächerlichen, kleinen Leben, in dieser Welt, und weil sie nichts anderes kennen als diese Welt.«
Aus dem Augenwinkel sah Berg Johanssens Ärmel im Türrahmen auftauchen; er hoffte inständig, dass Barrak ihn von seiner Warte nicht sehen konnte, aber er machte sich um-

sonst Sorgen. Der Alte sah nicht ein einziges Mal in Richtung Tür. Er schien ganz in seinen Gedanken über sie, wer immer sie auch sein mochten, gefangen.
Und Johanssen hatte wohl begriffen, dass es hier um mehr als einen Familienstreit ging, denn er machte Berg ein Zeichen und zog sich dann lautlos zurück.
»Bitte«, schluchzte Anna in diesem Moment auf. »Er hat es wirklich nicht getan.« Sie schob ihre Tochter ein Stück weiter hinter sich und machte einen schwankenden Schritt auf Barrak zu. Die ausgestreckte Hand erstarrte in der Luft, als der Alte den Jungen noch fester an sich zog. Josua gab ein leises Stöhnen von sich, und die kleine Verletzung an seinem Hals begann erneut zu bluten.
Berg stutzte einen Moment, dann dämmerte ihm, um was es hier ging. »Das Feuer«, presste er die Worte hervor. »Sie glauben, dass er etwas mit dem Feuer zu tun hat.«
»Natürlich«, stieß Barrak verächtlich aus. »Natürlich hat er das. Wie blind bist du eigentlich? Du hast Augen, um zu sehen, aber du siehst nicht. Du bist genau wie die anderen, sie weigern sich, das Offensichtliche zu erkennen. Sie wollen nicht wahrhaben, was mitten unter ihnen umgeht. *Wer* unter ihnen umgeht«, korrigierte er sich und funkelte ihn wütend an.
Josua keuchte, aber er wagte nicht, sich zu rühren. Berg fragte sich, wie lange der Junge diese Haltung noch ertragen würde. Er musste irgendeine Möglichkeit finden, den Alten abzulenken. »Und wenn ich Ihnen sage, dass er es nicht war?«, versuchte er es mit einer Lüge. »Wir haben den Täter bereits festgenommen, ein junger Mann hat versehentlich das Feuer ausgelöst, ein Tourist. Josua hat überhaupt nichts damit zu tun.«

Barrak betrachtete ihn abschätzig, dann packte er Josuas Haare und bog ihm den Kopf zurück. Das Blut aus der Halswunde rann jetzt unaufhörlich. Anna stieß einen leisen Schrei aus.
»Du lügst«, stellte der Alte vollkommen emotionslos fest. »Aber ich habe nichts anderes erwartet. Du kannst gar nichts anderes als lügen. Schließlich gehörst du zu ihnen.«
»Warum tun Sie das überhaupt?«, fragte Berg so sanft wie möglich. »Es ist doch gar nicht Ihre Aufgabe, sich darum zu kümmern, dafür gibt es schließlich die Polizei.« Im selben Moment dachte er, dass das ein Fehler war, aber Barrak verzog nur abermals den Mund zu einer scheußlichen Grimasse.
»Von diesen Dingen hat die Polizei keine Ahnung.« Er beugte sich über Josua, so dass er in das Gesicht des Jungen sehen konnte.
Josua hing wehrlos in seinen Armen, auf seinen Zügen spiegelte sich blanke Panik.
Berg wagte nicht, sich zu rühren. Jede Bewegung konnte für Josua den sicheren Tod bedeuten. »Von diesen Dingen?«, wiederholte er verzweifelt, ohne zu verstehen, was Barrak damit meinte.
»Du hast recht, es ist nicht der Junge«, erklärte der und lachte Josua beinahe fröhlich an.
Berg wurde übel.
»Es ist nicht der Junge, sondern das, was in ihn gefahren ist. Was ihn dazu treibt, zu töten. Eine Spur aus Schwefel und Tod zieht er hinter sich her, und sein Name ist Vater der Lüge, Menschenmörder, Antichrist.«
Berg sah, wie Anna zusammenzuckte. Das konnte alles nicht wahr sein. Sollte hier ein Dreizehnjähriger sterben, vor seinen Augen, nur weil dieser Verrückte ihn für den Teufel

hielt? Eine Verzweiflung stieg in ihm auf, die ihn beinahe in die Knie zwang. Wo blieb Johanssen nur mit Freda?

»Das ist doch Unsinn«, versuchte Berg es erneut. »Der Junge hat wirklich nichts mit dem Feuer zu tun. Und weshalb sollte der Teufel eine Lagerhalle anzünden? Warum kein Wohnhaus?« Die Worte klangen wirr in seinen Ohren, dennoch wartete er ungeduldig auf eine Antwort. Nicht einmal das, im Grunde wartete er auf einen Fehler, nur eine winzige Unachtsamkeit würde ihm genügen.

Doch Barrak ließ die Klinge keine Sekunde von der Kehle des Jungen sinken. »Geht einfach. Geht raus und lasst mich meine Arbeit tun. Ihr werdet mir noch dankbar sein, die ganze Insel wird mir dankbar sein.«

Anna Starnitzke starrte aus weit aufgerissenen Augen auf die Klinge. »Geben Sie mir meinen Sohn«, flüsterte sie. »Er hat nichts getan. Gar nichts.«

»Nicht einmal seinen eigenen Vater hat er verschont«, brüllte Barrak nun mit erschreckend kräftiger Stimme. »Und das war erst der Anfang. Wer weiß, wer als Nächstes dran glauben muss?«

Diese Worte schienen irgendetwas in Anna zu lösen. »Das ist gelogen!«, schrie sie aus vollem Hals. »Alles ist gelogen. Josua hat niemals jemandem etwas getan. Der einzige Fehler, den er je begangen hat, war …« Ihre Stimme überschlug sich, versagte kurz und kehrte dann schrill und verzweifelt zurück. »Sein einziger Fehler war es, mich beschützen zu wollen. Ich hab's getan. Ich habe das Feuer gelegt, um meinen Mann umzubringen! Ich ganz allein.«

»Das ist eine verdammte Lüge!«, tobte Barrak und hob das Messer ein Stück an, um endgültig zuzustoßen.

Auf Josuas Gesicht zeigte sich nicht mehr nur Panik. Es war ein anderes Entsetzen, etwas Subtileres, das sich mit der Angst vor dem Tod mischte.
Und dieser Anblick genügte Berg, fegte all seine Vorsicht beiseite. Mit einem Satz war er bei dem Alten und versetzte ihm einen kräftigen Faustschlag. Das Messer rutschte klirrend über den Küchenboden bis unter die Heizung. Barrak wehrte sich nicht. Er warf Berg einen erstaunten Blick zu, in dem kein Funken Zorn zu lesen war, nur unglaubliche Verwirrung. Berg griff nach den Handschellen und machte Barrak an dem Stuhl fest, auf den er ihn niedergedrückt hatte. Der Alte hatte jede Kraft verloren, vollkommen reglos saß er da.
Hinter ihm weinte Anna Starnitzke hemmungslos, ihre beiden Kinder fest in den Armen. Berg würde der Familie empfehlen, sich einem Psychologen anzuvertrauen, doch jetzt beschäftigte ihn etwas anderes.
»Was Sie da vorhin gesagt haben …« Er bezweifelte, dass es der richtige Moment für diese Frage war, doch den würde es vermutlich sowieso nie geben.
Anna blickte ihm ruhig in die Augen. Er erkannte Wehmut und Trauer, aber auch eine Entschlossenheit, die er der jungen Frau nicht zugetraut hätte. Sie wischte sich die Hände an der Schürze ab, das war die einzige Geste, die ihre Aufregung verriet. »Das war die Wahrheit«, sagte sie.
Bergs Mund fühlte sich auf einmal sehr trocken an, und ein Teil von ihm wünschte sich, diese Worte nie gehört zu haben.
»Es wird Zeit, dass ich darüber rede. Ich hätte niemals schweigen dürfen.«

»Mama, nein!«, rief Josua flehentlich, doch Anna strich ihm nur beruhigend über das dunkle Haar. »Es war falsch, hörst du? Was ich getan habe, ist unverzeihlich.«
»Sie haben also das Feuer gelegt?«, fragte Berg leise.
Sie lachte bitter auf. »Oh, das meine ich nicht. Ja, ich habe ihn braten lassen, diesen Schweinehund. Nicht sehr nett, finden Sie?« Als sie den Kopf hob, schlug Berg blanker Hass entgegen. Hass auf einen Mann, der bereits seit zwei Jahren tot war. »Nun, mein Mann war auch nicht besonders nett zu mir. Ich weiß, dass mir der Richter vorwerfen wird, meinen Mann getötet zu haben, aber das ist es nicht, was ich mir vorwerfe.«
»Sie dürfen ihr nicht glauben!«, schrie Josua, und er sah aus, als würde er jeden Moment bewusstlos zu Boden stürzen. »Hören Sie?« Er packte Berg an der Jacke, doch all seine Bewegungen waren kraftlos, die Stimme heiser vor Angst. »Kein Wort dürfen Sie ihr glauben. Sie redet Unsinn. Und … und dieses Feuer da draußen in den Dünen. Ich war da, ich bin hingelaufen, weil ich den Rauch gesehen hab. Aber ich habe es nicht gelegt. Wirklich nicht.«
Berg sah ihm tief in die Augen und rang sich ein schmales Lächeln ab. »Ich habe niemals geglaubt, dass du das Feuer gelegt hast«, erwiderte er und wandte sich an den Alten. »Im Gegenteil, es würde mich nicht wundern, wenn Herr Barrak da vielleicht selbst die Finger im Spiel hatte.«
»Das hatte er nicht«, sagte eine Männerstimme.
Berg riss den Kopf herum und atmete erleichtert auf. Johanssen stand in der Küchentür. Und er war nicht allein.

Montag, 29. Oktober, 20:55 Uhr

Nachdem Berg Johanssen gebeten hatte, mit Anna Starnitzke und ihren Kindern hinauszugehen und sich um sie zu kümmern, betrat mit unendlich langsamen Bewegungen der Pastor den engen Raum und blieb mit hängenden Schultern vor Barrak stehen. Aber war das wirklich Wieland? Er war kaum wiederzuerkennen. Mit bleicher Miene trat der Geistliche auf den Alten zu und kniff die Augen zusammen. »Was hast du getan, du Wahnsinniger?«

Im selben Moment kam Althuis in die Küche gehetzt. »Ich fürchte, er hat nur wörtlich genommen, was ihm zuvor eingetrichtert wurde. Ein bisschen sehr wörtlich, zugegeben, aber trotzdem. Als Pastor trägt man die Verantwortung für all die Weisheiten, die man verbreitet.«

Berg war froh, dass seine Kollegin endlich hier war, dann fragte er ungehalten: »Wo hast du denn so lange gesteckt? Und habt ihr Nürnberger verständigt?«

Die Hauptkommissarin seufzte. »Den hab ich vorhin erst erreicht. Er wird bestimmt bald hier sein, um sich den Jungen anzusehen.« Sie senkte den Blick. »Und ich war noch kurz im Supermarkt, um Tee und Kaffee für die Soko zu besorgen, deshalb hat mich Erik nicht gleich finden können.«

»Und deine grandiose Rufumleitung?«

Darauf gab sie keine Antwort, zeigte jedoch auf Wieland. »Ich hab ihn unterwegs auf der Straße aufgelesen. Dachte, es sei kein Fehler, ihn dabeizuhaben. Und, Herr Wieland, haben Sie nichts zu sagen?«

Der Pastor starrte auf einen Punkt an der Wand, schien seine Umgebung überhaupt nicht wahrzunehmen. Irgendetwas stimmte nicht mit ihm, und Berg fragte sich, ob der Mann vielleicht krank war.
Dann endlich regte sich der Pastor, langte in die Innentasche seiner Jacke und zog ein Stück Papier hervor. »Er hat nie etwas gesagt«, murmelte er und begann, die Seite vorsichtig glatt zu streichen. »Zu mir hat er nie etwas gesagt. Ich hab's nicht gemerkt, ehrlich nicht.«
»Was ist das?« Berg griff nach dem Papier.
Die Schrift auf dem Zettel verlief in unförmigen Buchstaben, die Reihen bogen sich nach oben. An einer Stelle hatte der Verfasser zu fest aufgedrückt und ein Loch ins Papier gebohrt. Berg kniff die Augen zusammen und las.

Ich hab es nicht gewollt. Ich hab nicht gewusst, dass da Menschen drin waren. Es war nur die Wut, weißt du. Und jetzt bin ich ein Mörder. Sag Josua, dass es mir leidtut, und Mama auch und Noa.
Daniel

Berg verstand kein Wort. Er runzelte die Stirn und begann noch einmal von vorne. »Wer hat das geschrieben?«, fragte er dann.
Wieland reagierte nicht.
Berg wurde ungeduldig. Was hatte dieser verfluchte Brief zu bedeuten?
»Ihr Sohn?«, hakte er nach und erriet aus der schwachen Kopfbewegung ein Nicken. »Heißt das, er ist für das Feuer verantwortlich?«

»Wo ist er, Herr Wieland?«, drängte Althuis. »Wo ist Ihr Sohn jetzt? Sollen wir nach ihm suchen?«

Wieland hob den Kopf, seine Augen blieben tränenlos, aber die Verzweiflung darin war unübersehbar. »Das ist nicht mehr nötig«, sagte er.

Montag, 29. Oktober, 21:20 Uhr

Auf dem Weg zum Gemeindehaus entdeckte Berg einen Mann, der sich ein Handy ans Ohr hielt und sich suchend umsah. Sofort wusste er, dass es sich bei ihm um einen Polizisten handelte. Im nächsten Moment kam ein zweiter Mann hinter der Hausecke hervor, anschließend eine Frau.

»Verflucht«, murmelte Althuis und griff nach ihrem Telefon, das offenbar nicht richtig funktionierte. »Wer weiß, wie lange die uns schon suchen?«

Mit wenigen Schritten traten sie auf sie zu.

»Wir sollen uns um den Brand in den Dünen kümmern«, erklärte einer der Männer, ohne sich vorzustellen. »Verdacht auf Brandstiftung, richtig?«

»Ja«, erwiderte Althuis. »Ich zeige Ihnen, wo der Schuppen steht. Oder vielmehr, wo er stand.«

Nachdem sich die Gruppe mit Althuis entfernt hatte, verabschiedete Berg sich von Johanssen, dankte ihm noch einmal für seine Hilfe. Der sah alles andere als glücklich aus, offensichtlich gab er sich an allem die Schuld. Doch jetzt war nicht die Zeit, um darüber zu reden.

Berg wandte sich an den Pastor, der teilnahmslos am Straßenrand stand. »Wo haben Sie Ihren Sohn gefunden?« Er sah, wie der Mann nach Luft rang und wartete – ausnahmsweise geduldig – die Antwort ab.

»Auf dem Speicher.« Wielands Augen füllten sich mit Tränen.

Bitte nicht, dachte Berg und führte den Pastor schweigend durch die dunklen Straßen.

Sonntag, 11. November

Seid ihr fertig?« Johanssen betrat das Büro; er trug einen dunklen Anzug, seinen einzigen, soweit Berg das beurteilen konnte. »Meine Tante ist schon vorgegangen, sie meint, es wird bestimmt voll werden.«
Althuis kam eben die Treppe herunter, die Handtasche schon unter den Arm geklemmt. Sie hatten kurzfristig beschlossen, sich auf dem Revier zu treffen, um gemeinsam zum Gottesdienst der Freien Christengemeinde zu erscheinen, wenn schon nicht aus Pflichtgefühl, so doch wenigstens, um das beklemmende Gefühl zu bekämpfen, das sie alle seit Tagen gefangen hielt. Berg blätterte zum wohl hundertsten Mal in der aktuellen Ausgabe des *Inselboten*. Es war eine Sonderausgabe, und die beiden Schlagzeilen brannten ihm noch immer in den Augen.

Sohn des freikirchlichen Pastors erhängt sich im Gemeindehaus

Und:

Gastwirtin gesteht Mord an ihrem Mann

Berg schluckte. Er musste an den Jungen denken und an die kleine Ria. Sie waren vorerst bei einer Tante untergebracht. Wieder und wieder sah er Anna Starnitzke vor sich, das blasse, verhärmte Gesicht, große, ausdruckslose Augen.

Viktoria Uhlen war zwei Tage nach dem Brand an akutem Nierenversagen gestorben. Berg dachte an das blondgelockte Mädchen, das er aus dem Keller der Lagerhalle gerettet hatte. Noch ein Kind, das nun ohne Mutter aufwachsen würde. Wenigstens Uhlens Manager hatten die Kollegen festnehmen können, er hatte sich mit einem Koffer voller Geld in Südamerika herumgetrieben.

Gemeinsam gingen sie zum Gemeindehaus.

»Was ist mit Elvira?«, erkundigte sich währenddessen Johanssen.

Berg zuckte mit den Schultern. Seine Vermieterin war keine einfache Patientin, doch er war froh, dass sie wieder zu Hause war. »Die Krücken wird sie noch eine Weile brauchen, aber ansonsten ist sie wieder ganz die Alte.«

Vor dem Gebäude drängten sich bereits viele Leute, doch Johanssen schien das nicht zu beeindrucken. »Keine Sorge«, brummte er mit seiner beruhigenden Bassstimme. »Wenn Tante Luise sagt, sie hält uns ein paar Stühle frei, dann stimmt das auch.«

Lächelnd stellte Berg sich vor, wie sie die Sitzplätze gegen andere Besucher verteidigte. Notfalls würde sie sicher mit ihrer Handtasche um sich schlagen.

»Rück mal ein Stück zur Seite.« Althuis quetschte sich mühsam an Berg vorbei und ließ sich auf dem letzten freien Stuhl nieder. Es grenzte trotz Tante Luises Hilfe fast an ein Wunder, dass sie alle noch Sitzplätze ergattert hatten.

Der halbe Ort war anwesend, die meisten, so vermutete Berg, aus purer Neugierde, aber er konnte es ihnen nicht verdenken. Die ganze Geschichte hatte sich in den letzten

Tagen wie ein Lauffeuer auf der Insel verbreitet, die Feindschaft, die viele der Insulaner der Familie Starnitzke entgegengebracht hatten, all die Gerüchte, die in Umlauf gebracht worden waren. Die Menschen schämten sich, und sie suchten einen Schuldigen. Den hatten sie hier gefunden.
Aber hatte es an Wieland gelegen, der den Leuten predigte, sie müssten härter durchgreifen? Oder vielleicht an seinen Schäfchen, die den Worten kritiklos geglaubt hatten? Wäre Barrak ohne all dieses Durcheinander überhaupt nicht zu einer Gefahr für Josua geworden? Berg roch das starke süßliche Parfüm der Dame neben ihm und versuchte, sich auf die Gegenwart zu konzentrieren. Solche Spekulationen brachten ihn nicht weiter.
Ein junger Bruder trat nach vorne und eröffnete den Gottesdienst. Die Gemeinde erhob sich zu einem Lied, anschließend folgten Gebete, eine längere Rede, die wohl die Predigt darstellen sollte. Berg gab sich Mühe, den Worten des jungen Mannes zu folgen, und schaffte es doch nicht.
Gerade als er sich fragte, wie lange es noch dauern würde, öffnete sich die Seitentür, und Wieland betrat den Saal. Anscheinend hatte er den ganzen Ablauf von einem Nebenraum aus verfolgt. Seine Gesichtshaut war von einem blassen Grau; unter den Augen lagen tiefe Schatten, als hätte er seit Tagen nicht mehr geschlafen, was Berg sich durchaus vorstellen konnte. Althuis beugte sich zu ihm herüber und murmelte irgendetwas, aber er verstand sie nicht. Der Geräuschpegel war kurzfristig angeschwollen, um dann schlagartig abzubrechen, als der Pastor nach dem Mikrofon griff. Jetzt bemerkte Berg auch Wielands Frau und den jüngeren Sohn. Wie immer saßen sie in der ersten Reihe, steif und

schweigsam wie Marionetten. Diese Familie würde niemals wieder dieselbe sein.
Berg fixierte den Pastor, der noch kein Wort gesagt hatte. Wielands Augen waren dunkel vor Schmerz, er wirkte wie tot. Warum lassen sie das zu, dachte Berg und spürte einen Anflug von Mitleid. Warum lassen sie diesen Menschen noch einmal ans Rednerpult? Wo bleibt da ihre vielgerühmte Barmherzigkeit?
Endlich räusperte sich Wieland, was durch das Mikrofon deutlich zu hören war. Ansonsten war es still wie in einer Gruft, denn nun kam der Teil, auf den sie alle gewartet hatten.
»Ich danke euch, dass ihr alle gekommen seid.« Seine Stimme klang wie die eines sehr viel älteren Mannes, und er ging langsam auf und ab, das Mikrofon in der Hand, mit der anderen nestelte er an seiner Krawatte.
»Ich habe lange überlegt, ob ich nicht einfach abreisen soll, ob es überhaupt jemanden interessiert, was ich zu sagen habe. Auch ob ich nach allem, was passiert ist, noch das Recht habe, meine Sicht zu schildern. Ich bin zu dem Schluss gekommen, dass ich dieses Recht nicht habe. Aber deswegen bin ich auch nicht hier.« Seine Stimme versagte für einen Moment.
Ein junger Mann erhob sich und brachte ihm ein Glas Wasser, das er dankbar entgegennahm.
»Und ich bin nicht hier, um mich zu rechtfertigen. Ich bin hier, weil es Dinge gibt, die man nicht totschweigen darf, weil sie sich sonst wiederholen könnten. Über die man reden muss, so laut und so oft, bis alle Welt sie gehört hat. Außerdem bin ich hier, um euch um Vergebung zu bitten.«
Sein Kopf sank auf die Brust herab, er machte eine Pause, stützte sich an dem kleinen blumengeschmückten Pult ab,

als sei ihm plötzlich schwindelig geworden. Weiße Lilien, bemerkte Berg. Dieselben Blumen wie bei Daniels Beerdigung. Er dachte daran, wie sie den alten Onno der Erde übergeben hatten – das war kaum einen Monat her. Mit einer Bestattung hatte alles angefangen, mit einer weiteren hatten die Dinge ein Ende gefunden.

»Ich habe nicht in böser Absicht gehandelt«, fuhr Wieland nun fort. »Das ist die Wahrheit, Gott weiß, dass es die Wahrheit ist, aber es ist keine Entschuldigung. Selbst wenn ich beweisen könnte, dass es Satan war, der mir jene falsche Sichtweise eingeflüstert hat, war doch ich es, der sie angenommen hat. Angenommen, ohne darüber nachzudenken, wie es meinen Mitmenschen dabei gehen mag. Ich habe geglaubt, das Licht vor euch hertragen zu müssen, ich habe es für meine Bestimmung gehalten, den Menschen ein Vorbild zu sein, ein strahlendes Vorbild. Ich habe geglaubt, Gottes Stimme zu hören, aber es war nur mein eigener Stolz, den ich in Wirklichkeit gespürt habe.«

Er wandte sich ab und wischte sich mit einem Tuch über die Augen. Es hätte eine publikumswirksame Geste sein können, doch Berg wusste, dass dem nicht so war. Dieser Mann dort vorne versuchte lediglich, sich selbst zu ertragen, ein Unterfangen, an dem schon viele vor ihm gescheitert waren.

»All dieses Gerede«, erhob Wieland wütend seine Stimme. »All dieses Gerede über Zucht und Ordnung, über die Jugend, die angeblich eine harte Hand braucht.« Er zeigte direkt auf eine Gruppe junger Mädchen.

Berg erkannte Sarah, die Freundin von Daniel Wieland. Das Mädchen, das ihn an jenem verhängnisvollen Montag vergeblich um Hilfe gebeten hatte, voller Angst um ihren Freund. Berg schluckte. Er wollte jetzt nicht mehr daran denken.

»Die Jugend ist hier!«, schrie Wieland, und sein Gesicht verzerrte sich dabei. »Und es sind gute Menschen! Sie haben Fehler, wie wir alle Fehler haben, aber niemand hat das Recht, sie so zu bevormunden, wie ich es, wie wir es in unserer Gemeinde getan haben. Lasst sie ihre eigenen Erfahrungen machen, und dann sollen sie sich entscheiden, wie sie ihr Leben führen wollen. Und mit Gottes Hilfe wird es die richtige Entscheidung sein.«

Er rang um Atem, schwankte leicht vor und zurück.

»Ich habe geglaubt, den Teufel unter uns zu sehen«, sagte er nun leise. »Überall habe ich ihn gesehen, in moderner Erziehung, in engen Hosen, sogar in einem unschuldigen Kind. Einem Kind, das schon den Tod des eigenen Vaters verkraften musste und dringend Hilfe gebraucht hätte. Unsere Hilfe als Christen. Als Menschen.« Er sah niemand Bestimmtes an. »Stattdessen haben wir ihm das Leben zur Hölle gemacht. Beinahe wäre er einem unserer Brüder zum Opfer gefallen.«

Tränen strömten über sein Gesicht, doch er schien es überhaupt nicht zu bemerken. »Bruder Niels ist ein kranker Mann, aber ich frage mich, ob er sich ohne all diese Vorurteile, ohne unseren Hass und unsere Intoleranz, so in diese Situation hineingesteigert hätte.«

Berg schluckte bitter. Genau denselben Gedanken hatte er auch schon mehrfach gehabt.

»Ich habe mich versündigt vor Gott, vor euch, meine Brüder und Schwestern, und vor den Bewohnern dieser Insel. Ich bin stolz und engstirnig gewesen, dumm und so verbohrt, wie man nur sein kann. Ich habe meine Familie mit meinen Ansichten terrorisiert und euch zu Dingen aufgewiegelt, die ihr ohne mein schlechtes Beispiel nie getan hättet. Und ich will meine Schuld jetzt keineswegs kleiner machen, wenn ich euch frage: Warum habt ihr mir geglaubt? Vielleicht sollte ich eine solche Frage nicht stellen, wahrscheinlich habt ihr sie euch schon selbst gestellt, aber ich finde, dies ist eine Frage, die laut ausgesprochen werden sollte. Kein Mensch auf dieser Welt ist so vollkommen, dass man ihm unbesehen glauben sollte. Ich habe durch mein Verhalten das Leben meiner Familie zerstört.« Er schaute zu seiner Frau hinüber, aber die wandte sich beinahe ängstlich ab, um seinem Blick auszuweichen.

»Mit meiner rigiden Erziehung, die nur aus Vorschriften bestand, habe ich meinem Sohn die Luft zum Atmen genommen und ihn letztlich dazu getrieben, diese Welt zu verlassen. Eine Frau ist in dem Feuer umgekommen, das Daniel gelegt hat, und beinahe wäre auch Josua Starnitzke ums Leben gekommen. Nichts davon habe ich gewollt, und dennoch kann ich die Schuld daran nicht verleugnen.«

Er blickte auf, und Berg zuckte leicht zusammen, als er bemerkte, dass der Pastor genau zu ihnen herübersah. »Wenn ich irgendetwas für die Familie Starnitzke tun kann, sagen Sie mir bitte Bescheid.«

Althuis nickte ihm kurz zu und senkte schnell wieder den Kopf. Es gab nichts, das er tun konnte, das irgendjemand tun konnte. Wie Josua und seine Schwester mit der Situation fertigwerden würden, musste die Zeit zeigen.

»Ich werde mich jetzt von euch verabschieden«, erklärte Wieland mit hängenden Schultern.

Eine tragische Figur, dachte Berg und verspürte plötzlich den alten Drang, an seinen Fingernägeln zu kauen. Selten hatte ihn eine Ansprache so berührt. Alle Anwesenden wirkten verlegen, traurig, die Wut und Empörung, die er in den letzten Tagen überall auf der Insel gespürt hatte, schienen verflogen. Draußen vor dem Fenster war ein leichter Wind aufgekommen, und die dürren Zweige des Busches schlugen wie eine Totenklage gegen die Fensterscheibe.

»Unsere Schwestergemeinde in Wittmund wird euch in den nächsten Wochen einen neuen Hirten schicken. Bis dahin wird Bruder Sören die Gottesdienste übernehmen, und ich bitte euch, ihn bei dieser Aufgabe zu unterstützen. Außerdem …« Plötzlich unterbrach ihn ein lautes Gemurmel, und ein rotgesichtiger Mann drängte sich durch die Menge bis zu Wieland vor. Berg stutzte. Das war Ole Assel.

»Ich gebe zu, dass ich darauf gewartet habe, dass du fortgehst«, sagte er ohne Umschweife, doch seine Lippen zitterten, als fielen ihm die Worte nicht leicht. »Ich habe Wut empfunden, jede Menge Wut und Schmerz wegen Daniels Tod und all dem Unglück, das wir über Josua Starnitzke und seine Familie gebracht haben. Aber irgendwann habe ich festgestellt, dass ich nur ein Ziel für diese Wut gesucht habe. Für eine Wut, die sich eigentlich gegen mich selbst hätte richten müssen. Wir alle haben versagt, wir waren genauso verblendet wie du. Um es kurz zu machen, ich möchte dich bitten, zu bleiben. Nicht weil du mein Freund bist. Sondern weil du ehrlich warst in einem Moment, der wie geschaffen für Ausreden war. Du bist der ehrlichste Mensch, der mir seit langem begegnet ist. So jemand wünsche ich mir als Pastor, und ich bin sicher, Gott wird mir recht geben.«

Wieland schüttelte den Kopf, doch der andere ließ sich nicht unterbrechen. »Sieht das hier irgendjemand anders?«, wandte Assel sich nun direkt an die Menge, und augenblicklich wurde das Gemurmel wieder lauter.

»Wieland soll hierbleiben!«, rief eine junge Frau, deren blonde Haare streng nach hinten gekämmt waren. Und ein breitschultriger Mann, dem Berg niemals zugetraut hätte, er könne überhaupt weinen, brach in Tränen aus.

»Genau dich braucht diese Gemeinde«, erklang es aus den hinteren Reihen.

Mitten in dem einsetzenden Tumult erhob sich die Frau des Pastors. Ihr Gesicht blieb ausdruckslos, und Berg erwartete, dass sie wortlos gehen würde. Doch sie strich ihrem Mann mit einer Hand über die Schulter, ein stummes Bekenntnis, das für Wieland vermutlich mehr wog als der Zuspruch all seiner Schäfchen. Dann verließ sie den Raum, an der Hand ihren Sohn, der den Kopf tief gesenkt hielt.

»Wieland soll bleiben«, proklamierten Einzelne, während die meisten aufgeregt mit ihren Sitznachbarn zu diskutieren begannen, soweit das in all dem Durcheinander überhaupt möglich war. Wielands Rede hatte jeden hier bewegt. Er hatte keine großen Worte gemacht, aber er war authentisch gewesen, das Wichtigste und zugleich das Wenigste, was man von einem Pastor erwarten konnte.

Wieland erwiderte nichts. Er würde wohl Zeit brauchen, um darüber nachzudenken und mit den Dingen, die sich ereignet hatten, klarzukommen. Der Schuld. Dem Tod des eigenen Sohnes, überlegte Berg und war erleichtert, als Althuis sich erhob. Es war Zeit, diesen Ort zu verlassen.

Montag, 12. November

Der Tag begann mit einem eisgrauen Himmel und fernem Donnergrollen. Berg stand von seinem Schreibtisch auf, um die Heizung höher zu stellen. »Jetzt ist es wohl endgültig vorbei mit dem Sonnenschein.«

Althuis blickte von ihrem Computer auf, der General lag auf ihrem Schoß. »Das schöne Wetter hier auf der Insel ist wie eine Diva«, sagte sie und griff nach ihrer Tasse. »Sie kommt vorbei, wann sie will, und wenn sie sich dann verabschiedet, muss es ein dramatisches Ende sein.«

»Soso.« Berg war die farbenfrohen Vergleiche seiner Kollegin gewohnt. »Was ist eigentlich aus Eriks Romanze geworden?« Er hatte betont leise gesprochen, doch Johanssen schien auch durch Wände hören zu können.

Urplötzlich stand er in der Tür und verzog den Mund zu einem verlegenen Lächeln. »Frau Kern ist verheiratet. Ihr Mann lebt auf dem Festland. Sie arbeitet nur so lange hier, bis er wieder einen festen Job gefunden hat.«

Berg nickte ihm aufmunternd zu. Was sollte er dazu sagen? Doch sein Freund schien bereits halbwegs darüber hinweg zu sein, oder er schaffte es, seinen Kummer gut zu verbergen. Gerade machte sich Johanssen an dem Hibiskus zu schaffen – diesmal hatte Berg sich den Namen merken können -, den Althuis ihm geschenkt hatte, nachdem die undefinierbare Topfpflanze den Weg aller Zimmerpflanzen gegangen war. Nachdenklich sah er zu, wie der Insulaner ein Düngestäbchen in der Erde versenkte. Seit die alte Pflanze von

der Fensterbank verschwunden war, hatte er nicht ein einziges Mal mehr niesen müssen.
»Wir hatten ein kurzes Gespräch«, fuhr Johanssen mit einem schiefen Grinsen fort. »Genauer gesagt hat sie mich zum Teufel gejagt. Das war an dem Nachmittag, als das Feuer in der Lagerhalle ausgebrochen ist. Ich bin durch die Dünen gelaufen, und plötzlich war da dieser Rauch.«
Berg legte seinen Stift zur Seite und überlegte kurz. »Und du hast Josua gesehen.«
»Nicht nur ich.« Johanssen ballte seine große Hand zur Faust und rieb sich damit übers Kinn. »Viele müssen ihn gesehen haben. Unter anderem Niels Barrak. In Wirklichkeit kam der Junge vom Friedhof, wo er das Grab seines Großvaters besucht hatte, aber Niels muss sofort seine eigenen Schlüsse gezogen haben.«
»Ja, das hat er wohl.« Berg dachte an Barraks trübe Augen und bekam eine Gänsehaut. »Weißt du denn, wie es Josua inzwischen geht?«
»Ich habe nichts mehr von den Kindern gehört, seit sie bei ihrer Tante sind.« Er schnaufte laut auf. Die Geschichte mit Anna Starnitzke schien ihm ziemlich nahezugehen. Immerhin hatte Anna nicht geplant, ihren Mann umzubringen. Josua hat die Kerzen tatsächlich angezündet, dann ist er eingeschlafen. Als Anna aufgewacht ist, hatte ein Teil des Weihnachtsbaumes Feuer gefangen. Aber anstatt das Feuer zu löschen, hat sie alles dafür getan, dass es sich auf das ganze Zimmer ausbreitete. Es muss wie ein Rausch gewesen sein. So hat sie es mir jedenfalls draußen vor dem Anker erzählt.«
»Unglaublich.«

»Ihr Mann hatte sie am Abend zuvor brutal vergewaltigt«, mischte sich Althuis ein und schob ihre Brille zurecht. »Und das nicht zum ersten Mal. Diese Umstände wird der Richter sicherlich berücksichtigen.« Sie lächelte Johanssen aufmunternd zu.

Doch der blickte nur düster zu Boden. »Wenn ich euch sofort darüber informiert hätte, dass Josua am Tatort war, wäre es vielleicht nicht so weit gekommen«, flüsterte er.

Die Hauptkommissarin rührte in ihrer leeren Tasse, dann schüttelte sie energisch den Kopf. »Wie hättest du so etwas ahnen sollen? Außerdem machen wir alle Fehler. Meine Rufumleitung war auch nicht das Gelbe vom Ei.«

»Für all die anderen Sachen war offenbar Wielands Sohn verantwortlich«, fügte Berg hinzu, ohne auf ihr Geständnis einzugehen. »Er muss die Leute aus der Gemeinde schrecklich gehasst haben. Als sein Vater ihm die Beziehung zu dem Mädchen verbieten wollte, hat das das Fass zum Überlaufen gebracht.«

Althuis nickte. »Wieland hat auf dem Speicher des Gemeindehauses auch einen Karton mit Feuerwerkskörpern gefunden. Wahrscheinlich hatte Daniel sie schon mit auf die Insel gebracht.« Sie warf Berg einen strengen Blick zu. »Hast du deinem Vater geschrieben?«

»Nein, Ma'am.« Berg reckte wie auf Kommando die Wirbelsäule und verkniff sich ein Grinsen. »Ich habe ihn angerufen.«

»Und?«

»Und er hat verstanden, dass ich noch ein bisschen Zeit brauche.« Ein warmes Gefühl lief ihm den Rücken hinab. Erst jetzt wurde ihm klar, wie sehr er die Stimme seines Vaters vermisst hatte.

Das Schrillen der Türglocke riss ihn aus seinen Gedanken. Wie immer setzte sich Johanssen augenblicklich in Bewegung. Berg hörte ihn im Flur mit jemandem sprechen, dann öffnete sich die Bürotür erneut. »Thomas, da möchte dich jemand sprechen. Allein.«
Berg blickte kurz zu Althuis hinüber, dann trat er hinaus in den Flur.
Auf der schmalen Bank im Wartebereich saßen zwei Jungen von vielleicht zwölf oder dreizehn Jahren, ein dritter stand daneben, die Hände fest in die Taschen seiner Jeans verkrallt. Berg winkte Johanssen zu, der sich in die Küche verzog. Er überlegte einen Augenblick, wo er die Gesichter schon einmal gesehen hatte. Im Gemeindehaus? Er war sich nicht sicher.
»Guten Morgen, ihr wolltet mich sprechen?«
»Wir ...« Der größte von ihnen, ein kräftiger Bursche in einer karierten Fleecejacke erhob sich und fuhr sich durch das lockige Haar. Das schlechte Gewissen sprach ihm aus dem Gesicht. »Wir wollten uns entschuldigen.«
»Und wofür?«
»Das mit den Steinen«, ergriff nun ein anderer das Wort. »Wir waren das. Wir waren schon beim Anker, um mit Josua zu sprechen, aber da ist niemand mehr.«
Nein, dachte Berg, und in seinem Mund breitete sich ein bitterer Geschmack aus, da ist niemand mehr. »Ihr habt Josua Starnitzke mit Steinen beworfen?«, hakte er nach. Sein Blick fiel auf den leuchtend roten Anorak des dritten Jungen. Doch, ihn zumindest hatte er in Wielands Gemeinde gesehen. »Warum habt ihr das getan?«
»Weil wir dachten ...« Der Kräftige fuhr sich abermals durch die Haare. »Wir wollten, dass sie von hier weggehen.« Er

senkte den Kopf, Bergs Blick konnte er offenbar nicht ertragen. »Wir dachten, dass sie böse sind. Schlechte Menschen, wissen Sie?«

Berg nickte. Er brauchte nicht zu fragen, wie diese Kinder auf eine solche Idee gekommen waren. »Und die Fensterscheibe? Geht die auch auf euer Konto?«

Ein stummes Nicken. Der in der roten Jacke hob den Kopf. Grüne Augen blickten Berg unsicher an. »Und das andere auch.«

»Das andere?« Berg sah von einem zum anderen. »Was meinst du damit?« Dann dämmerte es ihm. Er sah die zitternde Lippe des Jungen und musste sich zwingen, nicht laut aufzulachen. »Ihr habt die Tür mit Eiern beworfen?«

Auf den Gesichtern der Jungen erschien ein zerknirschtes Lächeln, Köpfe nickten.

Berg betrachtete die jungen Leute einen Moment stumm. Was sollte er dazu sagen? Und warum kamen sie jetzt plötzlich hierher, um ihre Missetat zu gestehen? »Lasst das bloß nicht Hauptkommissarin Althuis hören«, erklärte er mit halb erhobenem Zeigefinger. »Die zieht euch gewaltig die Ohren lang.« Er wartete einen Moment, aber keiner der Jungen erwiderte etwas. »Was hat euch hierhergetrieben?« Doch eigentlich wusste er es schon.

»Wir haben am Sonntag gehört, wie Herr Wieland gesprochen hat«, entgegnete der in der roten Jacke. Er klang hitzig, aufgewühlt, als hätte diese Rede sein ganzes Leben verändert. Und vielleicht hatte sie das. »Und er hat recht. Die Wahrheit …« Er brach ab und hüstelte ein paarmal, suchte nach den richtigen Worten. »Ohne Aufrichtigkeit geht es nicht. Wir werden niemals zur Ruhe kommen, wenn wir

nicht aufrichtig sind. Und dazu gehört es auch, Dinge auszusprechen, die wir falsch gemacht haben. Wenn Sie uns wegen dieser Sache anzeigen wollen, dann tun Sie das bitte.«
Er wirkte jetzt nicht mehr gebeugt, Berg hatte das Gefühl, dass diese Worte ihn von einer Last befreit hatten.
Er nickte anerkennend. »Macht euch da mal keine Sorgen. Für mich ist die Sache in Ordnung, und ich bin sicher, Josua würde das auch so sehen. Aber jetzt müsst ihr mich entschuldigen, ich habe noch etwas anderes zu tun.«

Nachdem die drei Jungen das Revier verlassen hatten, stand er noch eine Weile in der schmalen Wartezone und blickte nachdenklich hinaus in den bewölkten Himmel.
Sie haben recht, dachte er. Wieland hat es ihnen gezeigt. Die Wahrheit ist immer ein guter Anfang.

Der erste Fall für Thomas Berg und Freda Althuis

Birgit Böckli

FRIESEN STURM

KRIMINALROMAN

Auf Spiekeroog treibt ein Mörder sein Unwesen. Die Insulaner schließen von vornherein aus, dass der Täter einer von ihnen ist. Diese eingeschworene Haltung der Friesen erschwert die Ermittlungen der beiden Kommissare vom Festland, Thomas Berg und Freda Althuis, erheblich. Und der Sturm, der sich vor der Insel zusammenbraut, wird bald alle Spuren verwischen …